Franz Kabelka : Letzte Herberge

Franz Kabelka

Letzte Herberge

Kriminalroman

Haymon

Bibliografische Information:
Die Deutsche Bibliothek verzeichnet diese Publikation in der Deutschen Nationalbibliografie; detaillierte bibliografische Daten sind im Internet über http://dnb.ddb.de abrufbar.

ISBN-10: 3-85218-513-0
ISBN-13: 978-3-85218-513-2

www.haymonverlag.at

Umschlag: Stefan Rasberger
unter Verwendung eines Fotos von www.photocase.de
Satz: Karin Berner/Haymon Verlag

Komisch: ich glaube an den Teufel,
aber nicht an den lieben Gott.

Ödön von Horváth, *Jugend ohne Gott*

gewidmet den Bewohnern der echten *Herberge*
und jenen, die nicht das Glück haben,
eine solche zu finden

1. Die Heidenburg

„So hat das Christkind doch noch Mitleid gehabt!“, sagte Anna.

Just am Morgen des letzten Adventsonntags, als in der endlosen Nebelsuppe des Vorarlberger Rheintals schon keiner mehr daran glaubte, hat es zu schneien begonnen. Zuerst zwar nur in fetten, viel zu wässrigen Flocken, was die meisten prophezeien ließ, dass wieder trostloser Matsch angesagt sei, Matsch draußen, Matsch drinnen in den Köpfen. Doch dann waren die Reste der Warmfront zusammengebrochen, und der Schnee schickte sich an zu fallen wie in den guten alten Heimatfilmen: perfekte Kristalle, still und heimelig.

Richtig weihnachtlich eben.

In ihren teuren Skioveralls, die Blondschöpfe versteckt unter Fleecezipfelmützen und Hände und Füße in dicken Fäustlingen und noch dickeren Moonboots – so weiß Dr. Rosskopf seine Sprösslinge trocken und geborgen. Auch zu dieser späten Stunde. Meine Jungs, denkt er stolz, die wahren, die einzigen Augensterne! Schade, dass ihre Großmutter sie so nicht sehen kann. Wie der Atem zu Schwaden gefriert um die vermummten Köpfe. Wie ihre Beinchen ausholen, als gälte es noch in dieser Nacht das Basislager des K2 zu erreichen. Aber die lange Fahrt von Fulda hat Mutter heuer nicht mehr in Kauf nehmen wollen, und er als Arzt hätte es auch gar nicht zugelassen. Nicht nach dieser Apoplexia Minoris, dem *Schlägle*, das sie Anfang Oktober *gestreift* hatte, wie es hierzulande beschönigend heißt. Zu groß die Belastung einer fast siebenstündigen Zugfahrt, mit zweimaligem Umsteigen. Das war selbst für die fitte ältere Dame, als welche man sie bis letzten Sommer noch mit Fug und Recht bezeichnen konnte, kein Honiglecken gewesen. Heuer kam das nicht mehr in Frage. Und Anna hat auch nichts dagegen gehabt, sich einmal nicht unterm Christbaum die Ratschläge der Schwiegermutter anhören zu müssen.

Ach Anna! Bereitet lieber das Weihnachtsessen vor und passt auf die Nachzüglerin im Laufstall auf, als hier in frostiger Winternacht herumzustapfen. Ist schließlich euer Ritual, Männer, hat sie lächelnd gemeint, während sie ihre Söhne zärtlich in die Wangen kniff.

Peter, der Neunjährige, führt stolz die kleine Gruppe an. Seit Tagen hatte er sich das gewünscht.

„Gell, Papa, wenn's Schnee hat, darf ich spuren?"

„Klar, Peter."

Lukas hat sich nach anfänglichem Schmollen damit abgefunden: Der Ältere hat nun einmal gewisse Vorrechte. Schlau, wer das rechtzeitig begreift. Schließlich will man sich in ein, zwei Jahren selbst darauf berufen können, gegenüber der kleinen Schwester. Und dann ist da ja auch noch der runde *Bolla*, den seine Zunge genüsslich hin und her rollt. Das Rahmzuckerl, das ihm das Schicksal des Zweitgeborenen versüßt.

„Haltet euch mehr rechts! Ein falscher Schritt und – ihr wisst schon …"

Sofort reagieren die beiden. Sie sind es gewohnt zu gehorchen. Rosskopf lächelt zufrieden. Das darf er sich an die eigene Brust heften, ausschließlich. Disziplin. Kontrolle. Darauf versteht er sich wie selten einer. Keine Kunst gegenüber Frau und Kindern, klar; aber auch auf der Abteilung hat er sich in der internen Hackordnung längst über manch älterem Kollegen etabliert. Wenn du weißt, dass du Autorität ausstrahlst, kannst du sie auch gezielt einsetzen, im eigenen wie im höheren Interesse. Daran vermag auch das Handicap, mit einem äußerst jugendlichen Aussehen ausgestattet zu sein, nichts zu ändern. *Babyface* – das war mehr als ein Spitzname: eine Demütigung! Aber er hat früh erkannt, dass es die geistig Minderbemittelten sind, die solche Hänseleien im Halfter führen müssen, inner- und außerhalb der Schule. Als die Haare auf dem Kinn zu sprießen begannen, stellte sich die Frage, ob er sich einen Bart zulegen sollte, schon nicht mehr. Nur um damit älter zu wirken, erfahrener? Nein. Durch seinen Bartverzicht demonstrierte er, dass man sich nicht hinter einer Maske zu verstecken braucht, um als ebenbürtig akzeptiert zu werden. Locker hat er diese Stufe übersprungen. Ebenbürtigkeit ist eine *Quantité négligeable* für einen, der sich als überlegen empfindet und es den anderen zeigen will. Und wie er es ihnen gezeigt hat! Keiner würde heute mehr *Babyface* zu ihm, dem anerkannten Kardiologen, sagen – keiner! Obwohl die Diskrepanz zwischen seiner faltenlosen Stirn und seinem Alter von knapp vierzig heute auffälliger ist denn je. Aber wissenschaftliche Würdigungen und die tägliche Routine im OP haben sein Gesicht sakrosankt gemacht, so wie der weiße Visitenmantel den Rest des Körpers. Das Tuscheln hinter seinem Rücken, es hat heute eine ganz andere Bedeutung: Ein fescher Kerl, unser Dr. Rosskopf! Wie der sich trotz des harten Chirurgenjobs sein jugendliches Aussehen bewahren konnte … Alle Achtung!

„Schau, Papa!"

Peter deutet auf den Stamm einer riesigen Buche. Auf den Tag genau vor acht Jahren hat Armin Rosskopf mit dem Taschenmesser ein A und ein P in die Rinde geritzt, zwei Jahre später ist ein L dazugekommen. Die Initialen ihrer Vornamen sind im Verlauf der Jahre verwittert, aber immer noch gut zu lesen.

„Nächstes Jahr werden wir die Susi vielleicht schon mitnehmen können, Jungs."

„Dann ritze ich ein S für sie ein", sagt Peter.

„Nein, ich!", quengelt Lukas.

Eine energische Geste beendet den aufkommenden Streit im Ansatz. „Wir müssen weiter, also vorwärts, Peter! Oder bist du schon müde? Soll vielleicht dein Bruder spuren?"

„Pah!“

Der Pfad wirkt in der einbrechenden Dunkelheit viel steiler als im Tageslicht. Vom Westen her leuchten die Lichter von Göfis herauf, und ganz hinten, am oberen Ortsrand, funkelt ein kleines Dreieck: die elektrischen Kerzen auf der großen Blautanne vor ihrem Haus. Kitschig, vielleicht, denkt Rosskopf; aber was hätte er als Junge darum gegeben, daheim in Fulda einen solchen Zauberbaum auf eigenem Grund und Boden bestaunen zu können.

„Dürfen wir jetzt die Taschenlampen anmachen?“

„Wartet noch ein bisschen damit. Wenn sich die Augen erst einmal an das künstliche Licht gewöhnt haben, kommt man sich ohne Lampe wie blind vor. Und außerdem …“ – Dr. Rosskopf klingt jetzt wie der Weihnachtsmann höchstpersönlich – „außerdem ist es so doch viel geheimnisvoller, nicht?“

Die Buben nicken eher brav als überzeugt. Ein lautes Knacken im Unterholz lässt sie zusammenfahren.

„Keine Angst. Das ist wahrscheinlich … ja, da, seht nur, Rehe!“

Drei, vier große Schatten huschen keine zehn Meter an ihnen vorüber. Das letzte Tier hält kurz inne, glotzt, schnuppert in ihre Richtung, dann springt es den anderen hinterdrein.

„Wow!“, ruft Lukas begeistert, „hast du gesehen Papa – ein Hirsch!“

„Ein Rehbock“, korrigiert ihn Rosskopf, „Hirsche sind viel größer, das weißt du doch aus dem Wildpark.“

„Aber das letzte war ja viel größer als die anderen“, beharrt der Kleine, „und es hatte ein Geweih!“

„Dummkopf, Rehböcke haben doch auch ein Geweih!“, belehrt ihn Peter und erntet dafür einen anerkennenden Blick des Vaters.

Lukas bleibt stur. „Und es war doch ein Hirsch!“

„War es nicht."

„War es doch!"

Wenn Rosskopf etwas hasst, sind es Zankereien wie diese. Sie erzeugen in ihm ein Gefühl der Ohnmacht, die Ohnmacht des Wissenden gegenüber der unbelehrbaren Ignoranz. Aber sie sind doch noch Kinder, hört er Anna sagen, Anna, die alles Entschuldigende, Anna, die alles Verzeihende. Selbst seinen Seitensprung mit Lore hat sie ihm verziehen in ihrer unendlichen Großmut, mit der sie sich ihm entzieht, mit der sie ihn, den Erfolgsverwöhnten und zweifellos Intelligenteren, zu bestrafen weiß. Ja, er wünschte, sie wäre weniger großmütig, weniger rücksichtsvoll, weniger verwaschen. Auch wenn diese ihre Haltung, zugegeben, dazu beiträgt, Konflikte zu vermeiden – er würde dennoch die Klarheit, die Geradlinigkeit, wie seine Mutter sie besitzt, vorziehen. Die die Dinge immer beim Namen nennt. Ihr messerscharfer, analytischer Verstand. Auf Biegen und Brechen. Nicht auf Dehnen und Beugen …

Peter bittet den Vater, austreten zu dürfen, und verschwindet hinter einem Baum. Minuten vergehen.

„Hast du eine Blasenentzündung, oder was?", ruft Rosskopf ungeduldig.

„Bin schon fertig, Papa!"

Lukas glaubt etwas Bläuliches in der Rechten des Bruders zu sehen, doch der versenkt gleich beide Hände in den Jackentaschen. Sie gehen schweigend weiter. Der Mond breitet einen dünnen Silberteppich über den Weg, der sich ein letztes Mal gabelt. Sie wissen: Das Ziel ihrer Wanderung ist beinahe erreicht. Ein kurzer steiler Anstieg noch, und sie stehen vor den Resten der winzigen Ruine, die ihrem Namen kaum gerecht wird: die Heidenburg.

Eine Burg flößt für gewöhnlich Respekt ein. Nicht so dieses Relikt aus der Römerzeit. Die moosbesetzten, annähernd quadratisch angeordneten Steinmauern bringen es auf keine sechs Meter Seitenlänge und erreichen nur im nordöstlichen Winkel knapp Mannshöhe. Gäbe es nicht die kleine blecherne Hinweistafel, angebracht vom regionalen Tourismusverband, kein Mensch käme auf die Idee, es handle sich hier um einen geschichtsträchtigen Ort, dem schon manch wissenschaftlicher Artikel gewidmet wurde. Historische Aufsätze, die Rosskopf selbstverständlich studiert hat. *Der Fund einer römischen Reiterstatuette auf der Heidenburg, Alemannia Studens 11* etwa. Ein Dr. Rosskopf pflegt sich auf seine Touren vorzubereiten, und seien sie noch so klein. Erst recht, wenn sich diese Wanderung an jedem Heiligen Abend wiederholt, wenn sie fixer Bestandteil des weihnachtlichen Rituals geworden ist.

„Geschafft", sagt Lukas mit einem nachdrücklichen Seufzen, das untermauern soll, welch heroische Leistung er vollbracht hat.

„Ja, Jungs, toll seid ihr gelaufen, alle Achtung! Dafür wird uns der Braten doppelt so gut schmecken."

„Doppelt so gut wie wem?"

„Na, wie all den Stubenhockern dort drüben," – Rosskopf deutet hinüber zum Lichtergefunkel des Dorfes – „die nur darauf lauern, sich endlich auf die Berge von Geschenken stürzen zu können. Aber wir, wir gehen lieber auf die richtigen Berge, was, Jungs?"

Eifrig nicken die beiden, auch wenn sie der väterlichen Vorgabe, dass pro Person maximal drei Geschenke unter dem Weihnachtsbaum liegen dürfen, nicht wirklich etwas abzugewinnen wissen. Wem soll man auch damit imponieren? Der erntet höchstens ein mitleidiges Lächeln, der nachzubeten versucht, was das Oberhaupt der Familie als Parole ausgegeben hat: dass Weihnachten nicht das Fest des Überflusses und der Völlerei, sondern das der Besinnung und Bescheidenheit sei. Dass das Jesuskind schließlich auch mit Stroh und Stallgeruch Vorlieb nehmen musste, angebetet von zerlumpten Hirten. Und wenn die Rede auf die Gaben der Weisen aus dem Morgenland kommt, versteht Rosskopf es, Weihrauch und Myrrhe hervorzukehren, denn das mit dem Gold sei höchstwahrscheinlich nur ein Übersetzungsfehler. Den Altgriechischkenntnissen und der Bibelkundigkeit ihres protestantischen Mannes hat auch die Mutter, die so viel mildere, so viel großzügigere (*sentimental, hoffnungslos sentimental* nennt er sie) nichts entgegenzusetzen. Immerhin: Mit einer Nachtwanderung zur Heidenburg können andere Kinder nicht aufwarten. Die gibt es nur in ihrer Familie. Das entschädigt schon für manch enge Auslegung der Heiligen Schrift.

Sie trinken vom heißen Kamillentee aus der Thermosflasche, die der Vater ihnen reicht. Sich hinzusetzen verbieten Kälte und Schnee, aber da sie endlich die Erlaubnis erhalten haben, ihre Taschenlampen einzuschalten, erkunden Peter und Lukas sowieso lieber das Gelände. Wer hier wohl einmal gewohnt hat? Die Römer, wie Papa meint? Aber wieso heißt es dann Heidenburg und nicht Römerburg? Und was sind überhaupt Heiden?

„Heiden, das sind Menschen, die nicht an Gott glauben, die den wahren Gott nicht kennen."

„Gibt es auch einen … einen unwahren Gott?"

„Ja, Peter, es gibt viele falsche Götter, viel zu viele. Alkohol, Drogen, Geld … Götzen nennt man die, und viele Menschen richten sich mehr nach ihnen als nach dem lieben Gott."

Lukas stochert mit seinem Wanderstock im hintersten Winkel der Ruine herum. Er ist stolz auf dieses Stück Haselholz, in das der Vater Girlanden und kleine Blumenmuster geschnitzt hat. Keiner außer ihm besitzt so einen rundum verzierten Stecken, auch Peter nicht. Am Ende einer jeden Wanderung fügt der Vater mit dem Taschenmesser ein Muster hinzu. Lukas darf sich immer aussuchen, was der Vater schnitzen soll. Heute wird er sich den Kopf eines Tieres wünschen. Papa kann alles schnitzen, was man ihm ansagt. Sogar einen Wolf. Ja, heute wird er sich den Kopf eines Wolfes wünschen. Direkt am Griffende. Den kann er sich dann immer anschauen, wenn sie unterwegs sind. Und wenn er einmal müde ist vom Wandern, wird der Wolf ihm neue Kraft geben.

„Also, Jungs? Dann wollen wir mal. Heim zu Mama und Susi."

„Warte noch, Papa." Lukas ist fündig geworden. Die Stockspitze ist auf etwas gestoßen, das zu weich ist für Stein und zu hart für Moos. Lukas richtet den Strahl der Stablampe auf den großen Klumpen zu seinen Füßen. Die schwarzen Löcher im Schnee erinnern ihn an ein Märchen, an welches nur? Sind es die dunklen Tränen einer Prinzessin, die ihrem Prinzen nachweint? Oder die Spuren eines alten grauen Wolfes, der sie gerade aus seinem Versteck heraus beobachtet?

„Tritt zurück", hört er die Stimme hinter sich rufen, und lauter: „Weg da, Lukas!"

Wieso?, will Lukas protestieren, das ist meine Entdeckung, meine Beute! Doch er wagt keinen Mucks. Zu eindringlich klangen die Worte des Vaters, der sich nun über den Klumpen beugt und mit bloßen Händen den Schnee wegschiebt. Sein breiter Rücken verdeckt Lukas die Sicht. Der Junge beugt den Kopf weit zur Seite. Außer ein paar Fetzen und Bändern lässt sich nichts erkennen. Peter oben auf den Resten der Mauer hat da sicher einen besseren Blick. Wie ungerecht! *Er* hat schließlich den Fund gemacht, nicht der große Bruder, der wie versteinert herunterstiert, die Hände tief in den Jackentaschen. Als Lukas ihn anleuchtet, scheint er zu erwachen. Fast wäre er heruntergestürzt auf den Vater und den Fetzenhaufen unter ihm, aber er kann sich wieder fangen und geht schlotternd in die Hocke. Der Mond steht hoch über ihnen, und gruselige Schatten ziehen über Peters bleiches Gesicht.

„Was ist, Papa, was ist denn los?“

Endlich richtet der Vater sich wieder auf, wendet Lukas das Gesicht zu. Seine Augen glitzern im scharfen Strahl der Taschenlampe, ernster noch als üblich.

Und kein Schimmer von Weihnachten. Nicht der geringste …

„Das hier ist nichts für euch.“

Mit sanfter, aber bestimmter Hand wird Lukas hinausgeschoben aus dem steinigen Geviert. In dem Moment, als Rosskopf sich kurz nach Peter umdreht, sieht auch der Jüngere, was den Bruder hat erstarren lassen.

„Kommt, Jungs, wir müssen zurück. Beeilung!“

Keuchend hetzen sie bergab.

Wenn nur Papa nicht so schnell liefe!

Wenn nur die Batterie hält!

Das Licht nicht erlischt …

Else
Mittwoch, 3. März '04

Was mein erster Eindruck war vom Fredi? Schrullig, würde ich sagen. Ein Kauz, ein Käuzchen. Wie aus einem fernen Zauberwald. Ungewohnt, das schon, aber nicht unangenehm. Ist sicher für beide Seiten kein Honiglecken, so ein Lehrerwechsel mitten im Schuljahr. Andererseits: Wer von der Klier eine Klasse erbt, hat automatisch einen Startvorteil.

Die Klier hat offenbar das einzige Mal, wo ihr Alter versehentlich über sie drübergekrochen ist, nicht aufgepasst. Das war schon am Anfang des Schuljahres deutlich zu sehen. Lächerlich, wie sie versucht hat, es mit ihren weiten, grauenhaft beigen Blusen zu kaschieren. Gleich nach den Weihnachtsferien hat sie sich dann in den Karenzurlaub vertschüsst. „Es tut mir ja so leid, euch mitten in der siebten Klasse im Stich lassen zu müssen!" Mensch, waren wir froh, die fade Tante endlich los zu sein! Samt ihren bescheuerten Fremdwörtern! „Das erste Buch, das ich mir für mein Deutschstudium gekauft habe, war ein Fremdwörterlexikon ..." Darauf ist sie auch noch stolz gewesen! Und es ist ihr super gelungen, ihr Trauma an uns weiterzugeben. Die Liste mit den aktuellen Fremdwörtern und Synonymen mussten wir bereitliegen haben, sobald sie die Klasse betrat, um sie ja jederzeit ergänzen zu können. Zwecks besserer Strukturierung, größerer Eloquenz ... Konnotation und Denotation, Diversifikation und Distribution ... Sie checkte nicht, dass die deutsche Sprache für die meisten von uns schon Fremdsprache genug ist. Das sollte sich bei Fredi schnell ändern. Wie so ziemlich alles.

Unsere Klasse ist sich darin einig wie selten sonst: Der Fredi ist der lebende Beweis dafür, dass es einer trotz Hirn und Herz zum Lehrer bringen kann. *Unser Fredi.* Ein Ehrentitel! Tausendmal wertvoller als das *Herr Professor* vor dem Familiennamen! Anfangs haben wir uns ja gefragt, wie einer überhaupt Märker heißen kann, der sich nicht einmal bis zur nächsten Stunde merkt, was er in der vorigen vorgetragen hat. „Was haben wir da gleich durchgenommen? Helft mir bitte auf die Sprünge!" Wir Naivlinge haben tatsächlich geglaubt, er sei schon ein bisschen senil oder einfach schlecht vorbereitet. Bis klar wurde, dass das pure Taktik ist: So kriegt er am schnellsten heraus, was wir überhaupt mitgekriegt haben. Und seine absurden Kommentare! Die reinsten Rätsel. Aber er will uns damit nur bluffen, reizen. Vielleicht sogar dazu bringen, dass wir ihm widersprechen. Um selber herauszufinden, was wichtig ist und was nicht. Was sagte er neulich, als wir den späten Minnesang durchnahmen? „Es gibt keine Kardinalsünden, die nicht zugleich Kardinaltugenden sein können. Und umgekehrt." Der Adrian, dessen rechte Hand immer an einem unsichtbaren Faden an der Decke angebunden ist, fragt ihn natürlich gleich, ob wir das notieren sollen. „Du schon", kriegt er als Antwort, „ein Adrian muss alles aufschreiben, für den ist alles Lehrstoff."

Aber was ist eigentlich der Stoff für den Fredi? Was ist der Stoff, aus dem *seine* Träume sind? Ist es der Stoff, den er sich nächtens gibt? Alkohol rührt er ja nicht an, behauptet jedenfalls Clemens, der ihn schon öfter im Dörflinger gesehen hat, immer vor einem Glas Schwarztee mit Milch. Aber ich möchte wetten, dass er heimlich Shit raucht – mindestens! Er hat richtig verträumte Augen, überhaupt keine Lehreraugen.

„Ich bin ledig und, soviel ich weiß, kinderlos." So hat er sich uns in der ersten Stunde vorgestellt. Und, wie er seither immer betont: „in keinem Verein eingeschrieben." Snezana meint, in seinem Kopf müsse es zugehen wie in einem Bienenstock mit mehreren Königinnen. Snezana hat immer die geilsten Metaphern parat. Auf seine Prüfungsfragen kann sich wirklich keiner vorbereiten, nicht einmal der Adrian. „Was hältst du von der Entwicklung des Begriffs der êre in der mittelalterlichen Literatur?“ Was willst du auf so was groß lernen? Im Prinzip kannst du durchgeackert haben, so viel du willst, kannst jedes verdammte höfische Epos lesen, oder zumindest jede Internetseite, die einem sonst bei der Prüfungs- und Referatsvorbereitung hilft – letztlich will der Fredi genau das nicht hören, was für seine Kollegen mehr als reicht. „Gut gebüffelt, Ochse!“, lautet noch sein wohlmeinendster Kommentar in solchen Fällen. Was ungefähr auf das Gleiche rausläuft wie sein „Selber denken macht fett. Geistig, meine ich. Leider tendieren die meisten, was das anlangt, eher zur Magersucht.“ Trotz solcher Sprüche kann man bei ihm problemlos ein Gut holen, schlechtestenfalls ein Befriedigend, was er auch schon mal geistesabwesend als *Befriedigung* einträgt. Aber ein Sehr gut, das hat bis heute noch keiner geschafft. Nicht gerade ein breites Notenspektrum.

Er hat übrigens nichts dagegen, von uns Fredi genannt zu werden. Vielleicht brüstet er sich damit sogar vor seinen Kollegen, das würde zu ihm passen. Autoritätsprobleme, das hat ein jeder von uns mittlerweile eingesehen, kriegt er deswegen keine. Seine Autorität ist wie von einer anderen Welt. Anredeunabhängig. Notenunabhängig.

Ich mag ihn jedenfalls. Auf meine Art lass ich es ihn auch merken. Merk's, Märker, dass ich an deinen Lippen hänge. Ohne die Miene zu verziehen, ohne die Spur eines Lächelns, versteht sich. Das wäre definitiv zu penetrant, um die Klier zu zitieren. Nein: Allein, dass eine an seinen Lippen hängt, ist schon mehr, als ein vierzigjähriger Mittelschullehrer sich von einer Sechzehnjährigen erwarten darf. Definitiv mehr!

Aber am Dienstag hat er mich fast in Rage gebracht. Da ist er mit diesem alten Schinken hereingekommen, den ich schon letztes Jahr für mich gelesen habe. „Ein bisschen ein Kontrastprogramm“, hat er gesagt. Ein Kontrast zu den noch viel älteren Schinken aus der Zeit der Ritter und edlen Fräulein, mit denen er uns bisher beglückte, hat er wohl gemeint. „Wenn auch die Frage der Ehre in diesem Werk wieder eine wesentliche Rolle spielt.“ Da musste ich grinsen. Ganz leicht nur, aber er hat es sofort gecheckt. „Und wieso lächelt sie jetzt so maliziös?“, hat er in die Klasse hineingeflüstert. Nicht etwa, dass er die Frage an mich persönlich gerichtet hätte. Eine jede von uns hätte gemeint sein können – Sigrid, Diana, Snezana … Eine so gut oder so schlecht wie die andere, eine von neun weiblichen Nullen halt, durch ein und dasselbe dümmliche Gegrinse für ihn qualifiziert als – unqualifiziert. Aber welcher Lehrer rechnet schon mit einer ehrlichen Antwort auf die Frage, warum man in seinem Unterricht grinst? Keiner, wenn er nicht völlig bescheuert ist. Normalerweise machst du auf so eine Frage hin einfach weiter und sagst nichts. Mich hat es aber geärgert, dass er von mir in der dritten Person redet, und darum hab ich ganz gegen meine Gewohnheit laut herausgerufen: „Weil ich *Jugend ohne Gott* schon kenne. Und weil's total uncool ist.“

Er schaut mich noch immer nicht an. Sein Blick schwebt wieder einmal im Niemandsland, dort oben zwischen Schülerscheiteln und Neonröhren, wo Lehrerblicke gerne hängen bleiben, was ich normalerweise sogar als angenehm empfinde, jedenfalls als bedeutend weniger nervig als die Blicke von Lolle Bilgeri, unserem Mathelehrer. Wie der dir auf den Nabel schaut, möchtest du meinen, er sei halb verhungert.

„So, ist es das? Und könntest du das vielleicht etwas näher erklären?“ Erst jetzt sieht er mir in die Augen.

Ich muss wohl mit der Schulter gezuckt haben, denn er hat nun seinerseits mit der seinen gezuckt. Mehrmals. Das ist noch so ein Tick von ihm: dass er einen imitiert. Ohne Worte, rein körpersprachlich. Wenn er zum Beispiel merkt, dass die Aufmerksamkeit eines Schülers abdriftet, spiegelt er das dem Betreffenden, genau so, wie ich es in den letzten Ferien vor dem Centre Pompidou erlebt habe: Ein stummer, weiß geschminkter Mime kopiert zum Gaudium des Publikums einen ahnungslosen Passanten so lange, bis das Opfer endlich kapiert, wer da die längste Zeit den Anlass geboten hat für die allgemeine Volksbelustigung. Die meisten der Imitierten lachen dann mit, andere reagieren sauer darauf oder werden rot. Ich gehöre eindeutig zu der zweiten Sorte.

„Ich finde das überhaupt nicht lustig!", hab ich gesagt. Leider kam es verdammt unglücklich rüber, weil meine Stimme mitten im Satz gekippt ist, in so ein Gegickse, das mir selbst am meisten auf den Keks geht. Die Klasse hat sofort das Tuscheln eingestellt. Man kennt mich und weiß, dass ich lange brauche, um überzulaufen. Aber wenn, dann dafür gehörig.

„War auch nicht als Belustigung gedacht", hat der Fredi gesagt. Für einige Sekunden hat er unschlüssig gewirkt, etwas, das man von ihm sonst nicht kennt. Wenn einer den Faden nicht verliert, selbst wenn er vom Hundertsten zum Tausendsten kommt – *man verzeihe mir den kleinen Exkurs*, heißt das bei ihm –, ist das der Fredi Märker. Aber gleich darauf war er wieder der Alte. „Ein Schulterzucken verdient als Antwort eben nur ein Schulterzucken." Was willst du darauf noch sagen?

„Verstaubt", hab ich nachgelegt. „Dieser Horváth ist so was von verstaubt! Da können wir grad so gut noch eine zehnte Rittergeschichte durchnehmen."

„Gar nicht übel!", hat er gelacht. „Betrachten wir *Jugend ohne Gott* demnach als letztes höfisches Epos. Und du, Else, hast die Ehre, uns darüber ein aufschlussreiches Referat zu halten. Thema: Die Verstaubtheit des Ehrbegriffs bei Ödön von Horváth. Okay?"

Okay. Klar. Nach außen hin hab ich mich zwar weiterhin böse gegeben, aber eigentlich war ich nicht unzufrieden. Zum einen hatte ich ihm gezeigt, wo meine Grenzen sind. Zum anderen würde ich so ein billiges Referatthema kein zweites Mal aufreißen können. Ein schmales Büchlein, das ich eh schon kenne und zu dem es jede Menge gescheiter Kommentare gibt – eine aufgelegte Sache.

3. Eine interessante Leich

„Eine interessante Leich, zweifelsohne!"

Ein typischer Gfaderkommentar. So etwas wie der ultimative Superlativ aus dem Munde des Montafoners. Üblicherweise spricht er von einer *toten Leich*, oder von *toter als tot*. Das verheißt eine vom Standard immerhin abweichende Ermittlungstätigkeit. Aber eine wirklich *interessante Leich,* eine für einen Kriminaler echte Herausforderung, die fällt nicht oft an in der Abteilung.

Genau genommen liegt die letzte schon drei Jahre zurück. Hagens Einstandsgeschenk gewissermaßen. Sein erster Fall im Ländle, von dem er sich bis heute nicht richtig erholt hat. Weswegen er den Job hinschmeißen wollte, kaum dass er ihn begonnen hatte. Aber was hast du mit bald fünfzig Jahren für eine Perspektive? *Leib Leben Gesundheit*, oder – niente. Mit ein bisschen Protektion hat man es gerade noch zum Abteilungsleiter in der Bregenzer KA gebracht. Kurz, bevor die Politiker über Umstrukturierungen bei Gendarmerie und Polizei nachzudenken begannen. Was à la longue nichts anderes bedeuten wird, als früher das hübsche Wort *Freisetzung* und noch früher – weniger hübsch, aber ehrlicher – *Entlassung* ausgedrückt hat, *Abbau unrentabler Arbeitsplätze*. Und diesen sicheren Posten willst du hinschmeißen? Wegen einer klitzekleinen Depression, die eh in der Familie liegt, seit drei Jahren kombiniert mit einer posttraumatischen Störung, die *an* der Familie liegt? Und von wegen Umschulung, beruflicher Neuorientierung … Dass ich nicht lache! Bestenfalls ein Leben als Sandler steht in diesem Alter zur Debatte. So, wie es die interessante Leich, mit der Hagen es jetzt zu tun hat, geführt haben dürfte.

Denn dass es sich bei dem Toten vermutlich um einen langfristig Obdachlosen handelt, scheint laut vorläufiger gerichtsmedizinischer Erkenntnis nahezu gesichert. Der miserable Zustand der Zähne, die körperliche Verwahrlosung ganz allgemein, nicht zuletzt aufgrund eines offensichtlich andauernden Alkoholmissbrauchs, und Fingernägel, so lang wie bei einem Flamencospieler. Allerdings nicht annähernd so gepflegt.

„Wie alt war der Mann, hat der Gerichtsmediziner gesagt?"

„Um die sechzig. Könnten aber auch fünf bis zehn Jahre weniger sein. Solche verbrauchten Typen wirken oft beträchtlich älter, als sie tatsächlich sind."

Verbraucht. Typen. In die unterste Schublade mit ihnen. Ins Massengrab, wo schon der Mozart auf sie wartet, oder der Woyzeck. Auch so ein interessanter Fall. Verbraucht, missbraucht, zu nichts mehr zu gebrauchen.

Und wer braucht dich noch, Hagen?

Die Mutter im Altersheim? Damit sie noch einer besuchen kommt, vierzehntägig wenigstens, eine halbe Stunde, dem Feierabend zähneknirschend abgezwackt? Oder dass wer die Stiefmütterchen gießt, die sie auf das Grab von Vater und Hartmut gepflanzt hat? Stiefmütterchen, ausgerechnet! Die Blumensorte, die der Alte partout nicht ausstehen hat können. Für ihn der Ausbund an Spießbürgerlichkeit. *Wenn du mir das Kraut im Garten einsetzt, zieh ich aus!* Er brauchte nicht auszuziehen. Zu seinen Lebzeiten hat sie seine Stiefmütterchenallergie gefressen, wie alle seine Wunderlichkeiten. Aber gleich nach seinem letzten Schnaufer hat er nichts mehr zu bestimmen gehabt. Nicht einmal, welches Kraut er sich nun eine Ewigkeit lang von unten anschauen darf.

Was sie natürlich nie zugeben würde. Sie sagt: Wir nehmen Stiefmütterchen, weil Stiefmütterchen sind pflegeleicht und halten sich lang. Und grad die violetten passen so gut auf ein Grab …

Ach, vergiss es, Hagen! Vergiss Mütter und Stiefmütterchen. Wo er Recht hat, hat er Recht, der Gfader: Interessant ist sie, unsere Leich, hochinteressant sogar. Der brave Mitbürger, der seine Ex mit einer Pumpgun niedermacht … Die Frau, die ihren Alten im Schlaf mit seiner Angelschnur erdrosselt … Alles Schema F, alles x-fach gehabt. Aber knapp zwei Meter Paketklebeband um Kopf und Hals herumgewickelt, und dann dieser Fundort! Das bringt die grauen Zellen auf Trab. Du musst auch die schönen Seiten deines Berufs sehen. Die Herausforderung. Das Kribbeln im Bauch, wenn einmal was Unvorhergesehenes passiert, was Unprovinzielles. Etwas, worum sie dich sogar in der Großstadt beneiden. Auch wenn wir dafür jetzt das ganze Weihnachtswochenende zusammenhocken dürfen. Grad darum! Das Fest der Familie … Du bist ja heilfroh, wenn dich was ablenkt davon. *I got it bad and that ain't good.* Das kannst du dir zu Hause noch oft genug anhören, wenn die Erinnerungen dich wieder nicht einschlafen lassen.

„Du hast ja ziemlich lang mit diesem Dr. Rosskopf geredet. Ist ihm was Spezielles aufgefallen am Fundort? Irgendwelche Spuren zum Beispiel, bevor er und seine Buben da oben alles zertrampelt haben?"

„Ach ja, der Herr Doktor", stöhnt Gfader, „der hat vielleicht den Fachmann hervorgekehrt! Hat darauf beharrt, dass er an der Lage der Leiche nichts verändert hat. Abgesehen davon, dass er sie zuerst mit bloßen Händen vom Schnee befreien musste. Und nachdem auch der Hals komplett verpackt war, du weißt schon, womit, hat er halt versucht, den Puls am Handgelenk zu nehmen. Aber auch die Hand habe er selbstverständlich wieder in die ursprüngliche Position zurückgelegt. Wie gesagt, ein Fachmann, der Herr Kardiologe."

Sie betrachten gemeinsam die Fotos der Spurensicherung. Auf der roten Thermosflasche keinen Meter neben der Leiche glänzt sternförmig die Reflexion des Blitzlichts.

„Ich bin gespannt, was sie da drin finden. Es war ja noch ein Rest in der Flasche, oder?"

„Ja. Und wenn mich mein Riechkolben nicht vollkommen getäuscht hat, würd ich sagen: ein billiger Obstler. Meilenweit entfernt von allem, was unsereins gewöhnt ist."

Bei Schnäpsen ist der Montafoner eine Kapazität, zweifellos, eine wahre Koryphäe. Vorigen Herbst konnte Hagen sich selbst davon überzeugen, als Gfader ihn und Winder erstmals zu sich in sein Schrunser Domizil eingeladen hat. Im ausgebauten Keller haben sie ein ganzes Arsenal von Selbstgebranntem verkostet. Natürlich alles schwarz. Da hätte eine gewisse Abteilung bei den Finanzern ihre wahre Freude daran gehabt. Frage nicht, wie man damals heil nach Hause gekommen ist, und ohne einem Kollegen von der Streife in die Arme zu laufen! Das hätte der Major sicher gerne in der Personalakte vermerkt: Chefinspektor Hagen mit über zwei Promille im Blut angehalten …

„Und was folgern wir daraus?"

Gfader zwirbelt an seinem Schnurrbart herum.

„Du meinst, es könnte ihm einer eingeflößt haben? Nachdem der Alte k. o. gegangen ist? Die Kampfspuren an seinem Oberkörper waren ja unübersehbar, dafür hätte es keinen gerichtsmedizinischen Befund gebraucht."

„Denkunmöglich wäre das zumindest nicht, oder?"

Nein, denkunmöglich ist kaum einmal was bei so einem interessanten Fall. Übrigens auch nicht bei den uninteressanten. Wie oft haben vorschnelle Schlüsse einen schon in die Irre geführt.

„Wir sollten vorläufig noch vorsichtig sein mit Hypothesen. Denk daran, was John Mayall über Jimi Hendrix gesungen hat."

„Nämlich?"

„Drugs may bring you joy, but the danger is they destroy … Der Blues hieß *Accidental Suicide*, wenn ich mich richtig erinnere. Tja, momentan können wir Selbstmord auch nicht wirklich ausschließen."

„Also bitte! Da muss doch einer kräftig nachgeholfen haben. Wer verklebt sich alleine die Atemwege mit zwei Meter Industrieklebeband? Vier Umwicklungen! Das dauert seine Zeit. Da bist du längst erstickt, bevor du damit fertig bist!"

„Kommt wohl darauf an, wie lange du die Luft anhalten kannst. Fesselungsspuren an Armen und Beinen waren auf jeden Fall keine feststellbar. Und wie die Leiche dagelegen ist – hingekuschelt quasi, geradezu friedlich. Wir werden ja sehen, ob die gerichtsmedizinischen Untersuchungen noch was Neues ergeben. Aber es würde mich nicht wundern, wenn die genaue Todesursache infolge der Verwesung der Leiche gar nicht mehr feststellbar ist. Wie auch immer", Hagen erhebt sich und macht ein paar Dehnungsübungen, „wir ermitteln vorderhand in alle Richtungen, wie es so schön heißt."

„Okay. Und ich bin sicher, dass wir über den Gebissabdruck schnell herausfinden werden, mit wem wir es zu tun haben."

„Hoffen wir's. Und vielleicht bringt ja auch das Absuchen des Geländes was ans Tageslicht. Die Burschen sind wohl noch immer dran, oder?"

„Sind sie. Ich hab grad erst mit ihnen telefoniert. Nichts Neues. Keine Schleifspuren, kein Blut in der Umgebung. Und keine Spur von der Klebebandrolle."

„In dem Fall: Kaffeepause!"

Sie halten sich eh schon viel zu lange an den Spruch, den sie auf dem zerschlissenen T-Shirt der Leiche gelesen haben: *Tua eppas!* Das braucht man ihnen, die nun schon seit über zwölf Stunden auf den Beinen sind, wirklich nicht als Motto unter die Nase zu reiben. Zuerst droben auf der Heidenburg bei der Spurensicherung, dann unten in der Pathologie bei der Leichenöffnung. Fürwahr: eine stille, eine heilige Nacht!

4. Das Doppelpack

Alles neu macht der Mai. Die Natur erwacht, die Bäume schlagen aus … Ein Schmäh, wie das meiste. Gar nichts neu macht der Mai! Die Bäum schlagen nicht aus, und die roten Bonzen tragen rote Nelken am Revers, wie jedes Jahr. Es gehen eh nur mehr Politiker hin zu die Aufmärsche. Während das arbeitende Volk sich seinen Rausch ausschlaft.

Und was macht das fahrende Volk am Tag der Arbeit? Es hockt sich in den nächsten Intercity und wartet. Auf den erstbesten Schaffner wartet es, dass ein bisserl eine Abwechslung kommt in das Leben.

„'n Abend. Fahrscheinkontrolle."

Guten Morgen, guten Abend! Fahrscheinkontrolle! Bitte sehr, danke sehr. Wünsche eine schöne Weiterfahrt, die Herrschaften. Na, blöd tät ich mir vorkommen, wenn ich das ein paar hundert Mal sagen müsst am Tag. Schön deppert, wenn ich so einen Job hätt. Wenn ich überhaupt einen Job hätt.

„Kann ich Ihre Fahrkarte sehen?"

Ihre Fahrkarte! Schaun wir mal, wie lang der mit uns per Sie ist, Kurtl. Aber lass mich nur machen, das Reden ist eh deine Sach nicht.

„Einen Augenblick. Bin ja schon am Suchen."

Wann hast du das letzte Mal eine Fahrkarte vorgezeigt, Kurtl? Also ich vor fünfzehn, zwanzig Jahren vielleicht. Oder auch ein bisserl mehr, spielt eh keine Rolle nicht. Auf so einer Schmalspurbahn war's, glaub ich, droben im oberen Waldviertel, wo ich die Enzi öfters besucht hab. Aber die gibt's eh nimmer. Die Bahn nicht und die Enzi erst recht nicht.

„Alsdann? Ich hab nicht ewig Zeit!"

Zeit, mein Gott: Zeit! Was rennt einem Schaffner davon? Wenn einer im Zug zu Haus ist, kann er nie zu spät kommen.

Die Fahrgäst, ja. Die könnten einen Anschluss verpassen, einen Geschäftsabschluss oder zumindest ein Techtelmechtel. Aber einem Schaffner kann das wurscht sein. Komplett Powidl. Was kann der Sigismund dafür, dass er so schön ist. Was kümmert's den Haifisch, wenn am Himalaja einer abstürzt! Eben. Der Zug, das ist deine Welt, und sonst gar nichts. Siehst, das haben wir Sandler mit den Schaffnern gemeinsam: Können uns gratis die Welt anschauen. Pardon, nicht Schaffner! Zugführer wollen sie ja neuerdings gerufen werden. Als ob's deswegen mehr anzuschaffen hätten. Aber von mir aus.

„Ich fürcht, es gibt da ein Problem, Herr Zugführer."

„Ah so! Kann mir gut vorstellen, was für eins. Bei eurem Aufzug!"

Schau, so schnell geht das, Kurtl! Schon sind wir per Du. Na ja, macht eh alles viel einfacher, net wahr?

„So eine fesche Uniform wie die deine kann sich unsereins freilich nicht leisten."

„Also bitte! Keine Fahrkarte, und dann auch noch goschert! Jetzt schaut's, dass ihr weiterkommt's, aber dalli!"

„Wohin, bitte? In die erste Klass?"

„Pass auf, Bursche! Frotzeln muss ich mich von dir nicht lassen, nicht von dir!"

Stimmt, das ist nicht fair. Weil so ein Zugführer hat kein angenehmes Leben nicht. Muss sich eh schon den ganzen lieben Tag lang die Nörgeleien von die zahlenden Fahrgäst anhören: Könnten'S die Klimaanlage nicht etwas höher einstellen, da herinnen hat's ja eine Affenhitz! Könnten'S die Klimaanlage nicht ausschalten, 's zieht ja wie in einem Vogelkäfig! Und wieso stehn wir jetzt schon eine Viertelstunde herum, auf offener Strecke? Was, ein technisches Gebrechen? Und dafür will die ÖBB jede Woche zehn Prozent mehr! Aber so ein braver Zugführer kann ja den Raunzern nicht auf die Nase binden, dass sich halt wieder einer vor die Lok geschmissen hat. Zerstückelte Selbstmörder – das käm nicht gut an bei die Reisenden. Nein, frotzeln musst so einen armen Hund nicht. Wo er dich nicht einmal rausschmeißen kann, wenn er dich erwischt ohne Ticket. Weil dafür fahren sogar die österreichischen Züge zu schnell. Und wenn beim nächsten Bahnhof dann wirklich einmal die Polypen auf dich warten: 's weiß doch eh ein jeder, dass du in spätestens zwei Stunden wieder mit von der Partie bist. Dem Taktfahrplan sei Dank! Drum: Das Theater mit der Polizei und so – steht doch gar nicht dafür, Herr Zugführer, also wirklich …

„Wie heißt's ihr zwei überhaupt?"

„Ich bin der Pauli. Und das ist der Kurtl."

„Familiennamen haben wir keine?"

„Sicher. Aber was hast davon, wenn wir dir die nennen? Wer red't einen Sandler schon mit dem Familiennamen an?"

Gell, jetzt schaust! Jetzt bist mundstad worden. Weil ohne Ausweis keine Kontrolle. Das schnallt der letzte Depp. Ohne Kontrolle sind die ehrenwertesten Namen nix als wie Schall und Rauch. Wie Pröll und Hofer, zum Beispiel. Das Duo Infernale. Schrecken aller Bürgermeister zwischen Nickelsdorf und Bregenz. Der wandelnde Doppelliter. Nein, wir sind kein einfaches Pack nicht, Herr Zugführer, ganz bestimmt nicht, weil: Wir sind ein Doppelpack! Haha. Wurst, ob weiß oder rot oder rosé: Weil doppelt hält besser. Fehlt nur noch der Doppeladler auf dem T-Shirt, und der Habsburg macht uns zu seinen Thronfolgern. Aber auf unsere Leiberl gibt's keine Adler und keine Adidaswerbung. Da steht ein Sprüchl, das sie nur im Ländle richtig kapieren: *Tua eppas*. Schon ziemlich ausg'waschen, zugegeben, aber immer noch: super. Das Einstandsgeschenk vom Bruno. Magister Bruno! Trotzdem: ein feiner Kerl. Es war einzig und allein seine Idee. Jeder Stammkunde in der Notschlafstelle hat so ein Leiberl gekriegt. Der kürzeste alemannische Witz, wenn du mich fragst: *Tua eppas*. Wo du eh schon längst kein Leiberl mehr hast …

„In St. Anton will ich euch aber draußen haben. Fix! Ist das klar?"

„Klar, Chef. Großes Sandlerehrenwort."

Mein Gott: St. Anton. Stanton! Hannes Schneider. Die Valluga. Der Galzig. Die Kandahar-Abfahrt. Meine Leib- und Magenstrecke. Wo ich den Charlie das erste Mal geschlagen hab. Zwei Mal österreichischer Meister in der Abfahrt, und nur einmal im Slalom. Trotzdem, der Titel im Slalom war mir immer wichtiger. Obwohl die Abfahrt bei uns seit jeher mehr zählt, viel mehr. Warum eigentlich? Gradausfahren kann bald einer. Aber der gewisse Schwung aus der Hüfte heraus … mein Markenzeichen. Noch lang vor die Carvingski. *Wie eine Schlange hat sich Paul Pröll durch das Labyrinth der Holzstangen gewunden.* O-Ton Unabhängige Kronen-Zeitung. *Paul Pröll bzw. Pauli Prölliant, wie der junge Tiroler von seinen Bewunderern genannt wird, ist über das gefährlichste Stück hinweggetanzt, und die Köpfe der von so viel Eleganz und Geschmeidigkeit, von so viel Bewegungscharme und rhythmischem Schwung faszinierten Zuschauer machten in den letzten Toren das Hin- und Herpendeln seines Körpers mit …*

So was vergisst man nicht. Nicht, wenn man einmal Prölliant gerufen wurde. Ein Name, den damals jedes Volksschulkind gekannt hat: Pauli Prölliant. Immerhin, das Pauli ist mir geblieben. Und eine gewisse Gelenkigkeit in die Hüften, die wo nicht ein jeder Zweiundsechzigjähriger mehr herbringt.

Also komm, Kurtl. Machen wir dem Herrn Zugsführer halt die Freud und schauen wir uns ein bisserl um im Dorf. Auf die zwei Stunden kommt's uns auch nicht an.

5. Die Botschaft

Else
Montag, 2. Mai '04

Jeder, der mein Kästchen anrührt, stirbt. Das sagt der T in *Jugend ohne Gott*, und in dem Kästchen liegt sein Tagebuch.

Bis vor zwei Monaten habe ich auch so getickt. Fast sechs Jahre lang hat niemand eine Zeile aus meinen Tagebüchern (waren es eigentlich zwölf oder dreizehn?) zu sehen gekriegt, und jetzt! Jetzt teile ich es freiwillig mit einem Menschen. Unser GTB. Ich kenne niemanden sonst, der ein gemeinsames Tagebuch zusammen mit seiner besten Freundin hat.

Als Snezana den Vorschlag gemacht hat, hab ich mir erst gar nicht richtig vorstellen können, wie das gehen soll. Aber es funktioniert. Eine Woche schreibt sie in meines, eine Woche schreibe ich in ihres. Es gibt nichts Cooleres! Anfangs hab ich ja befürchtet, mein Stil könnte sich dadurch ändern. Doch die Angst war unbegründet. Sobald ich das Tagebuch aufschlage, bin ich ganz daheim in meiner Wortewelt. Da denke ich gar nicht daran, wer sonst noch meine intimsten Gedanken zu lesen kriegt, da fließt es einfach. (Okay, das ist jetzt vielleicht ein Widerspruch, weil ich in diesem Moment eben doch darüber nachdenke. Egal, dann ist es halt ein kreativer Widerspruch, wie der Fredi sagen würde.)

Wir reden nie über das, was wir voneinander gelesen haben. Das ist wie ein unausgesprochenes Gebot. Ich glaube, wir spüren beide, dass das etwas zerstören würde. Ein gemeinsames Tagebuch ist mehr als ein Briefkasten. Es ist etwas ganz und gar Eigenes. Wenn das Wort nicht so altmodisch wäre, würde ich sagen: Es ist heilig. Und wenn schon, bin ich halt altmodisch. Was gibt es Heiligeres, als sich vollkommen einem anderen mitzuteilen. *Einer* anderen! Weil – ich glaube nicht, dass das mit einem Mann möglich wäre. Vielleicht, wenn man einmal dreißig Jahre miteinander verheiratet ist. Aber in die Situation komm ich eh nie. Wer heiratet, ist selber schuld. Das hat Mama gesagt, und sie muss es wissen. Sei nur nicht so blöd wie ich, heutzutage braucht keine mehr zu heiraten. Zu meiner Zeit war das noch anders. Da warst du als ledige Mutter im Dorf gebrandmarkt, eine Aussätzige. Und außerdem hat man als Frau geglaubt, die Ehe bringt einem Sicherheit, für den Fall, dass es doch schief geht. Na, siehst eh, was es mir gebracht hat! Das sagt sie ständig: *Siehst eh, was es mir gebracht hat.* Ich weiß nur, was es *mir* gebracht hat: ihr ständiges Gejammer! Aber vielleicht bin ich ungerecht. Vielleicht ist es heute wirklich leichter. Jedenfalls ist es ganz anders.

Jetzt, wo ich das Buch noch einmal für das Referat gelesen habe, finde ich es doch nicht mehr so blöd. Die Sache mit der Ehre und so. Wie sich der Klub am Schluss für den Lehrer und die Eva einsetzt ist sogar echt gut. Ob sich in unserer Klasse auch noch ein paar finden würden, die das täten? Snezana vielleicht (das sag ich nicht deshalb, weil du das liest, Snezana!) und eventuell auch Clemens. Clemens wird mir in letzter Zeit überhaupt sympathischer. Ich ihm auch, glaube ich. Dabei ist er mir im ersten Semester noch dermaßen auf den Geist gegangen mit seinem Totenschädelamulett und dem idiotischen schwarzen Outfit! Wie er angegeben hat damit, ein Satanist zu sein! Und immer mit dem Zarathustra unterm Arm! Als ob er verstehen würde, was da drin steht! Aber das Theater hat er eh nur wegen der Klier gespielt, weil die so über den Nietzsche und seinen Nihilismus hergezogen hat. Seitdem der Fredi da ist, hat sich das erledigt. Den Fredi kannst du mit so was nicht provozieren. Der rastet höchstens bei einem wie dem Johnny aus. Wenn man einen Brief an die Klasse als Ausrasten bezeichnen kann.

Das war wirklich eine starke Aktion vom Fredi. Der Johnny hatte wieder einmal angefangen damit, mit seiner üblichen Masche: Was das eigentlich bringt heutzutage, Bücher von irgendwelchen Typen zu lesen, die noch nicht einmal gewusst haben, was ein PC ist. Und wieso wir uns nicht lieber mit modernen Sachen beschäftigen, mit etwas Nützlichem, und ob der Herr Professor nicht auch glaubt, dass im e-Learning die Zukunft liegt. Wir waren alle ziemlich angefressen, weil wir in der vorherigen Stunde gerade die Lateinschularbeit beim Horaz zurückbekommen hatten, und keiner von uns hatte die geringste Lust, Fredis Aufforderung nachzukommen und dem Johnny etwas entgegenzuhalten. Da ist der Fredi wortlos aufgestanden und hat die Klasse verlassen. Als er nach einer Viertelstunde wieder reingekommen ist, hat er auf jeden Tisch einen Zettel gelegt, immer noch wortlos. Dann hat er salutiert wie ein Militärschädel und ist endgültig verschwunden. Seinen handschriftlichen Brief klebe ich hier ein.

Liebe 7b!

Welcher Diktator wollte wegen euch noch Bücher verbieten und verbrennen lassen? Freiwillig lest ihr ohnehin keine mehr, jedenfalls keine Literatur jenseits von Harry Potter *und* Herr der Ringe. *Nicht einmal um damit prahlen oder spötteln zu können lest ihr noch. Lesen und schreiben gelten euch als notwendiges Werkzeug zum Verfassen eurer Mails und SMS, sonst nichts. Ihr hängt am Handy und am Computer, euren beiden Hauptgottheiten, und eure Seelen suhlen sich bereits in den Chatrooms, während eure Körperhülle noch in der Schulbank herumhängt. Wozu soll ich euch noch unterrichten? Das Wissen der Menschheit glaubt ihr im Internet versammelt, in diesem Selbstbedienungsladen, wo ihr eure Instantprodukte zugegebenermaßen schneller findet, als ich es je könnte. Aber Qualitätskontrolle? Hinterfragen der Herkunft der Ware?*

Nein, danke. Ich danke auch. Ich danke ab und kündige. Ab zu den Negern. Und ich bete darum, dass ich dort auf keinen von euch treffe, der meint, als Billigflugtourist den Negern die Welt erklären zu müssen …

Das war ganz klar auch eine Botschaft an mich. Weil ich doch in der nächsten Stunde mein Referat über *Jugend ohne Gott* halten sollte. Ich hab in dem Moment sicher als Einzige gewusst, wer die Neger sind, zu denen Fredi abhauen will. Und *Herr der Ringe*, so nenne ich immer den Johnny, an jedem Finger trägt er schließlich so einen Klunker. Das muss der Fredi mitgekriegt haben, frage nicht wie und wann. Ich hab mich jedenfalls brutal gefreut über diese Botschaft. Das ist so, als würde man dir antragen, dich in eine geheime Freimaurerloge aufzunehmen. Eine Sache der Ehre! Da hab ich plötzlich verstanden, dass Ehre etwas mit einer Art von Wissen zu tun hat, das nicht für jeden bestimmt ist. Mit Auserwähltsein. Mit einem geheimen Club, der sich für ein höheres Ziel einsetzt.

Und seit diesem Dienstag, ich geb's ja zu, fress ich dem Fredi aus der Hand.

6. Identifizierung

Scheußlich der schale Geschmack, der sich jedes Mal wieder in Mund und Kehle breit macht, sich in der Gaumenschleimhaut einnistet wie die Rückstände einer durchrauchten Nacht. Kaltsaurer Schweiß, wenn das weiße Vlies über der Nase gelüftet wird, über den Fragmenten einer Nase genau genommen, drei Wochen unter Geäst und Laub und nassem Schnee fordern ihren Preis …

Wenn ein gefletschtes Gebiss dich anspringt, oder besser: der Schatten eines Gebisses. Denn außer ein paar lächerlichen gelben Stumpen ist davon nicht viel übrig geblieben, und was hätten die dem schwarzen Loch schon entgegenzusetzen, in das du jetzt wieder zu fallen drohst. Ein Loch, klaffend wie der offene Brustkorb einer jungen Frau, in den zu starren du gezwungen warst, in eben diesem Raum, grad einmal drei Jahre ist das jetzt her …

Das wahrhaft Pathologische an der Pathologie: I-den-ti-fizie-rung!

Von wem, oder eher: womit?

Gar mit den Resten von Erinnerungen an die Zeit davor? Als die Brüste noch nicht zur Seite geklappt waren, als sie dich hinter einer Seidenbluse anlächelten, mit dir scherzten, dich schemenhaft verführten. Aber werden nicht auch diese Erinnerungen sofort wieder aufgesogen und zersetzt in dem diffusen Nichts, in das du seither gebettet bist? Wie die Latten des berühmten Lattenzauns: *Mit Zwischenraum, hindurchzuschaun* … Und was, wenn du den Zwischenraum herausnimmst? Ließe sich daraus ein Haus, ein winzig kleines wenigstens, bauen, so wie Christian Morgenstern es geschafft hat, jener Morgenstern, dessen lichte Verse du als Einzige aus der Schulzeit herübergerettet hast? Vielleicht, weil sein kindlicher Umgang mit *des Daseins tiefem Ernst* dich davor bewahrt, selbst auf Nimmerwiedersehen in der Tiefe zu versinken – wie der Seufzer, der Schlittschuh läuft auf nächtlichem Eis und einbricht; wie das Mondschaf, das am Morgen tot liegt; wie das Knie auf seinem einsamen Weg durch die Welt. Wie Steinochs und ästhetisches Wiesel und der Rabe Ralf, der schaurig ruft: „Kra! Das End ist da! Das End ist da!"

Was gräbt sich letztlich tiefer ein ins Gemüt: der Abgrund als solcher oder der brüchige und doch so scharfe Rand des Abgrunds?

*

Die einen wollen viel sehen, die anderen wenig. Bruno Breuss gehört eindeutig zu Letzteren. Hagen hält sich einen Schritt hinter dem Mann, der sich zögernd über die Leiche in der blechernen Wanne beugt. Breuss' Rücken ist breit, seine schwarze Lederjacke abgewetzt und speckig und mit kuriosen Fransen besetzt. Als wäre er gerade einem Wildwestfilm entstiegen. Und so was ist die Arbeitskluft eines Juristen! Immerhin handelt es sich bei ihm um den Leiter der Caritas-Wohnungslosenstelle in Feldkirch. Aber seiner Klientel wird ein solches Kostüm sicher mehr zusagen als Anzug und Krawatte. Hagen wischt sich ein graues Haar vom Revers. Nicht zum ersten Mal an diesem Tag.

„Und?", fragt der Pathologiegehilfe. Er klingt, als warte er schon hart auf den Feierabend. Am Tag des heiligen Stefan gäbe es weiß Gott Ergötzlicheres zu tun, als eine zerschnipselte Leiche zu präsentieren. Sich in FS 2 eine neue Folge des *Traumschiffs* reinziehen, zum Beispiel. Um auf eine tropische Kreuzfahrt mit jeder Menge halbnackter Nixen entführt zu werden, fernab dieser kalt gekachelten Gefilde …

Die Lederjacke nickt zweimal. Einmal für den Weißkittel, einmal für den Chefinspektor. Dann beweist er, dass auch er des Deutschen mächtig ist. Halbwegs, zumindest.

„Mhm, er ist's. Unser Pauli. Ich mein: der Paul Pröll."

„Kein Zweifel?"

„Kein Zweifel. Leider. Der Pauli ist nicht zu verwechseln. Eines der letzten Originale. Bei Gott, ja, das war er."

Die Fransen an seinen Ärmeln zittern heftig, als er sich mit dem Handrücken über die Augen fährt. John Wayne hätte sich so eine Geste nie zugestanden, auch nicht angesichts eines Dutzends skalpierter Siedler. Aber John Wayne war halt noch ein richtiger Kerl in einer Welt, wo überhaupt alles seine Richtigkeit hatte, am richtigen Ort war. Das Gute wie das Böse, ja, vor allem Letzteres. Eindeutig identifizierbar, eindeutig exterminierbar. Erst aufknüpfen, dann allfällige Fragen; zum Beispiel nach der Identität des Gehenkten. Eine saubere Sache, das mit dem reinen Gewissen. Und im Fall eines Irrtums? Peinlichkeit, Scham? Keine Kategorie. Kannst du dir einen Wildwestfilm vorstellen, wo ein Weißer rot wird vor Scham? Da schon eher hunderte Rothäute, weiß wie ein Leintuch, und bar aller Zöpfe. Denn das Skalpieren hat erst Bleichgesicht so richtig perfektioniert, wie auch das Spurenlesen in sternenloser Nacht: Wo immer John Wayne reitet, im Wilden Westen oder im Mittleren Osten – er findet sie gewiss, die versteckten Kriegsbeile der Sioux, die Massenvernichtungswaffen Saddams …

Ich denk schon wie der Joe, sagt sich Hagen, kein gutes Zeichen. Denn was hat Joe, der alte Kumpel, davon, dass er mit seinen beinharten Analysen immer die Welt genervt hat, die Professoren an der Uni geradeso wie später die Kollegen im Stadtrat? Einen Hinterwandinfarkt hat er davon, der sich gewaschen hat. Das brauchst du nicht zu kopieren, Tone, das nicht!

Er erlöst Breuss und sich selbst, indem er dem Pathologiegehilfen ein eindeutiges Zeichen gibt. Mit einem Seufzer der Erleichterung zieht der den Zipp hoch, bis sich der Reißverschluss über dem Pröll'schen Nasenstumpf schließt: Vielleicht lässt sich das *Traumschiff* jetzt doch noch entern? Und schon wandert der Pauli wieder dahin, wohin er bis auf weiteres gehört: ins Kühlfach. Sauber ist er herausgeputzt, sauberer vielleicht als in seinen besten Tagen. Das letzte Original, zwischengelagert in einer sterilen Blechwanne, ehe es seine definitiv letzte Gratisfahrt antritt; dorthin, wo alles Elend sich auflöst im Einheitsbrei Biomasse.

*

Kurzfristig lässt das Elend sich auch anderweitig auflösen.

Zum Beispiel bei zwei, drei Halben Mohrenbräu in dieser Altenstädter Schnellimbissbude, wo sie die Pommes in hochkarzinogenem Altöl baden. Im Hintergrund wackeln Amateuraufnahmen von einer fernöstlichen Flutkatastrophe über den Riesenbildschirm, ohne dass sich wer groß darum kümmern würde. Der Abend ist bereits ziemlich fortgeschritten, und den Breuss hat er längst nach Hause entlassen, aber Hagen grübelt noch immer über den Worten, die der Caritasmensch in ihrem kaum zehnminütigen Gespräch nach dem Verlassen der Pathologie hat fallen lassen.

Ausgerechnet jetzt, wo der Pauli wieder Anschluss außerhalb des Milieus gefunden hat, muss es ihn putzen.

Ein komischer Ausdruck: *putzen*. In so einem Zusammenhang! Einen mit einer Pistole wegputzen, okay, den Jargon kennt man, aber *es ihn putzen*? Was ist das *Es* dabei? Oder wer? Und was hat Breuss auf die Frage geantwortet, an wen konkret der Pröll Anschluss gefunden habe? *An diese Kids vom Bludenzer Gymnasium eben.* Wie sie heißen, konnte er nicht sagen. Aber seitdem ein gewisser Märker Ende des letzten Schuljahres so ein Sozialprojekt mit einer Klasse startete, sei Leben in die Bude in Bürs gekommen. Die Bude? Das sei die Wohngemeinschaft eines Dutzends ehemaliger Wohnungsloser, erklärte Breuss, besser bekannt unter dem Namen *Die Herberge*.

Besser bekannt ist gut. Hagen hat den Namen noch nie gehört. Wieder einmal muss er feststellen, dass ihm auch drei Jahre nach seiner Rückkehr ins Ländle noch manches Steinchen auf dem Brett fehlt. Aber womöglich ist das eh mehr eine Frage des *Milieus*. Was weißt du als ununterbrochen Beschäftigter schon von der Welt der Obdachlosen, pardon: Wohnungslosen? Denn darauf hat Breuss bestanden: Obdachlose, dieses Wort sei *out*, politisch völlig inkorrekt. Beinahe so schlimm wie Sandler oder Penner oder früher einmal Landstreicher. Aber die originalen Landstreicher wurden, mangels geeigneter Landschaften, längst durch städtische Strawanzer ersetzt. Auf Schusters Rappen durch die U-Bahn. Und immer mehr von ihnen werden zu Fixern und Junkies.

Hagen hebt das leere Bierglas kaum merklich an, als der Bursche hinter der Fritteuse in seine Richtung schaut und ebenso minimalistisch nickt.

Motto: *Ma hilft anand*. Möglichst sprachlos, wie es sich gehört, möglichst ohne einander identifizieren zu müssen.

Hagen prostet sich mit dem vierten Glas zu. Gratuliere, morgen darf ich nach über dreißig Jahren erstmals wieder in die Schule. Mal schauen, ob sich was verändert hat im Gymi. Mal schauen, wie sie die ewig gültigen Werte heute interpretieren: *das Gute, das Wahre, das Schöne*.

Oder hat sich das im Lehrplan mittlerweile eh geändert? Wurden die hehren Ansprüche längst entsorgt – auch auf dem Papier?

Dann fällt ihm trotz der Fortgeschrittenheit des Abends ein, was seinem Vorhaben im Weg stehen dürfte: die Weihnachtsferien. Für leere Schulkorridore hat er bei aller Wiedersehensfreude nichts übrig. Ein hämisches Grinsen zieht seine Unterlippe über die Oberlippe. Da wird doch tatsächlich einmal ein Lehrer einen halben Ferientag auf der Kriminalabteilung verbringen müssen. So ein Pech auch, welch ein Opfer! Ob der Ärmste es da noch schaffen wird, sich hinreichend vom Schulstress zu erholen? Knappe zwanzig Stunden lockeres Geplauder pro Woche, das zehrt an einem, zweifellos. Der Lehrsatz des Pythagoras, die Formel für eine stinkende Schwefelverbindung, der Ablativ von *casus*, wiedergekäut zum x-ten Mal. Beamtete Kühe eben! Zu spät fällt Hagen ein, dass er zufällig demselben Stand angehört. Na, und wenn schon: Von drei Monaten Urlaub im Jahr kann ein Chefinspektor nur träumen.

Falls seine nächtlichen Schreckgespenster das zulassen …

Gfader als Oberländer weiß auf Anhieb mehr über die Geschichte der *Herberge* als sein sichtlich verkaterter Chef. Der Schrunser kann sich noch gut daran erinnern, dass die Gründung des Wohnheims einigen Aufruhr verursacht hat in der Region, inklusive der dazugehörenden medialen Keilerei.

„Besorg dir noch einen Kaffee, ich organisier in der Zwischenzeit ein bisschen Hintergrundmaterial", meint er überraschend mitfühlend und verschwindet.

Es dauert keine Viertelstunde, und auf Hagens Schreibtisch liegen die Kopien etlicher einschlägiger Zeitungsausschnitte, alle aus dem Jahre 94. Von brisanten Sitzungen im Gemeinderat von Bürs ist da die Rede, und von Unterschriftenlisten gegen das geplante *Sandlerquartier*. Wer nicht arbeite, habe kein Recht auf Wohnung, so die Radikaleren, und, nein, man sei grundsätzlich nicht gegen die Arbeit der Caritas, lehne den vorgesehenen Standort aber ab, weil er sich in einem reinen Einfamilienwohngebiet befinde, so die Moderateren. Der Konflikt ging quer durch die Parteien, und insbesondere die Vertreter der Volkspartei nahmen – je nach räumlicher Nähe oder Entfernung zum Projekt – recht unterschiedliche Positionen ein. Von *Einmischung in die Angelegenheiten der Gemeinde* sprachen die einen, von *sozialer Kälte*, die einer christlich orientierten Partei unwürdig sei, die anderen. Für besonders kritikwürdig hielten die Gegner des Wohnungslosenwohnheims die Vorgangsweise der Caritas, *das Projekt unter größter Geheimhaltung durchzuziehen*. Stimme ja gar nicht, konterte der Caritaspräsident, seine Organisation habe doch zusammen mit dem Bürser Bürgermeister den Termin für die Informationsveranstaltung festgelegt. Und was die Ängste der Bevölkerung anlange, so nehme die Gefahr, von einem *Sandler* belästigt zu werden, durch solch eine Heimstätte nicht zu, eher im Gegenteil.

„Und was hat den Ausschlag dafür gegeben, dass die *Herberge* dann doch in Betrieb ging?"

Gfader klopft mit seinem schmutzigen Zeigefingernagel auf eine Heimat-Beilage der VN.

„Kompromisse, wie immer. Hat man halt das ursprüngliche Projekt auf die Hälfte abgespeckt. Und einen Beirat gegründet, in dem auch die Gegner Sitz und Stimme haben. Um allfällige Probleme gleich im Keim zu ersticken, wie es hieß. Aber soviel ich weiß, ist es seither eh ruhig um das Heim. Also viel Wind um nichts, wie üblich."

Langsam tut der Kaffee bei Hagen seine Wirkung.

„Wann kommt der Werner eigentlich wieder zurück? Der müsste doch langsam fortgebildet genug sein?"

Beide grinsen verschwörerisch. Darin sind sie sich einig: Bei Werner Winder ist eh Hopfen und Malz verloren, was seine Weiterbildungsfähigkeit angeht. Wenn er auch Hopfen und Malz in flüssiger Form durchaus nicht abgeneigt ist, so viel steht fest.

„Die deutschen Kollegen werden ihn sicher schon schmerzlich vermissen", ätzt Gfader. „Sein Monat in Berlin ist am Freitag abgelaufen, aber diese Woche hat er noch Urlaub genommen. Ab dem Jahreswechsel dürfen wir wieder auf seine kräftige Unterstützung zählen."

„Dann sollten wir zusehen, dass wir bis dahin den Fall abgeschlossen haben."

„Genau", lacht Gfader, „denn wenn der Werner dir unter die Arme greift …"

„… kitzelt es."

„Bestenfalls. Schlechtestenfalls hebt's dich aus. Das Werner'sche Helfersyndrom hat schon seine Tücken."

Wie schnell man doch lernt, sich zu arrangieren! Vor kurzem hat Hagen noch den Kopf geschüttelt, wenn Gfader und Winder ihre täglichen Hund- und Katzspiele inszenierten; jetzt mischt er selbst brav mit. Was nicht heißen soll, dass die beiden in seiner Abwesenheit nicht genauso über ihn herziehen würden. Gelobt sei das Lästern übereinander – bietet es doch einen unerschöpflichen Quell an Lustgewinn in der Trockensavanne des beruflichen Alltags.

„Also bis Neujahr werden wir den Fall wohl locker ad acta legen können, nema problema." *Nema problema* – das kommt Gfader leicht und häufig von den Lippen, seitdem er seinen letzten Paddelurlaub in Kroatien verbracht hat. „Immer vorausgesetzt, unsere Tiroler Freunde ziehen zurzeit nicht das Skifahren den ausstehenden Untersuchungen vor."

„Ich nehm mir jedenfalls um eins diesen Deutschlehrer vor, und du kannst dich schon mal ein bisschen in der *Herberge* umhören. Und vergiss nicht, dir das Zimmer von Pröll anzuschauen."

„Passt", sagt Gfader. Er scheint zufrieden zu sein mit der Arbeitsteilung. Mit Deutschlehrern hat er es nie so gehabt.

*

„Es tut mir leid, dass ich Sie mitten in Ihren wohlverdienten Ferien hereinbitten musste, Herr Professor."

Falsch kann er sein, wenn's darauf ankommt! Aber Hagen hat kein schlechtes Gewissen dabei. Das Männchen vor ihm lächelt wohlwollend. Sieht nicht aus wie der typische Schulmeister, eher wie ein freischaffender Künstler. Altmodisch die Nickelbrille und ein ausgebeultes Fischgrätensakko aus Harris-Tweed, das schon zwanzig Jahre auf dem Buckel haben könnte. Aus der Sakkotasche lugt eine weinrote Baskenmütze hervor. Sicher das Tüpfelchen auf dem i, wenn sie seinen graumelierten Schopf schmückt.

„Mag. Alfred Märker, richtig?

„Richtig."

„Und Sie unterrichten am Bundesgymnasium Bludenz Deutsch – und?"

„Deutsch und Französisch."

„Schön. Sie wissen, worum es uns hier geht?"

„Um den Tod von Herrn Pröll, nehme ich an. Haben Sie mir jedenfalls vor ein paar Stunden am Telefon erklärt. Oder hat sich in der Zwischenzeit etwas an der Sachlage geändert?"

„Nein, nein, passt schon. Genau, wie ich sagte."

Ob ich tatsächlich *Herr Pröll* gesagt habe?, fragt sich Hagen. Wohl kaum. Der Mann mit dem Fischgrätensakko dürfte überhaupt der Erste sein, der dem Toten ein *Herr* zuerkennt.

„Sie gehen also von einem Verbrechen aus?"

„Wie kommen Sie darauf? Nur, weil sich unsere Abteilung damit beschäftigt? Das will nicht viel besagen. Die meisten der so genannten Fälle werden gar nicht zu richtigen Fällen, wenn Sie verstehen. Erweisen sich oft schon nach wenigen Tagen als eine Verkettung unglücklicher Umstände mit Todesfolge, oder als lupenreiner Selbstmord."

„Lupenrein?" Märkers Zungenspitze erscheint zwischen seinen Lippen. „Ein interessantes Attribut zu Selbstmord. Was wäre das Gegenstück davon?"

Hagen spürt Ärger in sich hochkriechen. Bis jetzt hat er mehr Fragen beantwortet als sein Gegenüber, ein klarer Verstoß gegen eine der wichtigsten Einvernahmeregeln: Zieh die Fäden, aber bleib selbst im Hintergrund und lass den anderen reden – und nicht umgekehrt!

„Können wir bitte zur Sache kommen, Herr Professor. Erst einmal würde ich gerne von Ihnen wissen, seit wann Sie den Toten schon kennen."

Märker überlegt keinen Augenblick. „Seit dem fünften Juli dieses Jahres. Aber *kennen* dürfte wohl etwas übertrieben sein."

„Seit dem fünften Juli? Aha. Und das wissen Sie auf den Tag genau?"

„Bien sûr! Die letzte Schulwoche prägt sich einem Lehrer nun einmal besonders gut ein." Märker zieht die Mundwinkel wie ein Clown nach oben, keine zwei Sekunden lang, dann ist er wieder ganz der Seriöse. „Am Montag, dem fünften Juli, begannen unsere Projekttage, und da bin ich mit meiner Klasse – ich bin ja auch der Klassenvorstand der 8b, damals 7b – nach Bürs hinüber, wo wir unter anderem mit Herrn Pröll zusammengetroffen sind."

„In der *Herberge*?"

„Ja, im Wohnheim der Caritas."

„Was wollten Sie da eigentlich? Ich meine, sollte das so eine Art Schnuppertour werden? Frei nach dem Motto: Gemma Sandler schauen, damit ihr wisst, was euch nach bestandener Matura droht?"

Der kleine Mann lächelt milde. „Sind Sie immer so zynisch, Herr Inspektor, oder nur, wenn Sie es mit Angehörigen meiner Profession zu tun haben? Bis jetzt kenne ich das eher von den Vertretern der freien Medien. Als versuche ein jeder Journalist, der in seiner Schulzeit einmal von einem Lehrer schlecht behandelt worden ist – und wer wurde das nicht? –, sich später am gesamten Stand dafür zu rächen."

Hagen murmelt etwas, das bei viel gutem Willen als Entschuldigung durchgehen könnte. „Aber was dann treibt eine ganze Schulklasse in so ein Asyl?"

„Ursprünglich sollten diese Besuche während der Projekttage dazu dienen, einmal über den eigenen Tellerrand zu schauen und Lebensbedingungen kennenzulernen, die einem in der Schule – und wahrscheinlich nicht nur da – völlig verborgen bleiben. Später, zu Beginn des neuen Schuljahres im September, sind wir allerdings einen Schritt weiter gegangen."

„Inwiefern?"

„Sehen Sie, an den höheren Schulen gehört es mittlerweile zum guten Ton, jedes Jahr ein soziales Schwerpunktprojekt durchzuführen. Geldbeschaffungsaktionen inklusive. Meist nach dem Schema: Mama backt einen Kuchen, ihr Sprössling darf ihn dann in der großen Pause verkaufen. Der Mehrwert kommt dem Projekt zugute. Irgendwelchen Gestrandeten unserer Gesellschaft, die der Staat links liegen lässt."

„Löblich", flicht Hagen ein.

„Ja, nicht wahr." Märker grinst zweideutig. „Und alle freuen sich darüber: Die Ministerin freut sich, dass ihre Lehrer so fleißig sind und unbezahlte Überstunden machen; die Schüler freuen sich, dass Abwechslung in den Schulalltag kommt; die auserwählte Zielgruppe freut sich, dass ein Bruchteil von dem, was der Staat bei ihnen einspart, durch unsere Spendengelder kompensiert wird; und der Direktor freut sich, weil seine Schule sich damit gegenüber der Konkurrenz profilieren kann – also das Gymnasium gegenüber der Handelsakademie, die HAK gegenüber der HTL usw. Darum hab ich unseren Chef auch leicht davon überzeugen können, dass wir uns diesmal für die Obdachlosen engagieren sollten."

„Sie meinen für die Bewohner der *Herberge*? Aber die haben ja jetzt ein Dach über dem Kopf, das sind doch gar keine Obdachlosen mehr."

„Im Moment ja! Aber die Leute können dort nur eine beschränkte Zeit leben, sich erholen gewissermaßen; danach müssen sie wieder raus, hinaus auf den Pferdemarkt unserer Wirtschaft. Und Sie können sich vorstellen, wie erfolgreich diese klapprigen Gäule dort abschneiden werden!"

„So, wie Sie reden, könnte man meinen, Sie seien Sozialarbeiter, nicht Lehrer."

Märkers Lippen zucken, aber er sagt nichts. Wieso sagt er nichts darauf? Weil ihm nichts Pointiertes einfällt, à la: Wir Lehrer sind doch letztlich alle Sozialarbeiter, Papa- und Mamaersatz für zig Pubertierende? Unwahrscheinlich. Der Mann ist nicht auf den Mund gefallen, das hat er bereits hinlänglich bewiesen. Er *will* auf diese Frage nichts sagen, so einfach ist das. Aber im Prinzip ist das ja auch nicht das Thema.

„Okay, kommen wir auf Ihren ersten Besuch im Wohnheim zurück. Sie und Ihre Klasse sind also Anfang Juli …"

„Am fünften Juli!"

„… genau, am fünften Juli, nach Bürs hinübergefahren …"

„Geradelt. Mit einem kleinen Umweg über den Walgau-Radwanderweg."

„… hinübergeradelt also, wo Sie sich mit den Bewohnern unterhalten haben."

„So ungefähr."

„Wieso ungefähr? Was war anders?"

„Wir sind nicht lange im Klassenverband geblieben. Die Schüler haben kleine Gruppen gebildet, und zu viert oder fünft sind sie mit den Herbergsbewohnern losgezogen."

„Wandern?"

„Eher Einkäufe besorgen, Wäsche machen – alles Mögliche. Zwei der Bewohner mussten zum Arzt beziehungsweise zum Psychiater, da haben die Schüler sie halt begleitet."

„Die Schüler verbrachten demnach die meiste Zeit alleine mit den … den Herberglern?"

„So ist es. Im Prinzip verliefen alle drei Projekttage ziemlich ähnlich: den Heimbewohnern ein bisschen unter die Arme greifen, mit ihnen essen, plaudern, und vor allem ihnen zuhören. Die meisten waren offensichtlich froh, dass sie ihre Geschichten einmal jemandem erzählen konnten, der sie noch nicht x-mal gehört hat. Nur die Frau wollte nichts herauslassen."

„Die Frau? Ich dachte, es wohnen nur alte Männer in dem Heim?"

„Der Sozialarbeiter hat mir erklärt, dass diese Frau ein Zimmer erhalten hat, das die Gemeinde eigentlich für akute Notfälle reserviert hat, für Opfer von Überschwemmungen, Murenabgängen etc. Madame dürfte mit den Männern auch nicht viel gemein haben, so, wie sie aussieht. Aber darüber reden Sie wohl besser mit dem Leiter der *Herberge*, Langthaler heißt er, Norbert Langthaler."

„Werden wir, werden wir. Aber dieses Projekt ... wie ist es bei Ihren Schülern eigentlich angekommen?"

Mit einem langen Augenaufschlag scheint Märker sich Bedenkzeit nehmen zu wollen. Man merkt ihm an, dass er es gewöhnt ist, sich die Zeit einzuteilen. Kein schnelles Äh, keine versprudelten Halbsätze. Ein Mensch, dem es nichts ausmacht, wenn ihn dreißig Augenpaare mustern, während er nachdenkt. Geschweige denn das eine verkniffene Paar in Hagens schon wieder müden Visage.

„Die Reaktion der Klasse war, wie bei solcherlei Projekten üblich, eine durchaus inhomogene", formuliert er bedächtig und ergänzt, als er die Runzeln auf der Nase des Chefinspektors sieht: „Die einen schwärmten halt von dem, was sie erlebt hatten, idealisierten ihre neuen Bekannten vielleicht ein bisschen; die andern haben sich in ihren Vorerwartungen, um nicht zu sagen Vorurteilen, bestätigt gefühlt und dementsprechend gestänkert. Aber seit Anfang November hat sich das eh erledigt."

„Was hat sich erledigt?"

„Die Aufspaltung in zwei Lager. Ich habe meine Konsequenzen gezogen und das Projekt ausschließlich mit Freiwilligen weitergeführt. In Anbetracht dessen, dass diese Schüler mittlerweile in der Maturaklasse sind, ist es fast ein Wunder, dass sich überhaupt noch vier dazu bereit erklärt haben. Abgesehen von der Matura kommt in der Achten ja sonst noch allerhand auf sie zu: Führerschein machen, Maturaball vorbereiten, die Maturazeitung ..."

„Sie sagen also, dass vier Schüler mit den Bewohnern der Herberge bis jetzt in Kontakt gestanden sind?"

„Bis vor wenigen Wochen jedenfalls. Bis Schöch verschwunden ist."

„Schöch? Ein Schüler?"

„Ja, Clemens Schöch aus der 8b. Sagen Sie bloß, Sie haben nichts davon gehört? Er ist schon seit Ende November abgängig."

„Einen Augenblick, bitte!"

Hagen rotiert auf seinem Stuhl hinüber zum Computer und klickt sich durch die aktuellen Vermisstenlisten.

„Okay, da haben wir ihn: Clemens Schöch, geboren am 7. 11. 1986, wohnhaft in Bludenz, seit dem 29. November dieses Jahres als abgängig gemeldet. Die Kollegen haben DNA-Spuren von ihm gesichert und Interpol benachrichtigt, auch wenn die Eltern offenbar davon ausgehen, dass er abgehauen ist. Aus Angst vor der Matura oder Liebeskummer oder so."

„Kommt mir sehr unwahrscheinlich vor. Dass er abgehauen sein soll, meine ich."

„Wieso das?"

„Schwer zu sagen. Er ist nicht der Typ dafür. Clemens ist ein Romantiker, ja, im Reich der Phantasie macht er sich schon mal aus dem Staub. Aber nur dort. Ein deklarierter Steinbeck-Fan, vor allem, was John Steinbecks weniger realistische Werke angeht. *Tortilla Flat* oder *Die Straße der Ölsardinen*, das war seine Welt. Pardon – ist seine Welt, wollte ich sagen."

Hm, macht Hagen. Wer kennt einen Achtzehnjährigen wohl besser: seine Eltern oder sein Klassenvorstand? Und dass der Bursche genau um die Zeit verschwindet, als nach vorläufigem Obduktionsergebnis Paul Pröll das Zeitliche segnet, derselbe Pröll, mit dem der Gymnasiast intensiveren Umgang pflegte … Eine Koinzidenz ist eine Koinzidenz ist eine Koinzidenz, wie der Major zu gescheiteln pflegt. Muss nicht, aber kann was bedeuten.

„Geben Sie mir bitte noch die Namen der anderen Schüler, die mit Pröll in Kontakt standen? Dann können wir für heute Schluss machen."

Er legt einen Kugelschreiber auf ein Blatt Papier und schiebt beides zu Märker hinüber. Während der Lehrer die Namen seiner Schüler in pittoresken Großbuchstaben draufmalt, kommen Hagen doch noch zwei Fragen in den Sinn. Ich benehme mich schon wie der Columbo, denkt er: Im Türrahmen noch einmal innehalten, sich umdrehen und, mit dem Zeigefinger in der Höhe, den entscheidenden Hieb führen. Mit dem feinen Unterschied, dass ich kein Fernsehheld bin und dass mir die Fragen schlicht und einfach nicht früher eingefallen sind.

„Die paar aus der 7b- bzw. 8b-Klasse, die sich mit den Leuten aus der *Herberge* bis vor kurzem beschäftigt haben … Haben die mit allen Bewohnern gleichermaßen zu tun gehabt, oder …"

„… oder vor allem mit dem Herrn Pröll, wollen Sie sagen?" Märker lächelt und schiebt das Blatt mit den Schülernamen zu Hagen zurück.

„Erraten. Also?"

„Mir gegenüber haben sie es so dargestellt: Der Pröll war der Führer, die anderen sein Fußvolk. Dazwischen gab's nichts. Klar, dass die Jugendlichen sich eher mit Mackie Messer zusammentaten als mit den gemeinen Bettlern."

„Ein interessanter Vergleich, Herr Professor! Vor allem, wenn man bedenkt, dass Mackie Messer auch einiges auf dem Kerbholz hatte, soweit mir aus der Schulzeit noch erinnerlich ist."

„Man sollte die Vergleiche nicht überstrapazieren. Ich habe mich nur auf Prölls Alphatierrolle bezogen. Über seine sonstigen Eigenschaften will ich nichts gesagt haben. Schließlich habe ich meine Informationen auch nur aus zweiter Hand."

Natürlich. Über die Toten nichts Böses. Und wie lautete schnell die andere Frage? Verdammt noch einmal, was läuft eigentlich ab da droben in der Hirnrinde, wenn du auf die fünfzig zuwackelst? Ah ja, die Namen auf dem Zettel vor ihm … das Lösungsmittel für wenigstens eine Kalkablagerung.

„Die vier …“ – Hagen kritzelt selbst noch ein krakeliges *Clemens Schöch* aufs Papier, direkt unter dem Namen *Else Bitschnau* – „die zwei Burschen und die zwei Mädchen haben also mit dem weitergemacht, was Sie während der Projekttage angefangen haben, richtig? Kleinere Hilfsdienste, gemeinsame Ausflüge und dergleichen? Schön. Was mich jetzt noch interessieren würde: Gab es unter den vieren auch so einen eindeutigen Führer wie bei den Heimbewohnern, oder gar: eine Führerin?“

Wieder denkt Märker eine ganze Weile nach. Die Schnelligkeit seiner folgenden Sätze verblüfft Hagen dann umso mehr.

„Clemens dominierte die Gruppe sicherlich, aber auch Else war das, was man einen opinion leader nennt. Seit Clemens' Verschwinden ist sie allerdings nicht wiederzuerkennen. Komplett abwesend, wie ausgeklinkt von allem … Ich kann nur hoffen, dass sich das bis zur Matura ändert. Na ja, noch haben wir ja ein paar Monate Zeit.“

Die Matura als der Maßstab aller Dinge! *To be or not to be – mature …* Langsam scheint hinter der schrägen Nickelbrille und unter dem antiquierten Sakko doch das Lehrerhafte an Oberhand zu gewinnen. Hat sich vielleicht nur clever getarnt bisher, im Tarnanzug des Nichtangepassten …

„Also, Herr Märker: Danke vorläufig für Ihre Kooperation – Mitarbeitsnote Sehr gut, würde ich sagen. Die Mitarbeit zählt doch noch immer was in der Schule?“

„Nicht nur in der Schule, möchte ich hoffen.“

Man lächelt verbindlich und reicht einander die Hände, flüchtig nur, aber doch lange genug, dass Hagen sich wundert, wie warm die Rechte des Herrn Professor sich anfühlt. Dabei hat es keine achtzehn Grad im Büro, seitdem die Heizung im Haus wieder einmal streikt.

Bürs, Flurweg 12. Na endlich! Es war nicht ganz einfach, die Adresse zu finden. Nicht ein Mensch auf der Straße, den man danach hätte fragen können. Auf dem geschotterten Vorplatz stellt Gfader den Motor ab. Er bleibt noch einen Augenblick hinterm Lenkrad sitzen, um die Fassade des Wohnungslosenheims zu mustern. Eine simple, zweistöckige Hütte mit steilem Dach, konstruiert für schneereiche Winter. Im ausgebauten Dachboden eine einzige Gaupe, umrahmt von einer blechernen Dachrinne. Halb verdörrt oder erfroren die Geranien auf den Fensterbrettern, hellblau die verhakten Fensterläden, ein trauriger Rosenstock neben der hoch liegenden Haustür, zu der eine betonierte Treppe samt Eisengeländer hinaufführt. Einige Meter rechts von der Treppe ein großer Blechcontainer, wie man ihn von den Kleidersammelstationen der Caritas her kennt, davor ein weißer Seat, angerostet wie der Container auch. Auf der Wäscheleine im Garten baumeln trotz der Kälte lange, baumwollene Männerunterhosen, Relikte aus einem anderen Jahrhundert.

„He", sagt der Mann auf der feuchten, halb vermoderten Holzbank. „Hast eine …?" Seine Finger zeigen in geschulter Pantomime, was er gerne dazwischen hätte.

Gfader kramt in seiner Sakkotasche und hält dem Alten seine Packung Hobby Filter hin.

„Feuer vielleicht auch?"

Ein Feuerzeug wird gezückt.

„Danke, Chef."

Die Hand, die die Zigarette zum Mund führt, zittert gewaltig.

„Wen kommst besuchen? Die Gundi, den Lois?"

Während Gfader nach einer Antwort sucht, kommt ein junger Mann die Treppe herab und tippt sich wie ein Militär an die Baseballkappe.

„Norbert Langthaler“, stellt er sich vor, „ich glaube, Sie wollen zu mir, oder? Und du, Kurtl, hast wieder eine schnorren müssen, hm? Dein Beuschel wird's dir danken! Sie müssen wissen“ – er wendet sich wieder Gfader zu – „der Kurtl hat nur noch ungefähr dreißig Prozent seiner Lungenkapazität. Aber er wird halt nimmer gescheiter.“

„Sorry“, sagt Gfader schuldbewusst.

„Passt schon“, tröstet ihn der Alte. „Wir müssen alle mal … abtreten.“ Als gelte es das noch gesondert zu illustrieren gibt er ein blechernes Bellen von sich. „Meine besten Jahr sind eh schon vorbei.“

Das kannst laut sagen, denkt Gfader und ist froh, als ihn der Sozialarbeiter ins Haus winkt. Eine Tür öffnet sich spaltbreit, und ein Habichtsauge wirft einen misstrauischen Blick auf den Inspektor, ehe die Tür wieder zugeknallt wird. „Das war der Lois“, lächelt Langthaler. „Er hat was gegen unangemeldete Besucher.“ An einem Wandbrett im Flur findet sich, auf mehrere querformatige Zettel verteilt, die Themenstellung der Woche: *In der* Herberge *zu wohnen bedeutet für mich …* Was es für die einzelnen Bewohner bedeutet, ist in zumeist naiver Handschrift auf bunten Zetteln festgehalten: … *nicht auf der Straße zu sitzen. – Will nirgends anders mehr wohnen. – WG gibt mir Sicherheit. – Immer jemand da.* – Und, beinahe schon lyrisch: *Ich bin hier nicht zu Hause, weil ich nicht – noch nicht – in mir daheim bin.* Auch ein bebilderter Zeitungsausschnitt ziert die Tafel, übertitelt mit *Schüler helfen wohnungslosen Menschen.* Während sie über eine schwindlige Holzstiege hinauf in Langthalers kleines Büro gehen, versucht Gfader einige dieser Sprüche bei sich abzuspeichern.

„Kaffee?“

„Ja, gerne.“

Langthaler füllt die zwei dicken Keramikhäferl mit dem Schriftzug *Tua eppas* bis zum Rand. Die schwarze Brühe schmeckt abgestanden und so bitter, dass Gfader ganz gegen seine Angewohnheit einen Löffel Zucker hineinrührt.

„Tut mir leid, aber mit Milch kann ich nicht aufwarten", sagt Langthaler mit erhobenen Händen.

Gfader zeigt auf die Häferl. „Kommt mir bekannt vor, der Spruch. So was wie euer Motto?"

„Ja eh. Ein permanentes Motivationstraining, sozusagen. Allerdings nicht sehr wirkungsvoll, wenn ich ehrlich sein soll. Aber woher wissen Sie davon? Von unseren Feuerzeugen?"

„Nein. Vom T-Shirt, das euer Verblichener anhatte."

„Ach so, alles klar. So eins hat ein jeder Besucher der Notschlafstelle zum Einstand bekommen. Aber der Pauli war derjenige, der es praktisch immer getragen hat. Das ist jetzt meine Uniform, hat er gesagt, und eine Uniform zieht man nur aus, wenn man schläft oder wenn man tot ist. Na ja, das ist er ja jetzt wohl."

Einen Augenblick lang starren sie beide in den Kaffee.

„Womit kann ich eigentlich dienen?" Der Sozialarbeiter hat die Baseballmütze abgelegt, und auf seinem Schädel kräuselt sich eine seltsame Locke just an der Stelle, wo sich üblicherweise der Haarwirbel befindet. Ansonsten ist der Schädel des jungen Mannes komplett kahl geschoren. Aus Modegründen, vermutlich. Früher hätte man KZler zu so einem gesagt, oder Zuchthäusler. Aber was den letzten Schrei in Sachen Kopfhaarverschandelung angeht, ist Gfader ja inzwischen abgehärtet. Wenn der eigene Junge herumläuft, als hätte jemand drei verschiedene Farbtöpfe ausgeschüttet über ihm … Trotzdem kräht kein Hahn mehr danach, nicht einmal in Schruns.

„Erzählen Sie doch einfach, was Ihnen zu Paul Pröll spontan einfällt. Seine Beziehungen, sein familiärer Hintergrund, seit wann er hier gewohnt hat. Alles, was helfen könnte, sich ein Bild von ihm zu machen. Und dann würde ich mir gerne sein Zimmer anschauen."

Langthaler dreht mit geübten Fingern eine *Drum* nach der anderen, während er Prölls Geschichte aufrollt. Seltsamerweise zündet er sich keine der Zigaretten an, er produziert offenbar nur auf Vorrat. Gfader versucht sich auf Langthalers Schilderung zu konzentrieren, was angesichts der vielen kleinen Sargnägel vor ihm gar nicht so leicht ist.

„Als Erstes fällt mir ein, dass Pauli eindeutig unser Methusalem war. Der Älteste, der je hier wohnte."

„Grad mal über die sechzig. So alt ist das auch wieder nicht."

„Ach wissen Sie ..." – der andere hält kurz mit dem Zigarettenrollen inne – „bei uns ist fünfzig schon ein Hit. Das Leiden hier, es ist enden wollend."

„Ich verstehe. Aber was genau hat ihn im Mai wieder ins Land geführt?"

„Ich glaub nicht, dass es dafür einen konkreten Grund gegeben hat. Der Pauli und der Kurtl waren seit Jahren gemeinsam auf Achse, notorische Zugvögel wie die meisten, die bei uns landen. Im Mai kehrt man dem Winterquartier in der Wiener U-Bahn oder in der *Gruft* dann halt gerne wieder den Rücken. Absolut nachvollziehbar, oder? Die Luft ist immer noch besser im Westen, und die Polizei" – er grinst Gfader an – „vielleicht ein bisschen ... nachsichtiger. Weniger lebensgefährlich bei Einvernahmen und so, Sie verstehen."

„Ja ja", brummt Gfader. „Und seitdem haben er und dieser Kurt ..."

„Kurt Hofer."

„... haben Pröll und Hofer hier fix gewohnt?"

„Mehr oder weniger. Zuerst haben sie sich noch ein Zimmer teilen müssen" – Langthaler nickt in Richtung Osten – „aber als unser Willi im Juni gestorben ist, an einer lächerlichen Blutvergiftung übrigens, von der er uns zu spät erzählt hat, hat der Pauli das Zimmer des Verstorbenen für sich alleine wollen und es auch gekriegt.“ Langthaler deutet mit einer frisch gerollten Zigarette nach oben.

„Das mit der Gaupe?“

„Ganz genau. Mein Salönchen, so hat der Pröll seine Bude genannt. Er hat es sehr genossen, über den anderen zu hausen. Wie eine Katze, die sich immer die höchste Stelle sucht. Passt übrigens bestens zur internen Hackordnung.“

„Will heißen?“

„Will heißen, dass es auch – oder gerade – hier, am Rand der Gesellschaft, eine eiserne Hierarchie gibt. Jeder vergleicht sich mit jedem, findet am anderen immer noch etwas Mindereres, Kaputteres. Sie sollten mal hören, welche Kommentare in der Teestube abgelassen werden, wenn wieder einer auf die Nase gefallen ist. Wenn er den Entzug oder die Therapie hat sausen lassen zum Beispiel. *Hab ich dir doch eh gesagt, dass du's nicht schaffst* – das ist noch das Netteste, das der *Kollega* zu hören bekommt. Das große Ätsch, die ewige Missgunst. Und am schlimmsten gehen die Alkis mit den Junkies ins Gericht. Da ist es nicht mehr weit bis zum Untermenschentum. Der Pauli war da keine Ausnahme. Wenn er auch cleverer war als die meisten, subtiler in seiner Kritik.“

„Wann haben Sie ihn eigentlich das letzte Mal gesehen?“

„Das war wohl … am Freitag, glaube ich, ja, am Vormittag des letzten Freitags im November. Ich erinnere mich daran, weil wir am Vorabend, wie praktisch jeden Donnerstag, so eine Art Gruppentherapiesitzung hatten.“

„Wie in *Einer flog übers Kuckucksnest*?“

Langthaler schneidet tonlos eine Grimasse. „Ja, so ähnlich. Nur dass ich nicht mit Elektroschock drohe. Wir reden zum Beispiel darüber, was einen Spiegeltrinker von einem Quartalsäufer unterscheidet.“

„Oder eine Bierleiche von einer echten?"

„Das weniger. Zum Tod haben die Unsrigen ein eher nüchternes Verhältnis. Auf jeden Fall war der Pauli an dem Abend ungewöhnlich still. Gerade deshalb erinnere ich mich ja daran."

Plötzlich poltert es draußen im Gang, gleich darauf ein heftiges Pochen. Ehe Langthaler reagieren kann, wird die Tür aufgerissen und ein zotteliges Wesen stürzt an Gfader vorbei, packt den Sozialarbeiter am Kragen und bugsiert ihn auf seinem rollenden Bürosessel in die Zimmerecke. Langthaler zeigt sich von dem Überfall wenig beeindruckt. „Komm, lass das, Gundi, hör auf! Auf die Art kommst du sicher zu keinem Stoff, das solltest langsam wissen."

Die Furie wirft die blonden Strähnen zurück, und Gfader staunt nicht schlecht: Er blickt in die Augen einer überdurchschnittlich hübschen Frau, deren stierer Blick allerdings auch ihm als Nichtfachmann sofort verrät, welcher Drang sie ins Büro getrieben hat.

„Jetzt, Norbert, gib mir das Zeug! Ich brauch's jetzt! Auf der Stell!"

„Morgen, Gundi, dafür gleich in der Früh, versprochen. Okay?"

„Du bist so ein … so ein …"

„Ich weiß, Gundi. Ich weiß, dass es weh tut. Komm, kriegst einen feinen Tee, Brennnesseltee, dann geht's gleich wieder leichter."

Er schiebt die Frau zur Tür hinaus. Gfader folgt ihnen.

„Könnt ich mir in der Zwischenzeit das Zimmer von Pröll anschauen?"

„He, was will der in Pauli seinem Zimmer?", kreischt Gundi.

„Das passt schon, komm jetzt", beruhigt Langthaler sie und hilft ihr die Stiege hinunter. Sie kann keine vierzig sein, muss aber gestützt werden, als wäre sie eine invalide Pensionistin. „Es ist das erste Zimmer rechts oben."

Außen an der Tür hängt ein kleines Schild, von Hand getöpfert und emailliert. *Pauli Prölliant*, liest Gfader. Die Buchstaben sind schwungvoll hingesetzt, und die beiden P überragen alle anderen ums Doppelte. Ohne anzuklopfen drückt er die Klinke nach unten.

Wie eine Bühnenprojektion zeichnet sich der schiefe Schatten des Fensterkreuzes an der weißen Wand ab. Sehr passend, denkt Gfader. Er weiß nicht, was er sich erwartet hat, aber eine typische Sandlerbude ist das mit Sicherheit nicht. Mehrere Krickeln hängen in streng symmetrischer Anordnung auf dem oberen Teil der Wand. Ein gelber Aufkleber im Stil früherer Anti-AKW-Pickerl ziert den Spiegel über dem kleinen Waschbecken, *Rauchen, nein danke!* steht quer über den grinsenden Totenschädel gedruckt, in dessen rechtem Mundwinkel eine Zigarette baumelt. Auf einem dreireihigen Bücherregal aus billigen Hartfaserplatten befindet sich ein goldgerahmtes Bild, aus dem einem die blonde Gundi entgegenlacht, daneben und darunter wenigstens zwanzig Bücher, die allesamt nicht wie Dreigroschenromane aussehen. Die Titel sagen dem Inspektor nichts: *Eine kurze Geschichte der Zeit, Auf den Klippen des Chaos, Das Eichmann-Protokoll* … Nur so viel ist sicher: Rosamunde-Pilcher-Romane sind das keine.

Am meisten irritieren Gfader aber die vielen Kuscheltiere, die über das ganze Zimmer verteilt sind: Hasen, Teddybären, weiße und graue Mäuse, sogar ein Plüschhuhn hockt auf der ordentlich gefalteten Steppdecke – in Anbetracht des Alters des verstorbenen Besitzers eine reichlich ungewöhnliche Sammlung. Der Sinnspruch der zweiundzwanzigsten Kalenderwoche musste es Pröll besonders angetan haben. Aufgezogen auf einer Sperrholzplatte hängt er über dem Kopfende des Betts: *Wer sich selbst bemitleidet, verliert das Mitleid der anderen.* Aber ehe Gfader noch dazu kommt, sich darüber den Kopf zu zerbrechen, geht die Tür auf, und Paulis Freundin baut sich drohend vor ihm auf.

„He, du!", faucht sie. An ihrer Bluse fehlt oben ein wichtiger Knopf.

„Aha, die werte Freundin des Herrn Pröll. Hat der Brennnesseltee etwa nicht geschmeckt?" Während er ungeniert ihr Dekolleté mustert, löst sich ein kleiner Zylinder aus Asche von seiner Zigarette.

„Weißt nicht, dass Rauchen auf dem Zimmer verboten ist? Und erst recht da herinnen …" Ihr Zeigefinger klopft mit Nachdruck auf den gelben Totenkopfsticker.

„Reg dich ab!", fährt er sie an. Etwas zu laut, zugegeben. Aber das fehlt grad noch, dass einem jetzt auch schon ein Junkie das Rauchen verbietet! Und ein weiblicher Junkie noch dazu. „Na, wo du grad da bist, können wir uns ja gleich ein bisschen unterhalten. Über dein Verhältnis zum Verstorbenen, zum Beispiel, und was ihr so getrieben habt, in euren … Séparées."

„Einen Scheiß werd ich mich mit dir unterhalten, Bulle! Und von wegen Séparées! Dass ich nicht lach! Die ganze Hütte ist aus Pappendeckel gebaut, verstehst, da gibt's kein Privatleben nicht. Erst recht nicht für mich, das einzige Weibsbild. Hast überhaupt einen Hausdurchsuchungsbefehl, ha? Eh net, eh klar. Für was auch. Bei unsereins könnt ihr euch ja alles erlauben. Egal, ob man was angestellt hat oder nicht. Der Pauli jedenfalls, der hat nie einem etwas getan, nie net! Und dafür drehn sie ihm jetzt als Toten noch die Bude um. Wenn du das bei mir probierst, kratz ich dir die Augen aus!"

„Jetzt stell dich doch nicht so an. Wir müssen der Sache halt nachgehen, bis …"

„Bis was?" Ihre Stimme kippt ins unerträglich Schrille. „Bis er an seinem Tod auch noch schuld ist, oder was?"

„Das eben sollten wir herausfinden – wie er umgekommen ist, mein ich."

„Ist doch eh sonnenklar, oder? Gestürzt, ausgerutscht wird er sein im Schnee, da oben auf der depperten Ruine." Interessante These, denkt Gfader. Offenbar hat sich hier noch nicht herumgesprochen, in welchem Zustand der Alte aufgefunden wurde.

„Und woher willst du das so genau wissen? Warst dabei, wie's passiert ist?"

„Pah!" Sie wirft die Arme in die Höhe, um zu demonstrieren, wie aberwitzig ihr diese Frage vorkommt. „Schau mich an: Glaubst, ich hätt noch die Kondi dafür? Auf seine Touren bin ich nie mitgekommen. Schon gar nicht mitten im Winter. Bin schon froh, wenn ich's noch hinunter in den Zimbapark schaff. Da musst dich an den Kurtl halten. Der ist zwar auch kein Konditionswunder mehr, aber die zwei sind die meiste Zeit zusammengesteckt. Wie zwei warme Brüder, könntest fast meinen. Wenn ich's nicht besser wüsst …"

Gfader bemüht sich erst gar nicht, ein süffisantes Grinsen zu unterdrücken. „Also doch!"

„Also gar nix! Mein Gott! Ein so ein Polizistenschädel kann nur an das eine denken. Aber der Pauli und ich, wir haben uns einfach gern gehabt. Einfach so. Außer ein bissl Schmusen war da nix."

Ja ja – genau so hört sich das an, denkt Gfader: *Für meinen geilen Pauli von seiner geilen Katz.* Aber bitte sehr, jedem das seine.

„Passt schon", sagt er beschwichtigend, „ich glaub, wir lassen's gut sein für heute. Nur eine Frage noch: Wie und wann hast du von seinem Tod erfahren?"

„Vom Norbert natürlich. Gestern beim Abendessen, als wir alle zusammengesessen sind. Da hat er erzählt, dass es jetzt fix ist, dass es der Pauli war, den sie am Weihnachtsabend im

Wald gefunden haben." Sie winkt resignierend ab. „Aber dass er hinüber ist, das hab ich eh längst gewusst."

„Ah so! Und woher?"

„Mensch, das weiß man einfach, verstehst? Ein jeder hat das gewusst, der ihn gekannt hat wie wir. Der Pauli wär nicht abgehaut, ohne was zu sagen, das war nicht seine Art. Und seitdem er das da …" – ihre Rechte beschreibt müde einen Halbkreis im Zimmer – „gekriegt hat, wollte er überhaupt nicht mehr weg. Früher, ja, da war das vielleicht anders, aber jetzt …"

Sie hat das Gesicht in die Hände vergraben, das ganze hysterische Getue ist mit einem Schlag von ihr abgefallen. Gfader fühlt sich unwohl in seiner Haut. Mit zickigen Weibern kann ich ganz gut umgehen, denkt er, von mir aus sogar mit heruntergekommenen Huren und Giftlern. Aber wenn eine nur dahockt und leise vor sich hingreint …

„Alsdann." Er sagt es, als wolle er sich selbst aufmuntern.

„Alsdann", sagt auch sie und steht auf. Das Bett quietscht. Mit dem Ärmel verschmiert sie etwas Rotz auf ihrer bleichen Wange.

Hintereinander verlassen sie Paulis Salönchen.

Kommst mit?, frag ich, und schon springt er. Fragt nie, wohin und wozu. Manchmal geht mir das echt auf die Nerven, ja wirklich. Bist kein Hund nicht, Kurtl, möcht ich zu ihm sagen, brauchst nicht apportieren. Und stell ihn endlich ab, diesen treuen Blick! Aber natürlich sag ich nix, das wär nicht fair. Ich bin ja froh, dass er mitkommt. Dass einer noch mitkommt mit mir.

Der Wald beruhigt mich immer – kolossal. Gleich hier in der Nähe, oberhalb von Satteins, hab ich zwei Jahre am Waldrand gehaust. Allein in so einem Schuppen, den mir die alte Tschofen, die Burgi, überlassen hat. Praktisch für nix. Ich hab nur auf ihr Gartl schauen müssen, und auf die Hendln. Dass kein Fuchs sie holt. Und die Eier hab ich jeden Tag für sie abgeklaubt, erstklassige Bioeier. Der Dotter hat eine Farb gehabt, wie angemalt, sag ich dir, ein jeder ein kleiner Goldklumpen, aber die Burgi hat für die Eier nicht mehr verlangt als wie für die grauslichsten ausgebleichten aus der Legebatterie.

Die Hütte war eins a, keine Frage, sogar mit einem kleinen Eisenofen für die kalte Zeit. Die Bäuerin hat eigenhändig Holzlatten vorbeigebracht, mit denen ich mir das Bett hergerichtet hab. Dass die Matratze nicht mehr so durchhängt. Also wie manche Leute in einem Wasserbett schlafen können ist mir ein Rätsel! Ich hab immer lieber hart geschlafen, schon wie ich noch Rennen gefahren bin. In den Hotels hab ich mir die Matratzen halt oft auf den Boden gelegt, vor allem in Italien und in Frankreich. Weil das war fast das Härteste für einen wie mich: die weichen Betten. Und dass du im Ausland kaum wo ein gscheites Brot aufgetrieben hast. Ein so ein Kraftfutter wie die heutigen Sportler haben wir ja nicht gekannt. Schwarzbrot und Speck, das war unser Doping. Mit den pappigen Weißbrotstangln von die Franzosen hätt ich nicht einmal die Hendln füttern mögen.

Die Babsi, meine Ex, ist freilich ganz heiß gewesen auf das Zeug. Aber wir haben ja nicht oft den gleichen Geschmack gehabt …

Schau, Kurtl, hinter dem Hügel dort, dort ist sie gestanden, der Tschofen ihre Hütte. Wahrscheinlich steht sie eh noch. Weil die Burgi ist keine, die was Gewachsenes abreißt und dafür ein so ein Wochenendhaus hinstellen lässt wie die Großkopferten, die Neureichen. Wenn ich das schon hör: Fertigteilhaus! Sag lieber: Fastfood zum Wohnen! Auf einem Sattelschlepper kutschieren sie das Häusl durch die Landschaft, und mir nichts, dir nichts steht plötzlich ein g'scheckertes Chaletl Marke Geschmacksverirrung mitten in den Alpen. Schwedisch rot oder himmelblau mit rosa Fenstern, weißt eh. Ich mein, eigentlich müsst man ja denken, dass nur unsereins es sich nicht leisten kann, einen Geschmack zu haben. Nicht beim Wein, nicht bei die Weiber … Kostet zu viel, der gute Geschmack, rentiert sich nicht für einen Frührentner, aufs Etikett zu schauen. Aber das Gfrett ist, dass die Großkopferten auch keinen Stil nicht mehr herbringen. Wo soll man sich da anlehnen? – geschmacksmäßig, mein ich.

Was hast gsagt, Kurtl? Ob ich noch einmal einziehen tät in der Tschofenhütte? Nein, mein Lieber, keine zehn Pferd brächten mich da wieder rein. Was vorbei ist, ist vorbei. Freilich, wenn das mit der Susi nicht gewesen wär … Aber so, so tät's mir glatt das Herz brechen.

Was, ich hab dir noch nie von der Susi erzählt? Von meinem braunen Schatzerl? Weißt eh: *Schwarzbraun ist die Haselnuss, schwarzbraun bin auch ich, schwarzbraun muss mein Mädel sein, gerade so wie ich.* Ja mei, die Susi – das war eine Schlaue! Hast du gewusst, dass auch Vögel …? Ja, wirklich, wenn es ihnen was bringt, können die täuschen und schummeln … Wie die Menschen. Warum, glaubst du, werfen japanische Krähen Nüsse auf die Straße? Damit die vorbeifahrenden Autos sie für sie knacken. So clever sind die Viecher! Meine Susi hat sich ja bald nicht mehr um die anderen geschert, ist lieber mir um die Füß gestrichen wie ein Kater, gerade, dass sie nicht geschnurrt hat dazu. Bei ihresgleichen hat sie sich am End gar nicht mehr anschauen lassen. Ich war ihr halt lieber, und meine Kuchl ist ihre Hühnersteige worden. Es ist ja so ein Blödsinn, was die Leute über die Henderln sagen. Dass sie keinen Grips hätten im Grind. Ich sag: Das passiert höchstens, wenn sie in Masse auftreten. In der Masse sind wir ja alle anders, oder? Aber wenn du mit so einem Henderl auf Du und Du bist, und es ist um dich herum von früh bis spät, dann merkst erst: Es hört dir zu, es versteht jedes Wort. Dann ist so ein Henderl ein besseres Hunderl: treu, anhänglich und so gespürig! Na ja, ich war ja auch der Konrad Lorenz für die Susi. Immer ist sie hinter mir her, wenn ich was zu tun gehabt hab im Garten, und wenn ich ihr was erzählt hab, hat sie's Köpferl schief gelegt und geblinzelt dabei, was heißen hat sollen: Alles klar, Pauli, kenn mich schon aus. Da hab ich sie dann gekrault am Hals, und sie hat die Augen verdreht dabei. Zwei Jahre lang ist das gangen, es waren die glücklichsten zwei Jahre meines Lebens, Schmäh ohne. Wie der Fuchs sie geholt hat, bin ich auch weg, gleich am nächsten Tag. Ohne die Susi hat es sich nicht mehr gelohnt dort droben …

Komm, Kurtl, gemma noch ein Stückl weiter. Dann kann ich es dir zeigen, mein ehemaliges Ausgedinge. Mitten in der freien Natur. Wirst schauen, Kurtl! Einen Ausblick hast von da oben, besser wie vom Stephansturm. Und jammer nicht so: Weil ohne Schweiß kein Preis!

Gfader läuft in den ersten Anschiss des Tages, als er seinem Chef davon berichtet, was sich in der *Herberge* abgespielt hat.

„Wieso hast du dieser Gundula Nägele nicht gleich ordentlich auf die Finger geklopft? Wär doch nicht blöd zu wissen, wann sie wirklich mit dem Pröll das letzte Mal zusammen war, unter welchen Umständen etc. Und ihr Zimmer hättest du dir weiß Gott anschauen können, wenn sie mit dem Opfer schon so eng war!"

„Davon hast du aber nichts gesagt!"

Davon hat er aber nichts gesagt! Ein bisserl selber denken, mein Gott, das wär schon ein Hit. Aber du kannst dir deine Mitarbeiter nicht aussuchen. Wie ein Lehrer sich nicht seine Schüler aussuchen kann, und umgekehrt natürlich auch nicht. Was kannst du dir schon aussuchen im Leben? Er registriert sein eigenes Stöhnen, ganz tief drinnen, unmöglich, dass Gfader das gehört haben kann. Oder doch?

„Dann fahr ich halt gleich noch einmal ins Oberland …"

Hagen winkt ab.

„Später. Erst einmal sollten wir rauskriegen, ob es noch irgendwelche Angehörigen des Verstorbenen gibt."

„Der Langthaler glaubt das nicht."

„Glauben heißt nichts wissen! Mir hat der Breuss erzählt, dass der Pröll sogar einmal verheiratet gewesen ist. Also, check das bitte im Zentralen Melderegister."

Gfader salutiert, so zackig wie nur eben möglich. Aber Ironie gehört nicht zu seinen starken Seiten, die Angefressenheit ist ihm deutlich anzumerken. Den Türrahmen teilt er sich für eine Sekunde mit Major Ender, dem *Medscher*, wie der Leiter der KA von allen genannt wird, natürlich nur in dessen Abwesenheit. Sein zweiter Spitzname lautet *Delegationsrat* – wegen seines Talents, für ihn Unangenehmes an andere zu delegieren.

„Tschuldigung“, murmelt Gfader, zuckt zurück und lässt seinem Vorgesetzten den Vortritt.

„Heile!“

„Wie schaut's aus? Alles klar auf der Andrea Doria?“

Enders Methode, ein Gespräch mit nichtssagendem Smalltalk einzuleiten, ist eigentlich bewusste Irreführung. Wann immer er hereinschneit – und das passiert in höchstens vierzehntägigen Abständen –, tut er das mit einem konkreten Anliegen. Aus irgendeinem Grund kommt aber meist erst nach Minuten zur Sprache, was er will; dann, wenn man längst aufgegeben hat, den Sinn seines Kommens erraten zu wollen.

„Alles klar. Und selbst?“

Der Major macht eine wegwerfende Gebärde. „Na, das Übliche halt. Der ramponierte Ellenbogen lässt mich nicht schlafen. Vielleicht sollte ich das Taekwondo wirklich langsam aufgeben. Wir sind ja alle keine zwanzig mehr, oder?“ Er grinst, und Hagen grinst anstandshalber mit. „Dabei staut sich die Arbeit auf meinem Schreibtisch, seit Malin in Thailand auf Urlaub ist. Wenigstens nicht in Phuket oder Khao Lak.“

„Ah so. Wo denn?“ Seine Art, sich nach dem Verbleib Malins zu erkundigen, klingt, dessen ist sich Hagen bewusst, nicht besonders engagiert. Ein bisschen mehr Sorge wäre schon angebracht, wenn der Vorarlberger Sicherheitsdirektor fast vom Sturm des Jahrhunderts weggeschwemmt worden wäre.

„In Bangkok. Er hat sich gleich gemeldet, als sich die Katastrophe abgezeichnet hat. Also, der Chef ist aus dem Schneider. Außer, er steckt sich im Hotel noch mit irgendwas an, haha.“

Diesmal lacht Hagen nicht mit. Wenn ihm was wirklich übrig ist, sind es zotige Anspielungen. Zudem schätzt er Malin allemal mehr als Ender – wozu sich dann, wenn auch nur blödelnd, auf die Seite des Majors schlagen?

Ender scheint zu merken, dass er so nicht punkten kann, und wechselt abrupt das Thema. „Diese seltsame Geschichte mit dem abgetrennten Ohr – hat sich die mittlerweile ...?"

„... erledigt, genau, das können wir abhaken. Dank dem schnellen Einsatz der Feldkircher Stadtpolizei hat es nur einen Verletzten gegeben, und das Ohr des Skins wurde auch gefunden und bereits wieder angenäht. Der Punk, der es ihm mit einer Glasscherbe abgesäbelt hat, ist ausgeforscht und sitzt ein. Wenn es immer so leicht ginge ..."

„Fein, Herr Kollege, ein Fall weniger. Und der Winder kommt ja auch bald einmal zurück, oder? Wann genau?"

„Am nächsten Montag. Unser Neujahrsgeschenk."

„Sehr schön. Ist doch fein, wenn man endlich wieder in voller Besetzung schaffen kann, nicht wahr ..."

„Ja eh, wird auch Zeit."

Langsam beginnt es Hagen zu dämmern, worauf das Geplänkel hinausläuft: Neue Arbeit steht an, und zwar unangenehme, das ist förmlich zu riechen! Ender vermittelt mit einer übertrieben langen Pause, dass er im letzten Rhetorikkurs für das mittlere Management gut aufgepasst hat – gezieltes Schweigen, eine enervierende Sache! Dann rückt er endlich mit seinem Anliegen heraus.

„Staatsanwalt Beitner hat mich angerufen, um mich zart daran zu erinnern, dass wir im Fall Rueß seit drei Monaten keinen Millimeter weitergekommen sind."

Staatsanwalt Beitner! Das bloße Faktum, dass der im Benedettofall mit von der Partie war, genügt, um Hagens Puls gewaltig zu beschleunigen.

„Wie auch – wenn die Spurensicherung einen solchen Mist gebaut hat! Der erstbeste Anwaltspraktikant würde eine Anklageschrift, die sich auf diese versauten Spuren beruft, in der Luft zerreißen!"

„Ähnlich hab ich gegenüber Dr. Beitner auch argumentiert. Aber leider liegt ja bei uns noch mehr auf Eis derzeit: Das Gewaltverbrechen des Geschwisterpaars Lercher an der debilen Tante zum Beispiel; ich meine, selbst hat sich die einarmige alte Dame wohl schwerlich aufhängen können. Und schließlich, last not least, die drei fast zeitgleichen Anzeigen wegen ärztlichen Pfuschs im Landeskrankenhaus. Wer da noch an Zufall glaubt, ist selber schuld. Die Rechtsanwälte der Patienten, und das sind beileibe nicht die unerfahrensten, sondern die Chefs aus dem Büro Bereuter & Bereuter höchstpersönlich, treten der Staatsanwaltschaft in dieser Causa schon die Tür ein. Die Bereuters fliegen nicht von ungefähr so oft in die USA – die wissen, dass mit solchen Klagen verdammt viel zu verdienen ist, Hagen, beziehungsweise viel zu verlieren! Muss ich noch deutlicher werden?"

Nein, muss er nicht, der *Medscher*. Nur: Es gibt kaum etwas Öderes für einen wie Hagen, als im Dunstkreis der weißen Kittel recherchieren zu müssen. Die Herren Primare pflegen sich notorisch vor ihre Leute zu stellen, egal, was die ausgefressen haben mögen. Grad so wie bei internen Untersuchungen im Polizeiapparat gilt: Jedes Haar, das in der eigenen Suppe gelandet ist, stammt immer von jemandem von außerhalb, und wenn dieser Jemand noch so eine Vollglatze hat. Mit dem Fachjargon der Weißkittel kannst du natürlich erst recht nichts anfangen. Und weil sie wissen, dass du damit nichts anfangen kannst, fangen sie immer wieder damit an, bis du es aufgibst und dich möglichst unauffällig verdrückst. Für blöd hingestellt zu werden, das macht auf die Dauer einfach keinen Spaß. Aber dieses Argument wird Ender vermutlich nicht beeindrucken. Wo doch im Augenblick praktisch keine aktuellen Fälle anliegen. Abgesehen von dem toten Sandler natürlich …

„Abgesehen von diesem toten Sandler habt ihr ja derzeit eh nix zu tun, oder?"

Kann er seit Neuestem Gedanken lesen, der Ender?

„Also, im Fall Holzinger/Lercher sind die Ermittlungen durchaus schon weit gediehen, wir warten eigentlich nur noch auf das OK der Staatsanwaltschaft, bis wir die Gebrüder Lercher wieder in den Schwitzkasten nehmen. Und was diese angebliche ärztliche Pfuscherei betrifft …"

Hagen spricht betont langsam, denn in seinem Oberstübchen arbeitet es noch, wie er die Untersuchungen im Krankenhaus abschieben kann, wie dem Herrn Delegationsrat beizubringen ist, er möge besser jemand anderen abdelegieren für diese programmierte Peinlichkeit …

„… möchte ich vorschlagen, dass Walter Geyer von der Suchtmittelabteilung das übernimmt. Der war schon damals, als er noch in meiner Gruppe gearbeitet hat, der Fachmann schlechthin für solche Sachen. Hat sogar ein paar Semester Medizin studiert, bevor er zu uns gekommen ist. Der ist der richtige Mann für diese Einvernahmen."

Ender legt den Kopf etwas schief. „Sie meinen, er lässt sich durch ein paar lateinische Ausdrücke nicht irritieren?"

„Genau, das meine ich."

„Und ist womöglich sogar heiß auf diese Arbeit, die an sich nicht in seinen Zuständigkeitsbereich fällt?"

„Sicher. Aber vor allem: eindeutig am besten dafür qualifiziert."

„Also bitte, wenn Sie ihn so ausdrücklich empfehlen, werd ich mich halt an ihn wenden müssen. Aber, mein lieber Hagen, dafür nennen Sie mich in Zukunft nie wieder Delegationsrat, in Ordnung? Man sieht sich."

Seine spöttischen Worte hängen Hagen noch im Ohr, als sich die Tür schon längst wieder hinter Ender geschlossen hat.

Sensationell, was so ein *Medscher* alles mitkriegt! Aber immerhin hat er sich diesmal breitschlagen lassen und der Kelch ist an Hagen vorübergegangen. Vorerst jedenfalls.

Was Gfader zwischenzeitlich ausgegraben hat über den Paul Pröll, kann sich sehen lassen: Geboren am 4. April 1942 als Sohn von Friedrich und Maria Pröll in Patsch bei Innsbruck, ein Jahr Handelsschule, danach Schulabbruch. Ab 1957 Mitglied im alpinen Rennkader, in den Sechzigern erfolgreicher Skirennläufer, 1966 Heirat mit der Steinacherin Barbara Pröll, geborene Kalcher, 1967 Geburt des Sohnes Thomas, dann, urplötzlich, die Scheidung 1970. In der Folge Verkauf seiner beiden Häuser und diverser Liegenschaften, Anhäufung von Spielschulden, mehrere Verkehrsdelikte unter Alkoholeinfluss, zwischen 1974 und 1978 drei Gefängnisstrafen im Ausmaß von sieben Wochen bis zu einem halben Jahr wegen kleineren Diebstählen, Randaliererei und Widerstand gegen die Staatsgewalt. Seither kein fester Wohnsitz, abgesehen von den Gefängnisaufenthalten natürlich. Auf eigenen Antrag zweimalige Einlieferung in Trinkerheilanstalten in Wien bzw. Tirol.

„Und woher hast du das alles?“ Hagen bemüht sich, beeindruckt zu klingen. „Im ZMR steht davon ja wohl nicht einmal die Hälfte.“

„Na ja, der Bürgermeister von Patsch ist halt einer, der gerne redet. Außerdem ist er mit dem Pröll in die Volksschule gegangen. Über alte Schulkollegen nur Gutes, hat er gesagt, und dann hat er der Reihe nach die Schandtaten vom Pröll aufgezählt. Wie er nach der Scheidung Haus und Hof verspielt hat, wie er zu saufen angefangen hat et cetera et cetera – eine unendliche Litanei über den sozialen Absturz des ehemaligen Skistars hab ich mir anhören dürfen. Und dass es mit dem Paul einmal ein schlimmes Ende nehmen würde, will er auch schon immer gewusst haben. Aber apropos Zentrales Melderegister: Nach 1978 finden sich keine Eintragungen mehr im ZMR. War offenbar ständig auf Achse, der Bursche."

„Na ja, höchstens bis zum heurigen Mai. Sein neuester Wohnsitz in Bürs ist überhaupt nicht eingetragen worden. Eine schöne Schlamperei!"

„Ah!" Gfader schiebt die Unterlippe vor. „Wenn man sich um jeden neuen Wohnsitz eines Sandlers kümmern wollte, bräuchten wir noch eine zusätzliche Behörde in Österreich. Das SKA: Sandlerkatasteramt. Eigentlich gar nicht so blöd. Da könnte unsereins dann vielleicht auch noch einen neuen Job finden, wenn im Juli die Zusammenlegung kommt."

Die *Zusammenlegung!* Der zurzeit gängigste Begriff amtsintern. Gemeint ist die von der Regierung geplante Zusammenlegung von Gendarmerie und Polizei im Juli 2005. Nicht, dass Gfader ernsthaft befürchten müsste, seine Stelle könnte der Rationalisierung zum Opfer fallen – bei ganzen drei Leuten in der Gruppe *Leib Leben Gesundheit* ist das angesichts der steten Zunahme von Gewaltverbrechen selbst den ministeriellen Inkompetenzlern in Wien nicht zuzutrauen. Aber wohl, wohl ist halt auch dem Montafoner nicht beim Gedanken an die nähere Zukunft. Mit den neuen schwarzen oder blauen Chefs, die die schwarzen und blauen Politiker garantiert aus dem Hut zaubern werden. Und wenn manche nach oben fallen, müssen, das liegt so in der Natur der Sache, auch manche nach unten plumpsen.

Hagen ist in seine übliche Meditationshaltung verfallen: Das Kinn auf die verschränkten Hände gestützt, die Ellenbogen schwer auf den Armstützen seines Bürostuhls gibt er ein Bild ab, das nicht Eingeweihte für den Ausdruck pragmatisierter Faulheit halten könnten. Ein gelehriger Mitarbeiter aber weiß, dass der Chef in solchen Momenten am aktivsten ist und nicht gestört werden möchte. Also wählt Gfader inzwischen die Nummer des gerichtsmedizinischen Instituts und verlangt nach dem Assistenten Köberle. Während er darauf wartet, mit ihm verbunden zu werden, muss er sich wieder einmal die bescheuerte Musik vom Band anhören, die die Gerichtsmediziner offenbar über alles lieben: *Killing me softly with his song …*

„Hoi, Meister Köberle."

„Seas, Gfader!"

Köberle stammt wie Gfader aus dem Montafon, das verbindet über alle Standesgrenzen hinweg. Und ist zudem eine Chance für den Amtsinspektor, gewisse Angelegenheiten etwas beschleunigen zu können.

„Wärst du so gut und checkst mir, ob die Analyse des Inhalts der Thermosflasche, die wir euch zum Fall Pröll geschickt haben, schon vorliegt. Also der Chefinspektor …" – Gfader wirft einen Kontrollblick auf den noch immer in sich versunkenen Hagen – „der Chefinspektor und ich wären dir sehr dankbar, wenn wir das Ergebnis möglichst bald … Was, du hast die Analyse eh schon gemacht? Na ausgezeichnet, und was ist dabei rausgekommen? Ja, sowieso, alles noch inoffiziell, ich versteh schon …"

Gfader notiert die vorläufigen Erkenntnisse fleißig auf einem Notizzettel, verspricht Köberle für seine Vorabinformation eine Flasche Selbstgebrannten und dreht sich schwungvoll in Richtung Hagen. Der stiert ihn an, als wäre er eben aus einem jahrzehntelangen Koma erwacht.

„Ich muss mit den Schöchs reden. Heute noch! Wieso bin ich da bloß nicht gleich draufgekommen!" Hagen zieht sich die Jacke über und steht schon draußen auf dem Flur. Den hingestreckten Zettel in Gfaders Hand hat er völlig ignoriert.

„Mit wem?", ruft ihm Gfader nach. Schöchs gibt es schließlich wie Sand am Meer. Oder wie den Namen Hagen in Lustenau.

„Mit den Eltern des abgängigen Schülers. Ich hab dir doch erzählt von diesem Clemens Schöch, oder?"

„Was denn, wann denn?“ Gfader fühlt sich verarscht. Da hat man einmal wirklich etwas Faktisches auf Lager, und der Chef will es nicht hören. Faselt stattdessen was von irgendwelchen entlaufenen Kids und bringt einen in diese saublöde Situation, ihm nachrennen zu müssen. Als wär man selbst ein Schulbub, der den Lehrer auf dem Gang verfolgen muss, um die Note für eine eben abgelegte Prüfung zu erfahren.

„Ich bin in Bludenz, wenn wer was von mir will. Einen schönen Abend, Lukas!“

Ach, leck mich, schäumt Gfader, so viel zur hoch gepriesenen Eigeninitiative! Aber er beruhigt sich gleich wieder. Nachrufen wird er dem Arroganzler gewiss nicht, was Köberle ihm gesteckt hat. Wenigstens einmal ein regulärer Dienstschluss. Man muss alles positiv sehen. Gerade so einen kleinen Trumpf, den man dann bei der Frühbesprechung ausspielen kann. Wissen ist Macht – wer hat das gleich gesagt?

Bei Claudia im Vorzimmer des Majors besorgt Hagen sich Telefonnummer und Adresse der Familie Schöch in Bludenz.

„Bischt im Stress?"

Die übliche rhetorische Frage Claudias, die sie jedem in der Abteilung anstatt einer Begrüßung entgegenschleudert. Er beantwortet sie mit einer unverbindlichen Grimasse. Nachdem er sich hinter dem Lenkrad seines Dienstwagens niedergelassen hat, ruft er die Bludenzer Nummer an. Eine Frauenstimme antwortet mit einem *Jaaa*, das an den Sound einer Sirene erinnert. An die grässlich tönende auf einem Feuerwehrhaus, wohlgemerkt, nicht an jene verführerischen in der Odyssee.

„Hier Hagen, Kriminalabteilung. Spreche ich mit Frau Schöch?"

Erneut der Sirenenton. „Jaaa? Und was wollen Sie? Um diese Zeit?

Er schaut auf die Uhr. Siebzehn Uhr fünfundvierzig. Na, da wird man ja in diesem Land wohl noch wen anrufen dürfen.

„Also, Frau Schöch, es geht um Ihren Sohn. Ich würde gerne bei Ihnen vorbeischauen, damit wir …"

„Der Clemens! Haben Sie ihn endlich gefunden? Wo ist er denn?"

Ihre Stimme ist vom Sirenenhaften ins Hysterische gekippt.

„Ich habe nicht gesagt, dass wir Clemens gefunden haben. Aber ich würde gerne mit Ihnen über ihn reden. Ist es recht, wenn ich jetzt schnell bei Ihnen vorbeischaue, oder möchten Sie lieber morgen Früh zu mir ins Landesgendarmeriekommando kommen?"

Hagen bedient sich nicht oft dieses beliebten Druckmittels, aber bei *der* Dame bereitet es ihm doch ein gewisses Vergnügen.

„Ja ja", krächzt die Stimme, „aber wissen Sie denn, wo …"

„Ich hab Ihre Adresse", unterbricht er sie, „in einer halben Stunde also. Auf Wiedersehn."

Während der Fahrt hört er zur Abwechslung einmal nicht seine geliebten Jazz-Kassetten, sondern das Abendjournal auf Ö1. Die Berichte über den verheerenden Tsunami im Indischen Ozean stehen nach wie vor im Mittelpunkt. Auch etliche Vorarlberger Tote seien mittlerweile zu beklagen, wird gemeldet, konkrete Namen werden aber nicht genannt. Eigentlich ein Wunder, denkt er sich, dass sie da noch eine letzte Zurückhaltung zeigen. Die Berichterstattung im Fernsehen über Kriege und Katastrophen kann er schon lange nicht mehr anschauen. Sicher, einer wie er sollte professionell abgehärtet sein, was Nahaufnahmen von Toten angeht. Aber sein Ekel rührt ja auch gar nicht vom Anblick entstellter Körper und Gesichter. Deren Anblick hält er besser aus als mancher Kollege, selbst dann, wenn Gerüche und Säfte dazukommen oder Myriaden von Maden, die sich im verwesten Fleisch ausbreiten. Sein Ekel rührt von der Verwertung der Toten; daher, wie sie im Namen der Informationspflicht ins Bild gesetzt werden, um dem Mehrwert der Lebenden zu dienen. Nur ihre Namen, wie gesagt, ihre Namen sind tabu. Noch jedenfalls. Wieso eigentlich? Aus einem letzten, sentimentalen Anflug von Pietät heraus? Pietät gegenüber wem? Gegenüber den schamlos Abgebildeten, oder gegenüber deren Angehörigen? Aber werden die Leiden der Angehörigen erträglicher, wenn ich die ausgestellten menschlichen Überreste im Anonymen belasse? Oder ist die Fragestellung schon falsch, weil echtes Leid sowieso in kein TV-Format passt?

„Grüß Gott. Grüß Gott, Frau Schöch."

„Grüß Gott", sagt auch sie. Schon etwas weniger sirenenhaft, fast in normaler Stimmlage. Mit einem depressiven Unterton allerdings. Wenn das Attribut *verhärmt* für etwas maßgeschneidert ist, dann für das Gesicht dieser teuer gekleideten Dame im Foyer der Bludenzer Jugendstilvilla.

Man lässt sich auf der Wohnzimmercouch aus dunkelgrünem, kaltem Leder nieder. Der Perserteppich unter seinen Füßen dürfte aus reiner Seide sein, spekuliert Hagen. Aber er verkneift es sich, danach zu fragen. Wahrer Reichtum will bewundert werden, nicht hinterfragt und abgeklopft.

„Wie lange genau ist Ihr Junge jetzt schon abgängig?"

Nach einigen unverbindlichen Floskeln beiderseits kommt seine Frage wie aus heiterem Himmel. Obwohl er die Antwort ja längst weiß, ist es ihm wichtig, ihre Reaktion zu sehen. Die Reaktion einer gnädigen Frau, die schließlich auch noch Mutter ist. Oder sein sollte.

Anstatt zu antworten greift Frau Schöch nach einem kleinen silbernen Kästchen, das sich als *digital diary* entpuppt, und tippt mit einem spitzen Stift darauf herum. „Seit dem neunundzwanzigsten November", verkündet sie schließlich mit leidender Miene.

„Und Sie oder Ihr Mann haben seither keine Nachricht von Ihrem Sohn erhalten?"

„Natürlich nicht, das hätten wir doch sofort der Polizei mitgeteilt!"

„Natürlich. Und Sie haben bereits am selben Tag, als Clemens nicht nach Hause gekommen ist, ihn als abgängig gemeldet?"

Wieder konsultiert sie ihr silbernes Kästchen. „Also, der neunundzwanzigste war ein Montag. Da hab ich bei der Stadtpolizei angerufen, weil Clemens nicht zum Frühstück erschienen ist. Aber er war schon das ganze Wochenende nicht zu Hause. Ich glaube, ich hab ihn am Freitag zu Mittag das letzte Mal gesehen."

„Beim Mittagessen?"

„Nein, wir essen selten zu Hause. Mein Mann – er ist Anlageberater, müssen Sie wissen – hätte mittags keine Zeit, und Clemens geht lieber mit Freunden in irgendeinen Schnellimbiss.

Abends speisen mein Mann und ich auch lieber außer Haus, vor oder nach einer Veranstaltung. Wir haben ja so viele gesellschaftliche Verpflichtungen! Mein Mann ist in einem halben Dutzend Vereinen aktiv, du meine Güte, und beim Kiwanis Club Bludenz-Rätikon sitzt er im Vorstand. Da ist natürlich ständig was zu organisieren, und man muss sich mit Hinz und Kunz treffen, Verbindungen knüpfen, Verbindungen pflegen … Keine Sekunde Freizeit, aber die Leute neiden es einem trotzdem. Kennen Sie eigentlich das Motto von Kiwanis, Herr Inspektor? *Wir bauen den Kindern eine Brücke in die Zukunft*. Ein schöner Wahlspruch, nicht? Mein Mann und ich engagieren uns ja sehr für die Gesellschaft. Ich bin beim Trachtenverein und im Bräunungsstudio aktiv, und heuer hab ich mich außerdem dazu überreden lassen, Elternvertreterin im Gymnasium zu spielen …" Irgendwie scheint sie den Faden verloren zu haben. Oder auch nicht. Vielleicht ist das ja ihr roter, ihr einziger Faden: gesellschaftlich eine Rolle zu spielen.

„Sie sagten, Sie hätten Clemens am Freitag, das war also der 26. November, zu Mittag das letzte Mal gesehen. Obwohl er nicht zu Hause gegessen hat."

„Ja, er hat wohl nur irgendwelche Sachen geholt und ist gleich wieder verschwunden."

„Und wohin, das hat er nicht gesagt, oder angedeutet?"

„Nein, ich kann mich wenigstens an nichts erinnern. Aber das hab ich Ihrem Kollegen von der Stadtpolizei ohnehin schon alles erklärt."

Hagen räuspert sich. „Ihr Junge ist siebzehn, nicht wahr?"

„Ja, er ist am siebten November gerade siebzehn geworden. Wieso fragen Sie?"

„Nun, Sie haben erst drei Tage, nachdem Clemens das letzte Mal zu Hause war, die Polizei eingeschaltet. Demnach war es für Sie nichts Ungewöhnliches, dass er mitunter länger fortblieb?"

Ihre gerunzelten Brauen verraten, dass sie die Frage deplatziert findet, aber als Dame von Welt versteht sie es, die Contenance zu wahren.

„Sehen Sie, in diesem Haus wurde schon immer großer Wert auf Selbständigkeit gelegt. Das ist gewissermaßen unser pädagogisches Leitprinzip. Haben Sie Kinder? Nein? Dann können Sie sich schwerlich vorstellen, wie es heutzutage ist, einen siebzehnjährigen Sohn zu haben, noch dazu einen, der … ich meine, den …"

Sie ringt erstmals nach Worten. Ob ihre Nadel nach diesem Hänger wieder in die Rille zurückfindet? Doch die Frage erledigt sich, da in diesem Moment der Herr des Hauses hereinplatzt.

„Ach, Arno, du bist schon zurück? Wolltest du nicht noch ins Hotel Daneu zu einer Sitzung?"

„Die Clubsitzungen sind immer mittwochs, das solltest du langsam wissen! Aber möchtest du mir nicht unseren Gast vorstellen?"

„Hagen, Kriminalabteilung Bregenz", sagt Hagen artig.

„Dr. Schöch. Womit kann ich dienen?"

„Der Herr Inspektor ist wegen unserem Clemens da", bemerkt Frau Schöch beflissen. Jetzt hat sie die Sirene wieder eingeschaltet.

„Chefinspektor", streut Hagen ein, aber da er es selbst ein wenig peinlich findet, auf dem genauen Titel herumzureiten, fällt sein Einwurf zu halbherzig aus, um wahrgenommen zu werden.

„Aha", murmelt Herr Schöch, sichtlich verärgert. „Hat sich die Stadtpolizei jetzt endlich nach Verstärkung umgesehen. Wurde auch langsam Zeit – nach einem geschlagenen Monat!" Er schaut demonstrativ an Frau und Besucher vorbei. Tut so, als hätte er den schwülstigen Kronleuchter an der Wohnzimmerdecke noch nie zuvor gesehen.

„Eigentlich ermitteln wir in einem ganz anderen Fall. Einem Todesfall, traurigerweise. Aber in diesem Zusammenhang ist, neben vielen anderen, eben auch der Name ihres Sohnes aufgetaucht."

„Ist er das?!"

Wie er das sagt, halb ironisch, halb aggressiv, möchte man meinen, er habe damit gerechnet.

„Ja, Herr Doktor. Und deswegen hab ich Ihre Frau gebeten, mir ein wenig zu erzählen, was Ihr Sohn so in letzter Zeit …"

Frau Schöch fällt ihm ins Wort. „Ich hab dem Herrn Inspektor gleich gesagt, er soll zuerst mit dir reden, aber er wollte ja nicht warten."

Interessant, schmunzelt Hagen innerlich. So schaut sie also aus, die Emanzipation in der Nobelvilla.

„Was genau wollen Sie denn wissen?"

„Also, den Zeitpunkt seines Verschwindens habe ich mit Ihrer Gattin bereits abgeklärt. Aber vielleicht erzählen Sie mir einfach etwas über das soziale Umfeld, in dem Ihr Sohn sich bewegt hat, über seine Vorlieben, und wo er sich herumgetrieben hat in letzter Zeit."

Das *herumgetrieben* ist Hagen nur so herausgerutscht. So ein Wort gehört sich natürlich nicht in diesem Milieu, jetzt wird der liebe Herr Doktor gleich aufdrehen und sich darüber beschweren, dass sein Sohn kein Herumtreiber sei, sondern ein hervorragender Schüler, ein leuchtendes Beispiel jugendlichen Engagements, siehe freiwillige Hilfsdienste bei den armen Obdachlosen drüben in Bürs etc. etc. Und tatsächlich poltert Schöch auf der Stelle los, nur ist die Stoßrichtung eine gänzlich unerwartete.

„Soziales Umfeld? Dass ich nicht lache! Wenn schon, müsste man von einem asozialen Umfeld sprechen. Seit Ende des letzten Schuljahres hat sich der Junge uns ja völlig entfremdet. Und wem ist das zuzuschreiben … na?"

Na euch, denkt Hagen, aber er denkt es nur ganz weit hinten in seinem Kopf, damit man es ihm auch sicher nicht ansieht.

„Diesem Lehrer selbstverständlich, diesem Deutsch- und Französischlehrer mit seinen abartigen Lehrmethoden!"

„Professor Märker?"

„Märker stimmt, aber den Professor muss man ihm aberkennen! Ich hab mich schon zweimal beim Landesschulrat über ihn beschwert, aber dort scheint sich ja niemand um solche … Umtriebe zu kümmern. Ha, wenn wir in der freien Wirtschaft so verfahren würden …"

„Worüber haben Sie sich denn beschwert?"

„Also, Herr Inspektor, ich nehme an, Sie haben auch einmal das Gymnasium besucht, nicht wahr?" Hagen nickt. „Na, sehen Sie, und was haben wir zu unserer Zeit in Deutsch gelernt? Balladen von Schiller haben wir gelernt, nämlich auswendig, und zwar so, dass ich sie Ihnen heute noch rezitieren kann: *So muss ich hier verlassen sterben, auf fremdem Boden, unbeweint, durch böser Buben Hand verderben, wo auch kein Rächer mir erscheint!* Die *Kraniche des Ibykus* – eine Strafaufgabe wegen Schwätzens war's für uns schlimme Buben, aber im Nachhinein betrachtet hat man profitiert davon. Genau wie von den Gedichten eines Heinrich Waggerl und dem Waldbauernbub eines Peter Rosegger. Und was macht dieser Märker? Er liest mit den Achtklässlern irgendwelche linksintellektuellen Hetzschriften und missbraucht die Schüler für seine sozialromantischen Zwecke. Verstehen Sie mich nicht falsch, ich habe selbst eine ausgeprägte soziale Ader, aber …"

„Zig Stunden ist mein Mann im Club unentgeltlich für die Ärmsten der Armen tätig, zig Stunden – pro Woche!", wirft seine Frau ein. Schöchs unwirsche Handbewegung bringt sie augenblicklich wieder zum Schweigen.

„… aber was, bitte, bringt einen dazu, im Unterricht ein Sandlerheim zu besuchen! Diese so genannten Projekte! Wenn man danach wenigstens eine anständige Problemarbeit darüber schreiben ließe, aus der hervorginge, was mit Leuten passiert, die keine Disziplin, keine Arbeitsmoral kennen. Aber nein, dieser Märker stachelt die Jugendlichen dazu auf, auch noch in ihrer Freizeit mit dem Gesindel herumzuhängen. Anstatt sich auf die Matura vorzubereiten, waschen angehende Maturanten die dreckige Unterwäsche von Sandlern. Finden Sie das normal? Also ich finde das abartig! Abartig, das ist der einzig passende Ausdruck dafür, jawohl! Kein Wunder, dass die Kinder dann irgendwann einmal durchdrehen."

Der Mann hat sich in eine solche Erregung hineingesteigert, dass Hagen sich jede Bemerkung verkneift. Während Schöchs Tiraden ist ihm wieder eingefallen, wie sein eigener Geographielehrer vor fünfunddreißig Jahren versucht hat, den Halbwüchsigen die *wahren Werte* zu verkaufen. Immer anhand des einen großen Traumas, seiner fünfjährigen Kriegsgefangenschaft in Sibirien. Nur wegen der Besinnung auf die wahren Werte habe man bei minus vierzig Grad und verfaulten Kartoffeln überlebt. Nur, weil damals Deutschtum und Mannesehre noch etwas bedeuteten. Und apropos Schiller: Von dem hatte er immer die *Jungfrau von Orleans* zitiert, nie die *Räuber*. Aber das konnte man von einem ehemaligen Mitglied der Waffen-SS wohl auch nicht erwarten.

Hagen versucht wieder vorsichtig zurück zum eigentlichen Thema zu finden. „Sie haben bei Ihrer Abgängigkeitsmeldung Ende November angegeben, dass Clemens vermutlich im Ausland unterwegs sei. Sind Sie heute noch immer dieser Meinung?"

Einen winzigen Augenblick lang schauen Herr und Frau Schöch einander an. Dann dreht sie sich wieder ab, als wäre das schon zu viel des Guten gewesen. Oder eher des Zumutbaren?

„Na ja, der Junge hat seit Monaten davon geredet, weg zu wollen", sagt Schöch, nun merklich weniger aggressiv. Langsam gewinnt der besorgte Vater in ihm die Oberhand. „Weg von uns, von Bludenz, von Vorarlberg. Du kannst machen, was du willst, hab ich zu ihm gesagt, sobald du die Matura geschafft hast. Aber er hat sich damit nicht abfinden wollen. Ich geh, wenn *ich* will, war seine Standardantwort! Ihr lasst mich ja doch nie freiwillig weg. Nach der Matura heißt es dann nach dem Studium, und nach dem Studium ist es der Job, und danach die Gründung einer Familie und so weiter und so fort."

„Bis ich grau und senil bin und selber nicht mehr weg will, hat er gesagt." Frau Schöchs Stimme klingt bitter. „Das *grau und senil* war natürlich auf uns beide gemünzt."

„Es gibt aber, wenn ich Sie richtig verstehe, keinen konkreten Hinweis darauf, dass er vorhatte, diese vage Ankündigung ausgerechnet an jenem Novemberwochenende in die Tat umzusetzen?

„Hm …" Dr. Schöch zögert, seine oberen Schneidezähne kauen schief auf der Unterlippe herum.

„Sonst etwas, das Sie seinerzeit vergessen haben anzugeben?"

„Es gab da diesen Anruf am Freitag", sagt Schöch. „Erzähl ihm doch von diesem komischen Anruf, Klara."

Frau Schöch räuspert sich. „Ja, also, Arno meint jenes Telefonat um Mittag herum, in dem ein Mann nach Clemens verlangte. Ein wohl älterer Mann mit einem äußerst primitiven Akzent. Natürlich keine Rede davon, dass er seinen Namen genannt oder einen begrüßt hätte. Ich habe ihm gesagt, dass ich jemanden, der sich am Telefon nicht einmal vorstellen kann, auch nicht mit meinem Sohn verbinden werde. Aber Clemens hat mir den Hörer aus der Hand genommen und mit ihm geredet."

„Worüber?"

„Keine Ahnung. Clemens ist mit dem Funktelefon in sein Zimmer verschwunden. Ich habe mich ziemlich aufgeregt darüber. Wie viele Anrufe, glauben Sie, müssen wir tagtäglich entgegennehmen, die für unseren Sohn gedacht sind? Dutzende, die natürlich alle Anrufe an uns blockieren! Dabei hat er ein Handy, auf dem wahrscheinlich noch doppelt so viele eingehen. Von den hunderten SMS ganz zu schweigen, mit denen die heutige Jugend ihre Zeit verplempert."

Hagen zückt seinen Notizblock. „Sie haben natürlich versucht, Clemens auf seinem Handy zu erreichen?"

Jetzt fühlt sich wieder der Hausherr angesprochen. „Selbstverständlich. Aber es herrschte komplette Funkstille. Bis auf die Konservenstimme, die einen auffordert, Nachrichten in der Mobilbox zu hinterlassen. Allerdings auch nur anfangs."

„Wie meinen Sie das?"

„Nach einer Woche kam überhaupt keine Verbindung mehr zustande. Da hab ich es aufgegeben ihn anzurufen. Wahrscheinlich hat er sich eine neue Nummer zugelegt."

„Oder der Akku ist leer, und er hat kein Ladegerät dabei." Die Alternative, dass Clemens nicht mehr dazu in der Lage sein könnte, den Akku aufzuladen, behält Hagen für sich. „Geben Sie mir doch bitte seine Handynummer, für alle Fälle. Wenn es Ihnen recht ist, würde ich nämlich gerne überprüfen lassen, von wo dieser letzte Anruf an Clemens kam."

„Von mir aus. Wenn sich nur endlich was tut!" Schöch kritzelt die Nummern auf ein Blatt und schiebt es Hagen auf der marmornen Tischplatte zu.

„Danke. Und seine Freunde? Was sagen die? Haben die eine Vermutung, wo er sich aufhalten könnte?"

„Ein Mädchen aus seiner Klasse hat öfters nachgefragt ..."

„Die Else", sekundiert Frau Schöch.

„Ich weiß!“, fährt Schöch sie mürrisch an. „Else Bitschnau. Stammt nicht gerade aus den besten Verhältnissen. Aber …“ – er hebt den Zeigefinger – „sie war immerhin die Einzige, die sich von sich aus ein paar Mal gemeldet hat. Mag sein, dass die beiden etwas miteinander haben, das ist bei den jungen Leuten ja nicht so genau zu sagen. Sie hat jedenfalls in den Raum gestellt, dass Clemens in Kalifornien sein könnte.“

„Wie kommt sie darauf?“

„Weil er dort Brieffreunde hat, oder besser: Mailfreunde. Und weil er für Kalifornien schwärmt. Clemens hat auch jede Menge Bücher gelesen von einem kalifornischen Schriftsteller, einem gewissen …“

„Steinbeck. John Steinbeck.“

„Woher wissen Sie das?“

„Hat mir sein Klassenvorstand gesagt. Der glaubt übrigens nicht, dass Clemens abgehauen ist.“

„Ich weiß, ich weiß.“ Wieder macht sich eine unangenehme Stille breit. Frau Schöch ist aufgestanden und bietet an, Kaffee zu machen, aber Hagen lehnt dankend ab.

„Ich werde Sie nicht länger aufhalten. Alles, was ich Ihnen derzeit sagen kann, ist, dass wir an Interpol diverse Anfragen gerichtet haben, bisher leider ohne Ergebnis, was den Verbleib Ihres Sohnes betrifft. Die nächstgelegenen Flughäfen wurden ja längst überprüft. Aber vielleicht werden wir unsere Kreise ausdehnen müssen. Clemens könnte beispielsweise zuerst nach Amsterdam gefahren sein, um von dort …“

Frau Schöch schießt in die Höhe wie eine Rakete. „Sie denken doch nicht, um an Drogen ranzukommen? Das tut unser Clemens nicht!“

„Ich denke eher an die vielen Überseeflüge ab Amsterdam, Frau Schöch. Wie auch immer: Natürlich werden wir auch Ihrem Hinweis mit den kalifornischen Freunden nachgehen. Dazu wäre es allerdings erforderlich, dass ich deren Mailadressen bekomme. Am besten, Sie geben mir überhaupt gleich den PC Ihres Sohnes mit, vielleicht finden sich da ja noch weitere Hinweise."

Die Schöchs haben nichts dagegen und begleiten Hagen hinauf in Clemens' Zimmer. Hagen zählt alleine im ersten Stock sechs Türen, alle aus dunklem Tropenholz, wenn er das richtig einschätzt. *Eintritt verboten* steht in fünf verschiedenen Sprachen an der Tür, vor der sie halten. Das Zimmer ist aufgeräumt, peinlich sauber aufgeräumt, wie man es sich von der Bude eines Siebzehnjährigen nicht erwarten würde.

„Ich habe unserer Putzfrau gesagt, sie soll ein bisschen saubermachen", erklärt Frau Schöch, „solange er da war, durfte ja niemand zu ihm hinein."

Über dem Schreibtisch hängt eine große, rot gerahmte Fotografie von einer Mauer voller Graffiti. Das *Fuck the rich* sticht Hagen ins Auge.

„Hat Clemens das gesprayt?"

„Nicht, dass ich wüsste", antwortet der Vater. „Aber Fotos dieser Art hat er massenweise geschossen. Da …" Er zieht eine Schreibtischschublade heraus. „Voll mit solchen … Kunstwerken! Immerhin hat er sich auf Fotos davon beschränkt. Andere in seinem Alter sprayen einem das auf die Hausfassade – und unser Haus steht unter Denkmalschutz, müssen Sie wissen! Das heißt, wir dürfen alle paar Monate dafür sorgen, dass wir die Fassade wieder sauber kriegen. Auf eigene Kosten, versteht sich."

Hagen steckt den Computer ab und klemmt ihn sich unter den Arm. „So, das wär's dann schon gewesen. Den PC erhalten Sie in ein paar Tagen zurück. Und ich darf davon ausgehen, dass Sie sich sofort melden, wenn Sie von Clemens etwas hören, nicht wahr?"

Die Schöchs nicken, wortlos. Ausnahmsweise reagieren einmal beide auf die gleiche Art. Frau Schöch begleitet den Besucher noch, ganz der großbürgerlichen Tradition verpflichtet, zum Ausgang. Als sie sich von ihm verabschiedet, merkt er, wie sie nur mühsam die Tränen unterdrückt.

„Ihr Sohn wird schon wieder auftauchen“, rutscht es ihm heraus. Aber er glaubt selbst nicht an seine tröstend gemeinten Worte.

12. Das Referat

Snezana
Dienstag, 10. Mai '04

Ich bin noch immer ganz hin- und hergerissen von Elses Referat! Und ich glaube, sie hat sogar den Fredi beeindruckt damit, auch wenn der sture Hund zu einem richtigen Kompliment natürlich nicht fähig ist. Am stärksten war, wie sie auf eines seiner typischen Störmanöver reagiert hat:

„Kannst du uns sagen, Else, welche Passage dich am meisten betroffen gemacht hat?"

„Betroffen? Inwiefern?", hat sie nachgefragt.

„Betroffen ist betroffen ist betroffen ... Da gibt es kein ‚Inwiefern'! Entweder ein Satz, ein Gedanke hat dich berührt, oder eben nicht. Dazwischen gibt es nichts."

Wenn er mir so gekommen wäre, hätte ich schon aufgegeben. Als ob der Stress nicht schon langen würde, vor der ganzen Klasse frei, ohne Spickzettel, eine halbe Stunde reden zu müssen! Nein, der liebe Fredi unterbricht dich ja auch noch dauernd und will Details und persönliche Ansichten von dir wissen. Wenn man sich dagegen wehrt, sagt er einem trocken ins Gesicht: „Du bist doch die Expertin bei diesem Buch. Da kann es dir nicht schwer fallen, meine simple Frage zu beantworten." Von wegen simpel! Bei ihm musst du einerseits perfekt vorbereitet sein und andererseits darauf gefasst, auf seine spontanen Zwischenfragen ebenso spontan einzugehen. Wenn du auszuweichen versuchst und sagst, dass das später eh noch kommt, hast du bereits jede Chance auf ein Sehr gut verspielt.

Else hat also still nachgedacht, ohne mit der Wimper zu zucken, dann hat sie das Buch genommen, kurz darin geblättert und vorgelesen:

In diesem Fall scheinen alle Beteiligten schuld zu sein. Auch die Zeugen, der Feldwebel, der Lehrer – und auch die Eltern.

„Okay“, hat der Fredi gesagt. „Und wieso gerade diese Passage?“

Und Else hat erklärt, dass die zwei Sätze zeigten, wie der Lehrer in Horváths Roman erstmals begreift, dass er selbst Anteil hat am Verhängnis, dass nicht der T alleine schuld ist an dem Mord an N, und auch nicht dessen Eltern; und dass er, der Lehrer, seinen Anteil am Geschehenen öffentlich gestehen muss, was erst zur Offenlegung der Wahrheit führt, auch wenn es bedeutet, dass für den Lehrer kein Platz mehr ist in dieser Gesellschaft und er deshalb *zu den Negern* geht. Und sie hat erzählt und zitiert und kommentiert, wie an zusammengeknoteten Leintüchern hat sie sich abgeseilt an ihren eigenen Worten, bis der Fredi sie ein letztes Mal unterbrochen hat, nur um zu sagen: „Danke, Else, das reicht.“ Daraufhin ist es sehr still geworden in der Klasse. „Das war jetzt aber wohl ein Sehr gut, Herr Professor, oder?“, hat der Johnny herausgerufen. Und der Fredi hat ihn angeschaut mit seinem undefinierbaren Blick und trocken „selbstverständlich“ gesagt. Da haben wir geklatscht wie verrückt, und Else hat ganz rote Wangen gehabt, als sie auf ihren Platz gegangen ist.

Ich hab den Clemens ständig dabei beobachtet, wie er Else beobachtet hat. Wie seine Augen geleuchtet haben, als der Fredi „selbstverständlich“ gesagt hat. Seit Wochen ist er nur noch auf sie fixiert. Ausgerechnet er – der einzige Junge, der mich anmachen würde! Ich wollte nicht so schnell aufgeben und hab ihn letzte Woche gefragt, ob er in die Disco mitkommt. Er hat genickt, und ich war happy. Wir haben ein paar Mal getanzt, aber nur zu schneller Musik. Am Schluss hat er mir gestanden, dass er auf Else steht. Dass er ganz fasziniert ist von ihr, er wisse auch nicht wieso, bis vor kurzem sei sie nur eine neunmalkluge Zicke für ihn gewesen, und plötzlich … Wie zu einer Schwester hat er mit mir geredet: „Weißt du, Snezana, du bist die Einzige, mit der man ehrlich über so was reden kann“, hat er gesagt, und ich hab ihn getröstet, ja, tatsächlich, die Hand hab ich ihm auf die Schulter gelegt und gemeint, ich kenne Else gut, vermutlich am besten von allen Mädchen, er müsse nur Geduld haben, sie sei es wert. Zuhause hab ich dann geheult. Rotz und Wasser hab ich geheult, eine Stunde oder zwei, aber danach war mir seltsam leicht zumute. Keine Ahnung wieso, aber es ist wahr: Ich hab das Selbstmitleid irgendwie weggeheult, und die Eifersucht gleich mit dazu. Jetzt kann ich ehrlich sagen: Ich wünsche den beiden viel Glück. Vor allem ihr.

Ja, Else, vor allem dir!

Gott, bin ich froh, dass es dieses Tagebuch gibt! Unser Tage- und Nachtbuch! Wer konnte damals, als ich dir dieses Projekt vorgeschlagen habe, ahnen, wie wichtig es gerade in solchen Situationen werden kann, wo eine direkte Aussprache einfach nicht möglich ist. Wo ich das Geschriebene eine Weile für mich habe, ehe du es zu lesen kriegst. Geklärt und gefiltert, so wirkt alles durch den Abstand von nur einigen wenigen Tagen. Ist das nicht wunderbar?

In den Acht-Uhr-Nachrichten bringen sie Neuigkeiten über die Tsunamikatastrophe. Mittlerweile schätzt man die Anzahl der Toten auf hunderttausend. Aber es könnten noch mehr werden, merkt der Sprecher mit sonorer Stimme an. Der wirtschaftliche Schaden sei erst gar nicht zu beziffern. Wenn die Touristen ausbleiben, was sie wohl werden.

„Hunderttausend", sagt Hagen laut vor sich hin. Das erste Mal sagt er es, als er in Feldkirch auf die Autobahn auffährt, dann ziemlich genau auf der Höhe von Götzis, dann wieder bei der Ausfahrt Hohenems, und ein letztes Mal bei der Tafel, die kurz vor Dornbirn-Süd das *Rote Haus* als Attraktion ankündigt. Hunderttausend! Von Ausfahrt zu Ausfahrt über dreißigtausend Tote, am Begrenzungsstreifen der A14 eng aneinandergereiht, einander an den kalten Händen haltend wie bei einer zum Standbild gefrorenen Friedensdemo. Nein, das kann sich auch ein Chefinspektor der Kriminalabteilung, der schon so mancher Leiche ins leere Auge geblickt hat, nicht vorstellen.

Der erste Weg im Kommando führt ihn zu Charlie, dem Experten für Computereingeweide. Charlie ist der Einzige im Haus, der über notorische Unterforderung klagt. Hagen stellt ihm den PC von Clemens auf den Tisch. „Konzentriere dich auf Mailadressen und Kontakte des Jungen im Ausland. Und schick mir alle Daten so schnell wie möglich rüber auf meine Kiste."

Charlie zeigt sich enttäuscht: „Dafür bräuchte es nun aber wirklich keinen IT-Fachmann." Er hasst die Routine, sucht die Herausforderung. Wie damals in Hagens erstem Fall. Da hatte er große Augen bekommen …

Im Büro erwartet den Chefinspektor ein überraschend aufgeräumter Gfader.

„Was, glaubst du, war in der Thermosflasche, die wir neben dem Pröll gefunden haben?“

„Du wirst es mir gleich sagen, Lukas.“

„Willst nicht raten?“

Nein, das will er nicht. „Komm schon, lass dich nicht so bitten. Ich nehme an, du hast wieder mal deine Montafoner Connection spielen lassen, oder?“

„Exakt. Und meine Vermutung hat sich bestätigt.“

„Dass Schnaps drin war?“

„Das war eh klar. Er muss wohl einiges von dem Zeug im Blut gehabt haben. Wie viel genau, kannst du einen Monat danach nicht mehr mit Sicherheit feststellen, und seriöserweise auch nicht hochrechnen. Meint jedenfalls Köberle. Wie auch immer: Die paar Promille wären sowieso nicht tödlich gewesen für einen geeichten Säufer. Aber was aus dem Schnaps einen Cocktail gemacht hat, das ist das Interessante. Zwei verschiedene Schlafmittel nämlich, und nicht zu wenig! Genug, um einen Ochsen einzuschläfern.“

„Und die haben ihn umgebracht?“

„Nein. Auch nicht. Aber vielleicht betäubt. Gestorben ist er nicht daran. Unser Mann ist schlicht und ergreifend erstickt. In Köberles Kauderwelsch heißt das …“ – Gfader zieht seine Mitschrift zu Rate – „… Hypoxämie, Dyspnoe, Cyanose. Die flohstichartigen Einblutungen in der Bindehaut, die Bissverletzungen auf der Zunge, die geblähten Lungen, das fast schwarze Blut aufgrund der CO_2-Überladung … passt angeblich alles ins Bild.“

Ins Bild der Erstickung, ja – aber in welchen Rahmen gehört dieses Bild nun: in den des frei gewählten oder des fremdverschuldeten Todes? Auch die Schlafmittel geben darüber keinen Aufschluss. Das Opfer selbst konnte sie ebenso in die Flasche gefüllt haben wie jeder andere. Wie ein jeder, der dem Pauli Pröll den ewigen Schlaf wünschte.

„Und die Verletzungen an der Schulter? Gibt's dazu irgendwelche Befunde?"

„Nichts Großartiges. Stammen wohl von menschlichen Fingernägeln. Und nach der Ausrichtung der Kratzspuren zu urteilen, hat sie sich das Opfer mit größter Wahrscheinlichkeit nicht selbst zugefügt; auf jeden Fall rühren sie aus der Zeit knapp vor Todeseintritt."

„Was genau heißt *knapp*?"

„Köberle spricht von bis zu zwei Tagen. Aber wieso fragst du? Glaubst du, dass die paar Kratzer eine Rolle spielen?"

„Wer weiß! Nur: Wie kommt ein alter Obdachloser zu solchen Markierungen? Findest du das normal?"

Gfader fällt Paulis *geile Katz* ein. „Wie wär's mit einem etwas intensiveren Liebesspielchen?", stellt er grinsend in den Raum. „Der Gundi tät ich das schon zutrauen."

Schau schau, da wird er munter, der Lukas!, staunt Hagen. Zu welchen Assoziationen so ein braves Montafoner Hirn imstande ist! Ihm wäre die Idee nicht gekommen, zu lange liegt sein letztes einschlägiges Erlebnis schon zurück.

Aber man kann sich das schon einmal vormerken für das nächste Gespräch mit der Gundula: Frau Nägele, haben Sie unter Umständen mit Ihren Nägeln Herrn Pröll gekratzt? In einer seiner letzten Nächte? Das wird sie garantiert sehr witzig finden …

Wie auch immer: Der Herkunft der Schlafmittel gilt es nachzugehen, darin sind sich Amts- und Chefinspektor einig. Und auch darin, dass sie den nächsten Besuch in der *Herberge* gemeinsam machen werden.

Vorher telefoniert Hagen aber noch mit dem Staatsanwalt wegen der Datenrückverfolgung für den Telefonanschluss der Schöchs am 26. November. Beitner sieht darin kein Problem und verspricht, den Antrag an den Untersuchungsrichter gleich aufzusetzen. „Den Beschluss haben Sie spätestens morgen auf dem Tisch."

„Merci vielmal", sagt Hagen in schönstem Schwyzerdütsch und legt auf. Eigentlich gar nicht so übel, der Beitner. Vielleicht sollte er ihn einmal auf ein Gläschen einladen. Er dreht sich zu Gfader um: „Okay, Lukas. Von mir aus können wir …"

*

„Die Suppe ist ein Graus. Komplett versalzen!" Die einzige Frau am Tisch ist aufgestanden und leert ihre Suppe in die Abwasch.

„Also ich find's nicht schlecht."

„Koch selber einmal eine gehörige, Gundi, dann schauen wir, wie's ausschaut!"

Zustimmendes Grölen aus drei Männermündern.

„Das tät euch so passen! Frauen zurück an den Herd und so, gelle. Aber da könnt ihr lange warten. Ich hab zwanzig Jahre die Blöde gespielt – jetzt nicht mehr. Dass das ein für allemal klar ist!"

„Besser eine Frau am Herd als eine, die dauernd über der Klomuschel hängt."

„Unsere Gundi hat halt vergessen, dass man mit einer Nadel auch nähen und stopfen kann. Nicht nur sich die Venen damit vollspritzen."

Erneutes Grölen und Schenkelklopfen. Die, über die sie so herziehen, bleibt im Abwaschwinkel stehen. Schmollend, mit über der Brust gekreuzten Armen.

Der mit der ungesündesten Gesichtsfarbe wendet sich an den offensichtlichen Leitwolf. „Magst nicht den Fernseher ausschalten, Lois? Ich hab gehört, das ist nicht gesund, Fernsehen zum Essen."

„Das ist ein guter! Der Schorsch redet von Gesundheit. Ausgerechnet du! Wie viele Bier hast heut schon gehabt? Vier, fünf?"

„Bier *ist* gesund! Der Doktor hat gesagt, Bier schmiert die Gelenke. Aber schlechte Nachrichten, wenn du dir die reinziehst beim Essen ..."

„Die Nachrichten sind wichtig, Schorsch, total wichtig! Wennst dich nicht auskennst, bist gleich einmal weg vom Fenster. Da können sie dir alles andrehen, jeden Schmäh. Hab ich Recht, Norbert?"

„Aber sicher." Der Sozialarbeiter schließt die Tür hinter sich und lächelt nachsichtig. Dabei kann er gar nicht wissen, wovon eben die Rede war.

„Siehst, wenn der Chef das auch sagt! Außerdem bringen sie jetzt eine Sondersendung über den Tsunami, das gibt's nicht alle Tage."

„Welche Zunahme?"

„Meiner Seel, bist du ein blöder Hund, Schorsch! Tsunami, Tsu-na-mi heißt das! Ein Mordsseebeben, drüben bei den Indern und Chinesen."

„Du meinst Indonesien, Lois. Von China war nicht die Rede."

„Sag ich ja, Norbert! Was glaubst denn, was Indonesen sind? Inder und Chinesen halt!"

„Vor einer Viertelstunde hat es grad noch hunderttausend geheißen, und jetzt sollen's schon hundertzwanzigtausend sein. Das gibt's doch gar net!"

„Könnten sogar noch mehr werden, haben sie gesagt."

„Aber das Seebeben ist doch schon ein paar Tage her."

„Du verstehst das nicht. Pass auf: Erst sind die Leute von der Riesenwelle hinausgerissen worden ins offene Meer, und jetzt schwemmt sie's langsam wieder zurück an den Strand. Das dauert eben, bis alle wieder zurückkommen – als Leichen. Aber die Toten haben ja Zeit ..."

„Ja, eh."

„Wie der Pauli."

„Der sowieso."

Schweigen, Schlürfen.

„Unser Pauli, der hat nie gehetzt und gehudelt. *Vom Hudeln kommen Kinder*, hat er immer gesagt, *nur vom Uhudler net*."

Zustimmendes Nicken. Schmatzen.

„Wenn du denkst, wie viele dort unten jetzt kein Dach mehr überm Kopf haben werden."

„Wochenweis! Monateweis!"

„Gelt, da geht's einem gleich wieder viel besser, wenn man so was sieht!"

„Ich sag's ja: Nachrichten anschauen ist gesund."

„Mein Gott, ihr seid ja so deppert!"

Gundi hat sich vom Abwaschbecken abgestoßen und stürzt zur Tür, die in dem Moment aufgeht. Erschrocken taumelt sie zurück.

„Hoi", sagt Gfader jovial. Die verwirrten Mienen um ihn herum amüsieren ihn. Oh ja, der Schnurrbärtige liebt solche unangemeldeten Auftritte. Gehören sie nicht zu den wenigen Gelegenheiten, wo man sich als Polizist noch überlegen fühlen kann? Heute sieht die *geile Katz* übrigens gar nicht mehr so geil aus, findet er. Nur noch ausgebrannt.

Hagen ist hinter Gfader aufgetaucht. „Entschuldigung, aber die Haustür ist offen gestanden, und auf unser Klingeln hat niemand geantwortet", sagt er. „Übrigens: Mahlzeit alle zusammen, lasst euch bitte nicht stören." Ein bisschen sehr devot, findet Gfader und versucht das durch eine extra bärbeißige Kinnhaltung auszugleichen. Was ihm nicht schwer fällt.

„Die Scheißklingel ist noch nie gegangen", schimpft Schorsch. „Norbert, wieso lässt du die nicht endlich einmal richten?"

„Du warst doch gestern schon einmal da!", sagt Lois misstrauisch in Richtung Gfader, und zu seinen Tischgefährten gewandt:

„Ich glaub, der hat mitgekriegt, dass wir jetzt wieder einen Platz freihaben. Aber das sag ich dir gleich: Das Zimmer vom Pauli, das übernehm ich! Woher kommst überhaupt?"

„Aus Schruns."

„Aus Schru! Dann sind wir ja praktisch Nachbarn. Weißt eh, dass die Montafoner den Triathlon erfunden haben?"

„Ich weiß", gähnt Gfader. „Zu Fuß ins Schwimmbad und mit dem Fahrrad retour."

Natürlich kennt er alle Witze, in denen den Bewohnern seiner Talschaft ein gewisser Hang zur Kleptomanie unterstellt wird. Diese blöden Sprüche selber zu tätigen nimmt ihnen noch am effektivsten die Spitze.

„Langthaler. Herbergsvater und Mädchen für alles", stellt sich der Sozialarbeiter bei Hagen vor. Er scheint es gewöhnt zu sein, manche Kommentare seiner Schützlinge einfach zu ignorieren. Stattdessen holt er zwei freie Stühle und bietet sie mit einer ausholenden Geste den Besuchern an. „Und Sie sind sicher ein Kollege von Herrn Gfader?"

„Genau. Hagen mein Name." Sie schütteln einander die Hände.

„Freut mich. Dann haben wir jetzt gleich zwei Hagen unter einem Dach." Langthaler zeigt auf den dümmlich grinsenden Stoppelbärtigen, der nur eine lange Unterhose und ein verschwitztes Leiberl anhat. „Darf ich vorstellen: Georg Hagen, genannt Schorsch."

„Weder verwandt noch verschwägert!", ruft Schorsch. „Wir haben keine Bullen in der Familie!"

Langthaler lässt sich nicht ablenken. „Aber ich nehme an, Sie möchten mich alleine sprechen?"

„Vielleicht später. Wenn's passt, würden wir zuerst gerne mit den Herren und der Dame hier reden."

„Passt", sagt Lois.

„Dame!“, wiehert Hagens Namensvetter. „Die Gundi, eine Dame!“

„Halt's Maul!“, geifert sie zurück.

Was für ein Hornissennest! Im Gegensatz zu Gfader fühlt Hagen sich in diesem Nest aber unsicher, deplatziert.

Man sieht es Schorsch an, wie heftig es arbeitet in seinem Schädel. Zwei Bullen in der *Herberge* – da versuchst du es lieber mit der picksüßen Masche. „Vielleicht möchten unsere Gäste mitessen? Es ist genug da: Gegrilltes Schweinskotelett nach Art des Hauses.“

„Auf gut Deutsch: verbrannt“, erläutert Lois.

„Blödsinn: nur gut durch“, verbessert Schorsch. Offensichtlich hat *er* heute gekocht.

Hagen sieht sich zu einer schnellen Notlüge gezwungen. „Nein danke, wir haben schon gegessen.“

Während das Geschmatze fortgesetzt wird, mustert Hagen die Essenden. Die drei Männer und die zittrige Frau haben eines gemeinsam: Sie könnten allesamt als Zimmernachbarn seiner Mutter im Seniorenheim durchgehen, so fahrig sind ihre Bewegungen, so fertig hängen sie über den Tellern. Was die Körpersprache angeht, scheint sich der Sozialarbeiter ihnen ein wenig angepasst zu haben: Seine Langsamkeit steht in auffälligem Kontrast zum jugendlichen Outfit. Oder ist er einfach das, was man heutzutage cool nennt? Dass Langthaler sich unvermittelt dazu entschließt, alle Herbergler der Reihe nach vorzustellen, bringt ihm bei Hagen einen dicken Pluspunkt ein. Schmatzen und Schweigen können schwerer zu ertragen sein als das dümmste Gezänk.

„Also, das ist der Schorsch, wie gesagt. Ein echter Lustenauer. Ein echter Lustenauer geht nicht unter, nicht wahr, Schorsch? Der Schorsch hat ein gröberes Problem mit seiner Leber, müssen Sie wissen, aber das wird schon wieder. Oder, Schorsch?“

„Wenn du mir die deine spendest", grinst der Angesprochene.

„Und das ist der Lois, der derzeit Älteste der Belegschaft. Wie alt bist jetzt, Lois?"

„Was geht das die da an?"

Langthaler lacht. „Der Lois ist ein echter Gentleman. Der mag es nicht, wenn jemand sein wahres Alter weiß. Ja, und dann haben wir hier noch die Gundi, und das ist der Bert." Gundi wirft Hagen einen Blick zu, den man kaum als wohlwollend werten kann. Der andere schaut erst gar nicht von seinem Teller auf.

„Der Bert ist unser großer Schweiger. Ein Satz pro Tag ist das höchste der Gefühle."

„Das sind aber nicht alle … äh … Bewohner Ihres Heims, oder?" Fast hätte Hagen *Insassen* gesagt.

„Nein. Es wohnen hier noch fünf weitere Männer, aber die sind derzeit außer Haus."

„Weil der Schorsch heute mit dem Kochen dran ist", sagt Lois und löst damit das nächste Gekeife aus. Wie die Kinder, denkt Hagen, wir nehmen sie uns besser doch einzeln vor. Er flüstert Gfader etwas zu, der nickt und scheinbar beiläufig in die Runde fragt: „Wer von euch hat eigentlich den Verstorbenen am besten gekannt?" Und, mit Blick auf Gundi, der Nachsatz: „Abgesehen von der Lady, natürlich."

„Arsch!"

„Ta ta", macht Gfader, „das war eben nicht sehr ladylike."

Der Sozialarbeiter räuspert sich. „Der Kurtl ist mit Pauli am engsten befreundet gewesen, keine Frage. Aber der ist momentan viel unterwegs. Wahrscheinlich weil ihm Paulis Tod so zugesetzt hat."

„Dann wird es ihm auch nichts ausmachen, morgen zu uns nach Bregenz zu kommen, für eine kleine Einvernahme. Richten

Sie ihm das bitte verlässlich aus." Endlich hat sich auch Hagen eine amtliche Sprache zugelegt. So gefällt er Gfader schon besser.

„Natürlich", sagt Langthaler und fügt nach einer Pause hinzu: „Falls ich ihn sehe."

„Was soll das heißen? Schläft er nicht wenigstens hier?"

„Nicht immer, nein. Eigentlich gehört er ja längst in eine Lungenheilanstalt, aber dort würde er es keine Stunde aushalten. Wer weiß, ob er sich nicht auch bald von uns verabschiedet. Er hat in letzter Zeit solche Andeutungen gemacht."

„Wo sollte er hin? Hier pennt es sich doch garantiert besser als unter einer Brücke. Noch dazu mitten im Winter."

„Tja." Langthaler hebt beide Hände in die Höhe. „Was gut ist für so einen alten Wanderer und was nicht, weiß nur er selber. Bei uns läuft nicht alles nach dem bürgerlichen Gesetzbuch ab – und auch nicht nach der bürgerlichen Logik. Wenn Sie verstehen, was ich meine."

Ja, man kann sich schon vorstellen, was er meint; bloß bewerten – bewerten wird es ein jeder auf seine eigene Art. Es ist, wie wenn man Tarotkarten betrachtet: den Magier neben dem Gehängten, die Hohepriesterin in trauter Zweisamkeit mit dem Teufel, Hochzeiten und Tiefschläge bunt gemischt. Dem einen sind diese Bilder Omen und Wahrsagung, zu Schicksal gesponnene Konstellationen; dem anderen bedeuten sie nichts als Mummenschanz und Scharlatanerie. Wozu tendiere ich selbst eigentlich, fragt sich Hagen, wie bewerte ich? Das Handeln wider die *bürgerliche Logik* etwa, wie Langthaler es nannte? Aber Gfader unterbricht Hagens Anwandlungen mit dem trockenen Aufruf, sich jetzt erst einmal im Büro des Sozialarbeiters *zusammenzuhocken, und zwar brav einer nach dem anderen. Ladies first, versteht sich.*

Auf dem Weg ins Büro flüstert Gfader Hagen etwas ins Ohr. Der Chefinspektor zögert. „Wieso fragen wir die Nägele nicht einfach, ob sie uns freiwillig hineinlässt?"

„Keine Chance. Hab ich doch gestern schon probiert. Die hat sogar ein Theater gemacht, als ich mir Prölls Zimmer angeschaut habe."

„Und warum rufst du nicht vorher den Staatsanwalt an?"

„Bis ich Beitner erwische und danach noch den U-Richter, hat die Gute längst alles verräumt."

„Und wenn wir sie davon abhalten, auf ihr Zimmer zu gehen?"

„Dazu bräuchten wir genauso eine richterliche Anordnung."

„Also gut, aber sei vorsichtig und bring nichts durcheinander."

Gfader grinst mephistophelisch. Er kann Hagens Bauchweh nicht verstehen. Gewisse legistische Grauzonen sind nun einmal dazu da, ausgereizt zu werden. Wenn du dich immer sklavisch an den Buchstaben des Gesetzes hältst, bist du immer der Zweite. Prinzipiell hätte man ja auch noch versuchen können, den Heimleiter für ein diskretes Arrangement zu gewinnen; das erschien nach dessen bisherigen Äußerungen aber mehr als unwahrscheinlich. Im nachträglichen Bericht an die Staatsanwaltschaft wird man sich schon mit dem üblichen *Gefahr im Verzug* zu helfen wissen, bzw. mit *Verdachtsmomenten, die im Zuge der Befragung zu Tage traten und eine Durchsuchung ohne Durchsuchungsbefehl erforderlich machten. Zwecks Sicherung allfälliger Beweismittel.* Wer will schon im Nachhinein feststellen können, ob die Vernehmung einer verdächtigen Person vor oder nach der Durchsuchung ihres Zimmers stattfand? Na eben.

Während sich Gfader also das Zimmer der Frau vornimmt, hat es Hagen mit einer Gesprächspartnerin zu tun, die hauptsächlich damit beschäftigt ist, an ihren Fingernägeln zu kauen. Das heißt, was davon noch übrig ist. Irgendwann müssen sie mit schwarzem Nagellack beschmiert worden sein, die Reste davon auf den abgenagten Stumpen machen den Anblick noch grässlicher.

„Möchten Sie einen Schluck Kaffee?“

„Wäh! Davon wird mir nur kotzübel.“

„Oder ein Glas Wasser?“

„Von mir aus.“

Hagen schenkt ihr aus der Karaffe ein, die Langthaler ihm hingestellt hat, bevor er sich wieder nach unten in die Küche zurückzog. Als sie das gefüllte Glas an die Lippen führt, verschüttet sie die Hälfte.

„Also, Frau Nägele, ich würde gerne …“

„Sag Gundi zu mir. Alle nennen mich Gundi.“

„Also schön – Gundi. Können Sie mir bitte möglichst präzise sagen, wann Sie den Herrn Pröll das letzte Mal gesehen haben, und unter welchen Umständen.“

„Ich hab doch eh schon alles deinem feinen Kumpel erzählt. Der einen immer so anschaut …“ Sie schneidet eine Grimasse, die sich als eine Mischung aus Aversion und Koketterie interpretieren lässt.

„Eben nicht. Diese Frage hat er Ihnen meines Wissens gar nicht gestellt. Also?“

„Okay, okay! Wir waren zusammen in der letzten Nacht. Ich meine die letzte Nacht, bevor er verschwunden ist.“

Hagen wirft einen Blick auf seine Notizen. „Demnach am Donnerstag, dem 25. November.“

„Was fragst, wenn du's eh weißt!“

„Und ihr habt die ganze Nacht miteinander verbracht, kann man das so sagen?“

Sie zuckt nur mit der Achsel.

„Ja oder nein?“

„Mensch!“ Sie braust wieder auf. „Was geht das euch Polypen an, wie ich meine Nächte verbringe!“

„Liebe Frau Nägele – ich meine, Gundi: Wenn jemand unter ungeklärten Umständen umkommt, geht es uns allerdings was an, wie er die letzten Stunden verbracht hat. Und Sie als Freundin von Pröll müssten doch ein besonderes Interesse haben, bei der Aufklärung der Umstände seines Todes zu helfen, oder?“

Über ihre eben noch funkelnden Augen fällt wieder ein Schleier.

„Ja, ich hab die ganze Nacht bei Pauli verbracht“, flüstert sie. „Aber wir haben nicht miteinander geschlafen, wenn Sie es genau wissen wollen.“ Sie zögert eine Sekunde. „Obwohl ich es gern getan hätte.“

Er lässt sich nicht anmerken, dass er ihren plötzlichen Wechsel von du auf Sie sehr wohl registriert hat. „Er aber nicht, heißt das? War das – Sie gestatten die Frage – ungewöhnlich?“

Sie beginnt wieder heftig an den Nägeln zu kauen. Als er schon nicht mehr damit rechnet, eine Antwort zu kriegen, stößt sie verzweifelt hervor: „Sie werden es mir wahrscheinlich eh nicht glauben – aber wir haben nie richtig miteinander … Ich meine, der Pauli war ja so ein Lieber, aber …“ Der Rest ihrer Worte geht in Schluchzen unter.

Es fällt ihm nicht ganz leicht, kühl zu bleiben. „Ist Ihnen in dieser Nacht irgendetwas Besonderes an Pauli aufgefallen? War er anders als sonst, oder hat er etwas gesagt, was Ihnen im Nachhinein auffällig vorkommt?“

Sie wischt sich den Rotz unter der Nase weg, und er reicht ihr ein Papiertaschentuch. „Danke. Na ja, als er das Hemd ausgezogen hat, hab ich gesehen, dass er ganz zerkratzt war. Und als ich gefragt hab, woher er das hat, wollt er nicht darüber reden. Das war schon komisch.“

Hagens Blick fällt wieder auf ihre malträtierten Fingerspitzen. Mit denen zu kratzen wäre allerdings ein Ding der Unmöglichkeit.

„Und sonst? Fällt Ihnen sonst noch was ein?“

„Nur, dass er sehr still war. Wissen Sie, der Pauli war berühmt für seine Geschichten. Ununterbrochen hat er erzählen können, von sich oder was er gerade gelesen hat. Manchmal ist er mit Sachen gekommen, die hat keiner verstanden. Da können Sie jeden fragen – der Pauli hat zu allem was gewusst. Der hat sogar den Gymnasiasten noch was beibringen können. Aber in der Nacht war er sehr still, und wir sind bald einmal eingeschlafen. Am nächsten Morgen hab ich ihn dann nicht mehr gesehen."

Sie hat ihm das nächste Stichwort geliefert. „Diese Schüler – haben Sie mit denen auch zu tun gehabt?"

„Nein, nie. Die sind mir nur auf den Wecker gegangen mit ihrer Tour. Dauernd sind sie dagestanden und haben gescheit dahergeredet. Ich hab oft zum Pauli gesagt: Lass die, das bringt doch nichts, mit denen herumziehen. Aber ihm hat das getaugt, dass sie sich für seine Geschichten interessiert haben. Dass er im Mittelpunkt stehen konnte. Scheinbar."

„Wieso scheinbar?"

Sie rollt die Augen. „Weil für die nur der Kick zählt, das Ausgeflippte. Was sonst als exotische Tiere sind wir für diese reichen Kids, bitteschön! Affen, zu denen man kurz einmal in den Zoo kommen kann, um seine Hetz mit ihnen zu haben. Ich kann mir gut vorstellen, wie das dann klingt in der Schule: Stell dir vor, heute war ich wieder drei Stunden bei diesen Sandlern, urgeil, was die für Storys draufhaben. Aber der Pauli hat nicht kapiert, dass er nur ausgenützt worden ist. Höchstens als es schon zu spät war."

Wenn das jetzt der gute Professor Märker hören könnte! Von wegen sozialer Projektarbeit und über den eigenen Tellerrand schauen und so. Aber ein bisschen muss man jetzt schon den Advocatus Diaboli spielen und die Gundi mit der Sicht der anderen Seite konfrontieren.

„Ich versteh nicht, dass Sie das so ausschließlich negativ darstellen. Schließlich haben die Schüler euch doch bei praktischen Dingen geholfen, und zwar monatelang. Ein schneller Kick schaut irgendwie anders aus, oder?"

„Und wieso haben sich die Besuche dann so schnell aufgehört, seitdem ihr Lieblingsaffe verschwunden ist? Zu tun gäb's immer noch genug, auch ohne den Pauli. Aber es ist jetzt halt nicht mehr so interessant, so geil, nicht wahr. Das ist jedenfalls meine Meinung."

Vielleicht bist du auch nur eifersüchtig, sinniert Hagen. Eifersüchtig darauf, dass du die Zuwendungen deines Freundes mit diesen Jugendlichen hast teilen müssen, mit Schöneren und Jüngeren und Gescheiteren, die keine körperlichen Wracks sind und die aus wohlhabenden Kreisen stammen. Aber er hütet sich, ihr das unter die Nase zu reiben.

Es klopft. Gfader steckt die Nase herein. „Kommst du mal kurz!"

Hagen stemmt sich hoch. „Bin gleich wieder da. Und nehmen Sie ruhig noch ein Glas. Viel Wasser trinken ist das Beste, was man tun kann, um das Gift aus dem Körper zu kriegen."

„Die Polizei, dein Freund und Helfer, was?", ruft sie ihm nach. In ihrem üblichen äffigen Tonfall zwar, aber, wie er amüsiert feststellt, während er die Tür hinter sich schließt: Sie langt tatsächlich nach der Wasserkaraffe und schenkt sich ein.

Gfader ist ganz aufgekratzt. „Was sagst du dazu?" Er hält Hagen etwas so knapp vor die Augen, dass der es gar nicht richtig erkennen kann. Beginnende Altersweitsichtigkeit, ohne Zweifel. Jetzt steht also auch bald eine Lesebrille an. Ein weiterer Hinweis darauf, dass der Körper immer mehr zur Baustelle wird, gnadenlos … Er schiebt Gfaders Hand ein Stück zurück: eine Paketkleberolle. Fünf Zentimeter breit, bräunlich. Auf den ersten Blick ganz gleich wie jene, die Pauli Prölls Luftzufuhr ein für alle Male stoppte.

„Nicht schlecht! Aber woher …?“

„Aus ihrem Spind. Unter der dreckigen Unterwäsche. Und es liegen noch zwei weitere Rollen dort.“

Wozu braucht ein kurzfristig sesshafter Junkie drei Paketkleberollen à zwanzig Meter? Um sich damit die Löcher in den Turnschuhen zuzukleben? Um die Beine zu enthaaren? Schwachsinn. Ihm fällt kein sinnvoller Grund ein, was sie mit diesen Klebebändern anfangen könnte, außer –

„Komm mit rein, Lukas!“ Jetzt wird er sie allerdings nicht mehr mit Glacéhandschuhen angreifen, jetzt wird Klartext geredet. Frau Nägele, wird er sagen, wie kommen Sie zu diesen Rollen? Sollen wir überprüfen, ob das Klebeband um den Schädel Ihres Freundes von dieser angebrochenen Rolle stammt? Ob die abgerissenen Enden zusammenpassen, was sich heutzutage auf den Mikrometer genau bestimmen lässt? Oder möchten Sie lieber gleich ein umfassendes Geständnis ablegen, was ich Ihnen nur empfehlen kann, so was wirkt sich üblicherweise strafmildernd aus …

Aber wie willst du eine in die Mangel nehmen, die sich wie eine Irre auf dem billigen Büroteppich herumwirft? Die ächzt und stöhnt, die pfaucht und röchelt. Gundis Leib wird von spastischen Krämpfen geschüttelt, und eine dünne Schaumspur läuft aus ihren Mundwinkeln über Kinn und Hals. „Los, hol den Langthaler, mach schon!“, schreit er, obwohl Gfader nur einen Meter hinter ihm steht.

Hagen ist neben der krampfenden Frau in die Knie gegangen. Stress schwappt in ihm hoch. Wie ging das noch einmal? Stabile Seitenlage. Mundhöhle nach Erbrochenem durchsuchen. Genau. Den Puls nehmen. Das heißt, erst einmal ein Handgelenk zu fassen kriegen und fixieren. Ihn ekelt vor den nach oben verdrehten Augäpfeln. Dennoch legt er seine Rechte auf ihre verschwitzte Stirn, wischt den Schweiß weg, streichelt die strähnigen Haare.

Versucht, irgendwelche Worte zu finden, die beruhigen könnten, sich selbst nicht weniger als die Krampfende am Boden. Nur um dieses rasende Bündel irgendwie zur Besinnung zu bringen, wäre er sogar bereit … Er unterdrückt den Impuls, sie zu schlagen. Verdammt, sie wird ihm doch jetzt nicht abkratzen!

„Keine Angst", sagt die Stimme über ihm, „das geht gleich vorbei."

Und als würde sie auf ihren Sozialarbeiter hören, klappt Gundula Nägele die Lider zu, stößt einen tiefen Seufzer aus und rollt sich auf die Seite. Schläft einfach ein, die Frau. Entschlägt sich der weiteren Einvernahme.

Ob man so etwas, rein theoretisch, simulieren kann?

„Passiert ihr alle paar Wochen", erklärt Langthaler. „Nichts akut Gefährliches. Außer dass halt immer auch ein paar tausend Hirnzellen draufgehen bei einem stärkeren epileptischen Anfall. Unwiederbringlich, vermutlich. Aber in der Hirnforschung gibt es ja jeden Tag neue Erkenntnisse."

Neue Erkenntnisse – von wegen! Jetzt muss ihnen der Bursche weiterhelfen.

„Können Sie sich vorstellen, wofür die Nägele das da benötigt haben könnte?" Er hält ihm die Rolle unter die Nase.

Langthaler belustigt die Frage offensichtlich. „Klar", kichert er, „das war für die Gundi ein wichtiges Werkzeug."

„Ein Werkzeug wofür?"

„Na ja, jeder hat hier ein bisschen was beizusteuern. Und nachdem sie sich partout nicht für den Küchendienst einspannen lassen wollte, hab ich ihr das Müllressort übertragen. Die Mülltrennung im Haus kontrollieren, den Restmüll in die Plastiksäcke verpacken und rausstellen etc. Weil die Plastikschnüre immer wieder abreißen, hab ich ihr gesagt, sie soll die Säcke mit diesen Klebestreifen zumachen. Den Job erledigt sie übrigens sehr ordentlich."

„Ist sie demnach die Einzige, die Paketkleberollen auf ihrem Zimmer hat?“

„Vermutlich.“

„Wenn Sie nichts dagegen haben, würden wir das gerne überprüfen. Auf der Stelle.“

„Sehe ich das richtig, dass das auf eine Hausdurchsuchung hinausläuft?“

„Wenn Sie es unbedingt so nennen wollen.“

Die einsame Locke auf Norbert Langthalers Hinterkopf wackelt unentschlossen hin und her. Was für eine lächerliche Figur, denkt Hagen, ein Gockel kann ja nichts für seinen Kamm, aber der da … Die Strafe für seine bösen Gedanken folgt auf den Fuß.

„Ja, ich würde es unbedingt so nennen wollen, Herr Chefinspektor: eine Hausdurchsuchung. Und dafür braucht es, wenn ich richtig informiert bin, einen richterlichen Beschluss, oder?“

„Wenn Sie meinen. Dann rufen wir halt den U-Richter an. Aber Lorbeeren, das sage ich Ihnen, Lorbeeren wird Ihnen das keine einbringen!“ Hagen zückt sein Handy. Langthaler kann nicht wissen, dass das nur eine taktische Finte ist. Ein Wink für Gfader. In dieser Hinsicht sind sie ein eingespieltes Team.

„Warte noch, Tone!“

Gfader hakt bei Langthaler unter, als wäre er ein alter Kumpel, und zieht ihn mit sich den dunklen Gang entlang. Hagen sieht, wie sein Kollege leise auf den Sozialarbeiter einredet. Seine Worte sind nicht zu verstehen, aber ihre Wirkung wird schnell deutlich.

„Also, ich mach mit meinen Leuten jetzt einen kleinen Spaziergang“, murmelt der junge Mann im Vorbeigehen. „Eine halbe Stunde dürfte wohl langen?“

„Sagen wir eine Stunde“, sagt Gfader, „nur – was machen wir inzwischen mit der Nägele?“

„Einfach in Ruhe lassen. Nach einem solchen Anfall schläft sie erst einmal tief und fest."

Von unten ist zu hören, wie Lois sich heftig darüber beschwert, noch nicht von den Bullen befragt worden zu sein. Das Mitteilungsbedürfnis des Alten kennt keine Grenzen, aber binnen Sekunden verebbt das Gezeter; Langthaler muss seinen Schützlingen für den kleinen Ausflug eine Belohnung versprochen haben. In flüssiger Form vermutlich.

„Was hast du zu ihm gesagt, dass es plötzlich doch ohne Durchsuchungsbefehl geht?"

Gfaders Schnurrbart zieht sich in die Breite. Eigentlich steht ihm Lachen gar nicht, entspricht stur dreinzuschauen weit mehr seiner Physiognomie.

„Ich hab nur gesagt: wenn schon, denn schon. Wenn du meinst, Faxen machen zu müssen, dann wird dein Zimmer gleich mitgefilzt. Wer weiß, ob dabei nicht ein gewisses Kraut zum Vorschein kommt. Unser Kommissar Rex aus der Suchtabteilung hat ja eine furchtbar feine Nase. Aber es geht natürlich auch ohne Drogenhund. Liegt nur an dir."

„Und wie kommst du darauf, er könnte Stoff in seinem Zimmer lagern?"

„Ach Gott … So, wie der Langthaler gestern seine Selbstgedrehten mit Mundstücken aus Kartonstreifen gerollt hat – das war schon ziemlich professionell. Zu professionell für einen reinen Tabakraucher."

Respekt! Beobachten kann er, der Lukas. Jetzt aber an die Arbeit. Systematisch durchkämmen sie die Zimmer. Hagen nimmt sich die oberen vor, Gfader das Erdgeschoß. Aber ein Erfolgserlebnis wie Gfaders Fund in Nägeles Spind will sich nicht einstellen.

Prölls Dachwohnung hat Hagen sich für den Schluss aufgehoben. Seine Eindrücke ähneln denen Gfaders vom Vortag: Dieser Pauli muss eine richtige Leseratte gewesen sein. Mit der Sauberkeit stand er allerdings auf Kriegsfuß, wie die geballten Fussel in den Ecken und der millimeterdicke Staub auf den Regalen deutlich machen. Und just als Hagen in Versuchung gerät, mit dem Finger über ein Brett zu wischen, als wäre er ein Spieß beim Bundesheer, macht er doch noch eine kleine Entdeckung: Im Staub hat etwas deutlich einen kreisrunden Abdruck hinterlassen. Genau genommen sind es zwei konzentrische Kreise im Durchmesser von sechs bis knapp zehn Zentimeter. Haarscharf jene Größe, die einer vollen Paketkleberolle entspricht. Das Team der Spurensicherung wird das sicher in Kürze bestätigen.

Was zeichnet eine Rolle aus? Dass sie rollen kann. *Rolling and tumbling*, wie in dem alten Canned-Heat-Hit, den Text brummt er heute noch gelegentlich vor sich hin: *If you don't like my peaches please don't shake my tree*. Er geht auf die Knie: Auch wegrollen könnte so eine Rolle immerhin, unter das Bett, oder hinter den Kasten. Doch dort findet sich nichts außer weiteren Fusselbergen, die Hagens Nase zum Niesen bringen. Und wie wär's mit einem Rollen den Abhang hinunter, droben beim Fundort der Leiche? Vielleicht sollte man das Gelände um die Heidenburg noch einmal absuchen lassen? Genauer und weiträumiger vor allem. Die Paketkleberolle aus Nägeles Spind wird natürlich trotzdem analysiert werden müssen. Echte Hoffnung, dass das etwas bringen wird, hegt er allerdings nicht mehr. Wie viel Prozent unserer Zeit opfern wir eigentlich sinnloser Routine und vor allem der Dokumentation dieser Sinnlosigkeit? Sechzig, siebzig? Letztendlich ist es egal. Solange wir wach bleiben, uns nicht zuschütten lassen von der Fülle an Eindrücken. Vom Müll der Zeit.

Witzig, denkt er, während er sich aufrappelt und die Hose abputzt. Ich verkopfe mich, ohne zu wissen, welche Rolle diese Rolle überhaupt spielt. Das berühmte Puzzlestück! Was hilft es, wenn du nicht weißt, aus welcher der unzähligen Schachteln es stammt? Aber so funktioniert nun einmal das Hirn: ein Bildersturm, ausgelöst von so etwas Flüchtigem wie einem runden Abdruck im Staub. Im Staub auf dem Bücherregal eines toten Sandlers.

Gfader hat währenddessen auch etwas gefunden: Unmengen von Tabletten nämlich, sichergestellt in den Zimmern von Kurtl, Lois und Gundi. Einen halben Apothekerladen breitet er vor Hagen aus: Aspirin und andere Schmerztabletten, aber auch verschiedene Psychopharmaka.

„Ob da vielleicht auch das Zeug dabei ist, das dein Montafoner Freund in Prölls Thermosflasche beziehungsweise der Pathologe in Prölls Magen gefunden hat?"

Gfaders Schädel wackelt auf dem dürren Hals, als gehörte er zu einer altgedienten Stoffpuppe. Hagen übersetzt das Wackeln für sich mit *gut möglich*.

Langthaler kehrt in dem Augenblick zurück, als sie aufbrechen wollen.

„Erfolgreich gewesen?", fragt er die beiden Ermittler. Sein schnippischer Tonfall reizt Gfader.

„Unser kleiner Deal gilt nur heute, Herr Langthaler! Es könnte gut sein, dass mich bei meinem nächsten Besuch Kommissar Rex begleitet."

Der andere lacht, die Drohung scheint ihn nicht zu beeindrucken. „Ein Schäfer in der *Herberge!* Das hätte der Pauli gar nicht geschätzt. So tierlieb er sonst war, aber auf scharfe Hunde war er allergisch. Gefährlich allergisch. Er hat uns die Geschichte ein paar Mal erzählt, und der Kurtl hat sie bestätigt. *Vorsicht! Ich könnte heute schlecht drauf sein!*, sei auf so einer Warntafel am Gartenzaun gestanden, darüber das Bild eines Schäferhunds. Und was macht der Pauli? *Ich auch!*, kritzelt er daneben hin. Am nächsten Tag liegt der Schäfer tot hinterm Zaun. Vergiftet."

„Ich finde das wenig witzig!“, knurrt Gfader.

„Wer redet von witzig? Ich erzähl das ja nur, damit sich Ihr Bild von unserem Pauli noch ein wenig rundet. Oder vielmehr: einige Ecken dazubekommt. Die Polizei umfassend zu informieren ist doch oberste Bürgerpflicht, Herr Chefinspektor, oder?“

„Sicher“, lächelt Hagen. „Und nur damit sich auch unser Bild von Ihren Herrschaften hier noch vervollständigt: Könnten Sie vielleicht erklären, wozu das da“ – er zeigt auf die Medikamente – „auf den Zimmern gehortet wird? Und von wem das Zeug stammt?“

„Unsere Leute lassen es sich ganz offiziell vom Arzt verschreiben, wie Sie und ich auch, wenn wir Kopfweh haben oder epileptische Krämpfe oder sonst irgendwelche Wehwehchen. Sie glauben doch nicht, dass ein Entzug oder eine Substitution so mir nichts, dir nichts über die Bühne geht! Die körperlichen Symptome legen die meisten flach, auch Fittere als unsere Leute.“

„Mit diesen Tabletten ließe sich aber auch ein schwunghafter Tauschhandel betreiben, nicht?“

„Nicht auszuschließen, ja.“

Man einigt sich darauf, dass sie von jeder Sorte eine Probe mitnehmen.

„Und was ist mit mir?“, ruft ein enttäuschter Lois dem abfahrenden Wagen hinterher. Hatten sie ihm nicht versprochen, dass er auch noch aussagen dürfe? Er wüsste so viel zu erzählen …

„Die kommen sicher wieder“, tröstet ihn Langthaler und zieht den Alten wieder ins Haus hinein. „Komm, jetzt machen wir uns erst einmal einen feinen Tee.“

Hagen und Gfader bilden mit Kurt Hofer ein hübsches gleichschenkeliges Dreieck. Das ist auch schon das einzig Hübsche an dieser Konstellation. Der Mann ist gar zu einsilbig, und an konkrete Ereignisse will er sich nicht erinnern können. Außerdem riecht er eigenartig. Erst als man seinem Wunsch nach einer Zigarette nachkommt, wird Hofer etwas gesprächiger.

„Wie viel Alkohol, würden Sie sagen, konsumieren Sie so am Tag? Vier, fünf Halbe?"

„Ein, zwei Doppler kommt eher hin. Ich mach mir nichts aus Bier, ich steh mehr auf den Roten. Ich mein, wenn ich es mir aussuchen kann. Wissen Sie: Der Weiße tut mir nicht gut. Der macht einen irgendwie … deppert."

„Deppert?"

„Ja, so aufgedreht halt. Und Gicht, Gicht kriegst auch davon. Vor allem bei dem Zeug, was wir so saufen."

„Zwei bis vier Liter Rotwein also?"

„Na ja, circa. Wie in der Bibel halt."

„Ich glaub, ich versteh nicht ganz …"

„Lesen Sie nicht die Bibel, Herr Inspektor? Nach den sieben fetten Jahren – was kommt dann, na?

„… die sieben mageren."

„Genau. Bei uns wechselt das halt schneller. Alles klar?"

„Alles klar."

Hagen blickt leicht genervt auf seinen Notizzettel. Was kommt jetzt? Ach ja, die Frage nach dem fehlenden Alibi.

„Sie wissen also nicht, an welchem Tag genau Sie Herrn Pröll das letzte Mal gesehen haben? Sie als sein mit Abstand bester Freund? Und obwohl Sie in den letzten Jahren dauernd mit ihm unterwegs waren?"

„Aber Herr Inspektor! Wie soll sich einer wie ich an ein genaues Datum erinnern können! Schauen doch alle gleich aus, unsere Tage. Glauben'S, ich führ einen Terminkalender? Wo ich mir eintrag, wann ich was mit wem gesoffen hab? Selbst wenn Sie mir einen schenken, ich greif das Zeug nicht an. Terminkalender! Das ist genau das, was die Leut umbringt, hat der Pauli immer gesagt."

„Na, die zwei Doppler pro Tag machen dich auch nicht gerade gesünder", merkt Gfader spöttisch an. Er kann sich nicht dazu aufraffen, den Mann mit Sie anzureden.

„Was redst denn! Du säufst ja selber, sieht man ja sofort an deinen Augen."

Hagen versucht vergebens, ein Grinsen zu unterdrücken. Ein echter Menschenkenner, dieser Kurt Hofer.

„Es könnte … ich betone, es *könnte* aber schon sein, dass Sie Ihren Freund am letzten Wochenende im November hinauf zur Heidenburg begleitet haben?"

„Kann ich noch eine haben, bittschön?"

Gfader zückt, weil Hagen zustimmend nickt, nochmals seine Packung Hobby Filter, und Hofer zieht gleich zwei heraus. Die eine Zigarette steckt er sich hinters linke Ohr, die andere rollt er gemächlich zwischen seinen gelben Fingerkuppen.

„Das waren jetzt aber die letzten!", sagt der Amtsinspektor mürrisch und knipst das Feuerzeug an. Eigentlich eine Sauerei: Ihm verbietet der Chef das Rauchen im Büro, und dieser Sandler darf sich einen Tschick nach dem anderen anzünden! Von den Beweggründen des Chefinspektors ahnt Gfader nur den einen, den kriminalistisch üblichen: Der Einvernommene soll auftauen und mehr von sich preisgeben, als säße er *clean* vor ihnen. Dabei ist Hagens zweiter Hintergedanke eindeutig der gewichtigere. Der Qualm möge, hofft er, den unerträglichen Gestank etwas zudecken, der dem Gewand des Alten anhaftet. Eine herbe Mischkulanz aus Mottenkugeln und altem Schweiß.

Die fette Rauchwolke über Hofers Kopf driftet langsam in Richtung Hagen und bringt ihn zum Husten. Gleichzeitig bekommt auch Hofer einen Anfall. In Stereo tönt es reichlich tuberkulös durchs Büro. Ihr Gebell bringt die Vorhänge zum Flattern, obwohl beide Fenster geschlossen sind. Wahrscheinlich wurden die fahlgrünen Fetzen schon 1987, als das LGK hierher übersiedelte, angebracht; dabei sieht es so aus, als wären sie auf die Fassadenfarbe des neuen Bahnhofs gegenüber abgestimmt worden. Gleich grün, gleich scheußlich. Im Juli, wenn wir ins Erdgeschoß übersiedeln, kommt mir so was nicht mehr ins Zimmer, schwört sich Hagen.

„Also?", erinnert er den Alten an die noch offene Frage. „Ist es möglich, dass Sie zwischen Freitag, sechsundzwanzigster, und Sonntag, achtundzwanzigster November, dort oben waren?"

„Na, sicher net. Da war ich schon viel zu schlecht beisammen. Früher, ja, im Sommer, da hat er mich öfters dort hinaufgeschleppt. Aber das ist lange her."

„Also gut." Vielleicht kann uns der Langthaler diesbezüglich weiterhelfen, sagt sich Hagen und kritzelt einen Vermerk auf seinen Zettel. „Reden wir einmal von den Schülern, die euch seit letztem Juli immer wieder besucht haben. An die können Sie sich ja noch erinnern, oder?"

Hofer beäugt ihn mit einem zugekniffenen Auge. „Sie müssen mich nicht als Vollidioten hinstellen, Herr Inspektor! Klar erinnere ich mich an die vier. Soll ich sie Ihnen aufzählen? Clemens, Else, Snezana und Adrian. Alles sehr nette junge Leute, wirklich."

„Und sie kommen regelmäßig zu euch?"

„Ja. Tun sie. Wie gesagt: sehr nett, sehr freundlich. Wenn ich das vergleiche mit der Kassierin im Interspar, die mich letzte Woche wieder rausgeschmissen hat …"

„Bleiben wir bei den Jugendlichen“, mischt sich Gfader ein. „Du sagst also, dass alle vier immer wieder bei euch vorbeischneien? Bis heute?“

Hofer scheint nachzurechnen. „Na ja, in letzter Zeit kommen nur mehr die beiden Mädchen und der Adrian, und das auch nicht mehr so regelmäßig. Haben jetzt viel zu tun in der Schule, sagen sie. Aber ich glaub, es hängt damit zusammen, dass der Pauli … dass er nicht mehr ist.“

„Und der zweite Bursche,“ bohrt Hagen nach, „der Clemens?“

„Der ist schon ein paar Wochen nicht mehr aufgetaucht. Soll abgehauen sein von zu Hause. Haben jedenfalls die Mädchen gemeint.“

„Und Sie? Was meinen Sie?“

Hofers Augenlider hängen auf Halbmast. „Ich mein gar nichts. Was weiß ich, was so ein Bursch will heutzutage. Schad ist es halt, weil er doch so kurz vor dem Schulabschluss gestanden ist. *Ich* hätt weiß Gott was darum gegeben, für einen richtigen Schulabschluss.“

Hagen überlässt es Gfader, das Heft in die Hand zu nehmen und den Ex-Obdachlosen über sein Verhältnis zu Pröll auszufragen. Wann sie sich kennen gelernt haben, wo sie überall miteinander herumgezogen und wieso sie im Mai wieder ins Land gekommen sind. Je länger Hagen zuhört, desto mehr gerät er ins Staunen. Die beiden alten Streuner dürften wirklich ein Herz und eine Seele gewesen sein. In Graz seien sie einander das erste Mal über den Weg gelaufen, vor gut zehn Jahren. Damals waren sie beide *voll am Sand*, gesundheitlich angeschlagen er, Kurtl, und der Pauli nervlich am Ende. „Sein Leben hing am seidensten Faden.“ Er hatte grad einen Selbstmordversuch hinter sich, gerettet habe ihn nur seine Schlampigkeit. Ein schlecht geknüpfter Knoten. *Was tätst, wenn dir die Scheiße bis zum Kinn steht?* So lautete Paulis allererste Frage. Die stellte er vermutlich jedem, der ihm über den Weg lief. Eine Frage wie ein Test: Nur wenn du den bestanden hast, warst du es wert, von ihm wahrgenommen zu werden. Und Kurtls spontane Antwort schien zu passen: *'s Maul halt net z'weit aufreißen.* Das habe dem Pauli einen ersten Lacher entlockt, und von dem Tag an sei man zusammengeblieben.

„Leider ist mir danach nie mehr so ein guter Spruch eingefallen", bekennt Hofer. „Der Wortführer war immer der Pauli. Er hat furchtbar viel zu reden gewusst. Aber er war ja auch wirklich der Gescheitere von uns zwei."

„Und gestritten habt ihr euch nie?"

„Praktisch nie, nein. Er war ja mein bester Freund. Mein einziger Freund." Treuherzig schielt er nach oben. Mit diesem Dackelblick, der einen Gfader reizt. Grundsätzlich.

„Aber hie und da schon, soll das wohl heißen? Wann denn das letzte Mal?"

„Lass ihn." Dem Chefinspektor tut der Mann mittlerweile leid. In diesem Zustand, in dieser Lage seinen einzigen Kumpel zu verlieren ist kein Honiglecken. Das kann gerade Hagen mit seinen windschiefen Beziehungskisten gut nachempfinden. Sie haben sich einfach nicht mehr richtig entwickelt, die alten Freundschaften zu Joe oder Edi oder gar zu Lisa; die Anknüpfungspunkte sind zu Pünktchen verkommen, auf denen sich nichts aufbauen lässt. Wer daran Schuld trägt? Wahrscheinlich keiner, oder alle zusammen – schieben wir's auf die verschiedenen Lebenswege, die unterschiedlichen Rhythmen, oder gleich auf *die Zeit*, die angeblich alle Wunden heilt. Und doch nur neue schlägt.

„Bin ich jetzt … entlassen?" Was für eine Frage! Als ob er schon jahrelang hier eingesessen wäre.

„Züch Fäda! Bringt eh nix", sagt Gfader. „Aber dass du ja im Land bleibst, *zu unserer Verfügung*, hast mich verstanden?"

„Klar, Chef. Wo sollt ich auch hin jetzt? Einer muss ja dem Pauli sein Grab pflegen. Wenn er endlich eins kriegt. Tschau mit'nand."

Hagen gibt es einen Stich. Bald wird auch er ein Grab zu pflegen haben, eins mit gelben und blauen Stiefmütterchen. Aber noch macht *sie* das ja. Sie, die er seit Wochen nicht mehr besucht hat, trotz seiner dicken Versprechen. Gut, dass es die Arbeit gibt, die man vorschieben kann.

Etwas ist ihm komisch vorgekommen bei Gfaders Fragen an Hofer, nur was bloß? Nach einem Schluck Automatenkaffee fällt es ihm ein: Wieso hat sein Kollege dem Kurtl unterstellt, Streitigkeiten mit dem Pauli gehabt zu haben? Das kann der Montafoner leicht erklären.

„Na, wegen der Kratzspuren auf der Leiche! Von irgendwem müssen die ja stammen. Der Herr Chefinspektor höchstpersönlich hat darauf hingewiesen, dass sie eine Bedeutung haben könnten, oder? Und auch wenn sie nicht mit den allerletzten Augenblicken in Prölls diesseitigem Leben zu tun haben, so vielleicht doch mit den vorletzten."

„Okay. Und jetzt? Weiß der Herr Amtsinspektor jetzt mehr in der Causa?"

Gfader reckt sich, als wäre er im Fitnessstudio.

„Also, mich hat das nicht überzeugt, wie der Hofer sein Verhältnis zu Pröll beschrieben hat. Ich glaub nicht, dass das ständig so eitel Wonne war. Der Langthaler, dieser Sozialarbeiter, hat das auch alles ein bisschen anders dargestellt."

Hagen erinnert sich daran, was auch der von den Schöchs so wenig geliebte Professor Märker ihm erzählt hat: Dass Pröll unter seinesgleichen das klassische Alphatier war. Ob es tatsächlich möglich ist, mit so einem auf die Dauer reibungsfrei auszukommen? Wohl nur, wenn du bereit bist, dich unterzuordnen, ohne Wenn und Aber.

Er drückt sich aus dem Drehsessel hoch und tritt ans Fenster. Unten steht Hofer unschlüssig am Straßenrand. Hagen beobachtet, wie die Autos knapp an dem Alten vorüberfetzen, wie er die geschnorrte Zigarette hinterm Ohr hervorzieht, sie sich in den Mund steckt und trocken raucht. Keiner, der ihm Feuer reichte. Endlich überquert er die Straße, schlurft hinüber in Richtung Bahnhofshalle. Eine gebückte Gestalt auf dem Weg zum Regionalzug nach Bludenz. Ein zerzauster Zugvogel, der kein Ticket braucht für den Rückflug ins Nest. Wie lang er es wohl noch machen wird? Immerhin, er hat eine Herberge. Was seine eigene Situation betrifft, ist Hagen sich nicht so sicher.

15. Neger und schwarze Löcher

Else
Montag, 5. Juli '04

Fünf Tage noch, und wir haben es geschafft! Die Ferien liegen schon in der Luft. Schon in der Früh im Fahrradschuppen hab ich sie gerochen, als ich mein Bike geholt habe für die heutige Ausfahrt. Als wir uns vor dem Gymi getroffen haben, hat sich dieser geile Geruch über dem Platz verbreitet wie ein ausgerolltes Riesentransparent, wie Werbung für ein Open Air. Und so was sind diese Projekttage ja irgendwie auch: ein Open-Air-Spektakel. Egal, was unser lieber KV da ausgeheckt hat, dachten wir – Hauptsache, wir sind draußen aus der elenden Hütte! Selbst der Fredi hat ferienmäßig ausgesehen, fast schon cool: nicht das übliche Sakko aus der schottischen Mottenkiste, kein weißes Hemd Marke Vögele, sondern ein violettes Sweatshirt mit Kapuze! Bei der ersten Pause in einem Gastgarten hat er weggeschaut, als sich einige unserer Jungs Bier bestellt haben. Und das er, der notorische Antialkoholiker! Nur bevor wir weitergefahren sind nach Bürs, hat er eine kleine Ansprache gehalten. Dass wir uns hoffentlich darüber im Klaren seien, dass dort, wo wir jetzt hinfahren, Alkohol eine ganz besondere Rolle spiele. *Eine Pforte des Teufels*, sagte er, *und kein Türhüter der Welt kann sie schließen.* Sollte wohl eine Anspielung auf Kafka sein, aber ich fand den Spruch trotzdem ein bisschen pathetisch. Eigentlich total untypisch für den Fredi.

Als wir dann in Bürs ankamen, haben wir nicht schlecht gestaunt. Wir hatten uns das alles ein bisschen anders vorgestellt. Aufregender, und vor allem weniger anstrengend. Das Heim schaut von außen so durchschnittlich aus, dass es keinem von uns je aufgefallen wäre. Sogar der Fredi ist zuerst daran vorbeigeradelt. Dann haben wir den ersten der Bewohner gesehen, im Garten beim Wäscheaufhängen. Einen alten Mann mit schlohweißem Bart, der gerade etliche lange graue Unterhosen mit Holzkluppen auf der Leine befestigt. Lange Unterhosen – im Sommer! Er hat seine Arbeit wie in Zeitlupe erledigt, ein irrer Anblick. Ich glaube, ich hab in meinem Leben noch nie erlebt, dass ein Mann die Wäsche aufhängt, und dann gleich diese Lange-Unterhosen-Nummer! Es hat mich an einen alten Schwarzweißfilm erinnert, eine Dokumentation über die Mönche auf dem Berg Athos, die wir einmal im Religionsunterricht angeschaut haben. Damit wir uns nicht gegenseitig auf den Zehen stehen, hat uns der Fredi schon vorher in Vierergruppen eingeteilt. Ich habe es geschafft, mit Clemens und Snezana in eine Gruppe zu kommen, indem ich den Fredi daran erinnert habe, wie sein Lieblingsspruch bei der Zuteilung von Referatsthemenwahl lautet: *Wer zuerst kommt, mahlt zuerst.* Adrian hat sich blöderweise auch für unsere Gruppe gemeldet, aber, mein Gott, für diese drei Tage werden wir ihn schon aushalten. Sechs Gruppen also, pro Bewohner eine. Eigentlich wohnen ja mehr Leute in der Herberge, aber einige wollten mit uns offenbar nichts zu tun haben. Darunter auch die einzige Frau im Haus. Leider! Es hätte mich nämlich sehr interessiert herauszufinden, wieso sie da wohnt. Aber das musst du natürlich respektieren, dass nicht alle an unserem Besuch interessiert sind. Ehrlich gesagt: Wenn ich in ihrer Rolle wäre, hätte ich mich wahrscheinlich auch verweigert. Irgendwie müssen sie sich ja vorkommen wie im Zoo. Wie Tiere im Zoo, die ein jeder begafft.

Meine Gruppe hat es mit Pauli zu tun bekommen. Der Mann schaut einerseits voll fertig aus, andererseits ist er aber noch unglaublich fit. „Wie viele Liegestütze bringt ihr jungen Vögel zusammen?“, hat er uns als Erstes gefragt. „Weiß nicht. Zwanzig, dreißig vielleicht“, hat Clemens geantwortet. Daraufhin hat der Alte uns gleich zu einem Wettkampf vergattert, auf dem schäbigen, fleckigen Spannteppich in seinem Zimmer. Aus Platzmangel konnten wir nur paarweise antreten. Ich hab schon bei fünfzehn aufgegeben, Adrian bei einundzwanzig. Das war vielleicht ein Anblick, als Clemens und Pauli sich nebeneinander hochgestemmt haben! Der Mann hat sich die Ärmel hochgekrempelt, und man konnte sehen, wie die Muckis unter seiner faltigen Haut arbeiteten. Bei zweiunddreißig ist Clemens liegen geblieben. Da hat der Alte noch fünf draufgesetzt. Wir haben natürlich applaudiert wie verrückt, das hat ihm sichtlich gut getan.

Die Idee war wohl, dass wir hier aus erster Hand erfahren sollten, wie es den *Gestrauchelten der Gesellschaft* im Lande geht. Versucht rauszukriegen, wodurch man in einem Sozialstaat wie dem unseren so abstürzen kann, dass man nicht mehr auf die Beine kommt – so der Arbeitsauftrag an uns. Und in meine Richtung hatte er mit einem Augenzwinkern gemeint: Weißt, die Obdachlosen, das sind die Neger bei uns. Warum sonst sagt man im Osten, dass einer *neger* ist, wenn er ohne Geld dasteht?

Das alles klang in der Theorie ziemlich cool. In der Praxis musst du dafür allerdings einiges in Kauf nehmen. Zum Beispiel den Geruch in dieser *Herberge*! Von Ferienstimmung war da ganz schnell nichts mehr zu bemerken. Irgendwie scheinen alte Menschen allesamt säuerlich zu riechen, zumindest alte Männer. Und was mich am meisten schaffte, waren die Geräusche, die diese Leute ständig produzieren. Wenn sie den Rotz in der Nase hochziehen, oder beim Essen gnadenlos rülpsen. Oder erst recht der grässliche schleimige Husten von dem einen, der immer um Pauli herumschleicht! So muss es in Gaisbühel klingen, dort, wo sie die schlimmsten Fälle hinschicken.

Ich hatte gehofft, an diesen Projekttagen zusammen mit Clemens und Snezana ein paar feine, lockere Stunden verbringen zu können; die Voraussetzungen dafür waren optimal: Das Wetter passte, der Fredi war gut drauf, die Schule außer Sichtweite. Aber so, wie sich dieser erste Tag angelassen hat, dürfte es damit nichts werden. Vor allem Clemens setzt offenbar die Atmosphäre im Obdachlosenheim zu, er wirkt anders als sonst, wie ausgewechselt. Total auf Distanz mir gegenüber, und schweigsam, fast schon unheimlich. Okay, es ist auch nicht leicht, neben einem wie dem Pauli groß zum Reden zu kommen, der Mann wäre die Idealbesetzung für jede Talkshow! Und er ist auch nicht unintelligent, sogar belesen. Was wir derzeit im Deutschunterricht machen, wollte er wissen, und wie der Fredi so ist als Lehrer. Ausschauen tut er ja ein bisschen unterentwickelt, ätzte er, aber vom Ausschauen dürfe man sich nie täuschen lassen. Als ich erzählte, worüber ich heuer in Deutsch referiert habe, hat er gleich eingehakt: „He, den Horváth, den kenne ich auch!" Sein Stück *Glaube, Liebe, Hoffnung* könne er nur wärmstens empfehlen. Wo er das denn gesehen habe? Gesehen nicht, hat er gegrinst, ins Theater ließen sie seinesgleichen nicht hinein. Aber gelesen habe er das Stück, sogar mehrmals. Immerhin handle es von Leuten wie ihm. Von den Abgestürzten, den Hoffnungslosen. Und dann hat er tatsächlich auswendig zitiert, was im Stück über die steigende Zahl der gesellschaftlichen Verlierer gesagt wird: *Es müssen halt immer viele Unschuldige dran glauben, das lässt sich leider nicht umgehen in einem geordneten Staatswesen.* Dazu hat er gelacht, als mache ihm der Satz eine diebische Freude. Ich hab das total makaber gefunden, aber der Clemens hat auf der Heimfahrt gemeint, er könne das gut verstehen. Das Gefühl nämlich, dass man als Loser trotzdem lacht, über sich selbst und das schwarze Loch, in das man gefallen ist. „Woher willst du das wissen?", hab ich gerufen, „du kommst doch wohl aus etwas anderen Verhältnissen! Wenn ein Schöch sich mit Sandlern identifiziert, ist das schon ein bisschen zynisch. Wie wenn der Lolle zu dir sagt, dass du unbedingt Mathe studieren solltest." Okay, ich hab ihn vielleicht zu scharf angegangen in dem Moment. Vor allem mit dem Lolle hätte ich ihm nicht kommen dürfen, den hasst er aufs Blut, seitdem der ihm in der Sechsten eine Nachprüfung verpasst hat. Aber ich war so was von genervt, weil er mich den ganzen Tag ignoriert hat, und überhaupt. „Schwarze Löcher gibt's überall", hat er als Antwort gegeben. Dann ist er plötzlich links abgezweigt, und weg war er. Ohne Kuss, ohne Gruß. Ohne alles. Mir hat es eh gleich leid getan und ich hab ihm ein SMS geschickt, wo ich mich entschuldige wegen meiner patzigen Bemerkung. Aber er hat nicht darauf reagiert.

Wie das morgen wohl weitergehen wird zwischen uns?

Gitte zu *überfallen* fällt Hagen noch am leichtesten. Sie ist eine der wenigen, die für einen spontanen Besuch in Frage kommen. Nur zu, beteuert sie ein ums andere Mal, wissend, dass die meisten ihre Probleme mit Hagens Art hätten, urplötzlich vor der Tür zu stehen, ohne Voranmeldung. Wie überhaupt ein *ghöriger* Vorarlberger allem misstraut, was sein übliches Feierabendprogramm auf den Kopf stellen könnte. Essen um halb sieben, *Vorarlberg Heute* um sieben, die *Zeit im Bild* um halb acht – das sind keine bloßen Optionen, das sind unverrückbare Pfeiler der Ordnung. Garanten dafür, dass man sich in den modernen Zeiten wenigstens nach der Arbeit noch zurechtfindet. Sich an etwas Klarem, Überschaubarem anhalten zu können ist ein Wert als solcher, und sei es nur die kleine, graue Fernbedienung in der Linken, an der wir uns festklammern, und die Flasche *Mohrenbräu* oder *Fohrenburger* in der anderen Hand. (Ja, genau dort verläuft sie, die tiefste ideologische Bruchlinie im Lande: zwischen den beiden großen Biermarken.) Und wo bleiben Spontaneität, Flexibilität? Die beweist Mann am ehesten dadurch, dass er das eine oder andere Mal auf den *Sport* in ORF 1 zugunsten der *Seitenblicke* in ORF 2 verzichtet, oder auf beides zugunsten einer Jassrunde mit den Jahrgängern.

Hätte es noch eines Beweises bedurft, dass Gitte es mit ihrer Blankoeinladung an Hagen ehrlich meint, so wäre dieser Beweis in Gittes Küche, genauer im Kühlschrank, zu finden: in Form von mindestens drei Bierflaschen nämlich, präventiv im Gemüsefach auf Idealtemperatur eingelagert. Da ihr Mann Gernot ausschließlich teuren Rotweinen zuspricht und sie selbst keinerlei Alkohol konsumiert, sind die allzeit gekühlten, allzeit bereiten Biere ausschließlich für Hagens Kehle bestimmt. Dass er dieses Angebot ohnehin kaum vier, fünf Mal im Jahr in

Anspruch nimmt, hält Gitte nicht davon ab, mit den Flaschen permanent einen Teil ihres Kühlschranks zu blockieren. Hagen pflegt sich dafür zu revanchieren, indem er ihr einen Blumentopf entgegenstreckt, sobald sie ihm die Tür öffnet. Obwohl ihre Wohnung bereits vor Blumen überquillt und sein floristischer Geschmack sehr begrenzt ist, bedankt sie sich immer mit einer Inbrunst, als hätte er Unsummen in den Topf investiert. Heute ist, weil aktuelles Angebot, eine Orchidee aus einem holländischen Gewächshaus dran. Die eine der drei Blüten segelt bereits bei der Übergabe zu Boden, aber Gittes Superlative kennen dennoch keine Grenzen.

„Oh Tone, Tone! Eine echte Cattleya! Du weißt ja gar nicht, welche Freude du mir damit machst! Wo Orchideen doch eindeutig zu meinen Lieblingsblumen zählen. Das ist ganz, ganz lieb von dir! Aber es wär wirklich nicht nötig gewesen …“

Statt einer Antwort (was antwortet man schon auf ein *wär wirklich nicht nötig gewesen*?) verteilt er, sorgfältig auf die richtige Mischung aus Nähe und Distanz bedacht, drei Küsse auf ihren Wangen. Dieses scheinbar harmlose Ritual kann, wenn man dabei wie Hagen über wenig Erfahrung verfügt, durchaus und wortwörtlich ins Auge gehen. Gittes übergroßes Brillengestell hat sich bereits einmal bei einer solchen Aktion in sein linkes Auge gebohrt, die schwarze Klappe über dem Bluterguss verwandelte ihn damals für Wochen in einen Piraten. Gerne hätte er das Malheur zum Anlass genommen, sich künftige Abbusseleien überhaupt zu ersparen; aber so lieb und fürsorglich Gitte ansonsten ist – in dieser Hinsicht erweist sie sich als unerbittlich. Seit ihrem letzten Frankreichurlaub besteht sie sogar darauf, anstatt der üblichen zwei gleich drei Küsse zu verteilen bzw. zuerkannt zu bekommen, in Hagens Diktion eine *Verschärfung des Strafausmaßes*. Hält man sich nicht an die Vorgabe, wird die Prozedur von ihr gnadenlos wiederholt; in Summe kann man es so auf ein sattes Dutzend Küsse bringen. Da versucht man besser gleich beim ersten Anlauf, ihrem Wunsch zu entsprechen.

Was Hagen bei der Exfrau seines verstorbenen Bruders sucht bzw. zu finden hofft, ist ihm selbst nicht klar. Das Naheliegende, nämlich gemeinsam über alte Zeiten zu plaudern und Familiengeschichten aufzuwärmen, kann es jedenfalls nicht sein. Der Name Hartmut ist seit dem Tod des Bruders ein nicht deklariertes, aber umso wirksameres Tabu, eine einmalige Nennung schon würde, das spüren sie wohl beide, ihre fragile Beziehung unrettbar zerstören. Vielleicht ist es schlicht und ergreifend ihre Wärme, die mich anzieht, grübelt Hagen. Diese ein bisschen naive und immer offene, doch nie verletzende Art Gittes, die einem jeden um sie herum so gut tut. Erst recht jenen, deren Wesen umgekehrt gestrickt ist. Es hat schon was kolossal Balsamhaftes an sich, wie sie dir den Arm um die Schulter legen kann, wenn dir zum Heulen zumute ist, und dich dabei anstrahlt, als hätte sie dank ihrer glücklichen Beziehung zu Gernot ein Übermaß an Liebe zur Verfügung, das jede geschundene Seele ruhig anzapfen soll.

„Schlecht schaust du aus!“, sagt sie ihm ins Gesicht, während sie die erste Bierflasche serviert. Glas bekommt er keines dazu, dazu kennt sie ihn zu lange, zu gut. Es gibt eine Form von Fürsorglichkeit, die sich darin äußert, dass man dem anderen nicht die eigene Vorstellung von Stil aufzwingt. Ihn etwa das Bier aus der Flasche trinken lässt, wenn ihm danach ist, auch wenn man das selbst nie und nimmer täte. In dieser Hinsicht ist Gitte die Fürsorglichkeit in Person. Ein weiterer Grund, der sie für ihn so attraktiv macht. Rein platonisch betrachtet, natürlich.

„Danke“, knurrt er, „ich weiß.“

„Die Arbeit?“

„Nicht unbedingt. Aber ich komm eben grad von Mutter.“

„Ich verstehe.“

Es gibt Sachen zwischen Himmel und Erde, die meinen Frauen einfach besser zu verstehen als Männer. Was heißt *besser*? Sie haben, nach ihrem Verständnis, dafür die alleinige Kompetenz. Eine solche Sache ist zum Beispiel die mit der Beziehung zwischen Mutter und Kind. So unterschiedlich Gitte und Lisa sind, in der Hinsicht reagieren sie wie siamesische Zwillinge; oder wie man sich vorstellt, dass siamesische Zwillinge reagieren. Weil sie eben letztlich alle potentielle Mütter sind, sagt sich Hagen. Und also quasi naturgegeben zu wissen meinen, was Männer, noch dazu alleinstehende Männer wie er, nie und nimmer auf die Reihe kriegen: dass das Verhältnis zwischen Mutter und Kind, egal wie alt beide gerade sind, immerfort und unauflöslich gekennzeichnet ist von einer beiderseitigen atemberaubenden Abhängigkeit. Wobei das mit dem Atem-Rauben wörtlich zu nehmen ist. Da brauchst du dir nur die jüngste österreichische Nobelpreisträgerin anschauen und deren Verhältnis zur eigenen Mutter. Oder das weniger poetische, weniger Geld abwerfende als vielmehr Geld und Nerven kostende Verhältnis Hagens zu seiner halbtauben Mama. Die mit dem Stiefmütterchentick. Die mit der hoffnungslos absurden Hoffnung, bald wieder aus dem Seniorenheim in ihr Levner Haus zurückkehren zu können, einem Wunsch, nein, einer Drohung, die sie ihm bei jedem Besuch serviert. Davon erzählt er jetzt Gitte, und wie die Mutter ihn heute mit einer neuen Idee überrascht habe; mit der Ankündigung nämlich, ihr gesamtes Erbe dem nächsten Papst vermachen zu wollen – sofern es nicht ein schwarzer werde. Dem Woytila wolle sie ihr Sparbuch lieber nicht mehr zukommen lassen, der sei ja selbst schon recht schlecht beisammen.

„Wieso darf es kein schwarzer Papst sein?“, fragt Gitte. „Ich hab gar nicht gewusst, dass die Hilde so rassistisch ist.“

„Ich weiß nicht, ob man das Rassismus nennen kann. Sie fürchtet einfach, ein Schwarzer könnte das Geld für die AIDS-

Kranken in Afrika verwenden. Und nachdem sie AIDS für eine Geißel Gottes hält, will sie die Medikamente dagegen nicht mitfinanzieren. So reimt sie sich das halt zusammen in ihrem kranken Hirn."

Mist!, denkt er. *Ist's böse Wort erst aus dem Maul, zurück zieht es kein Ackergaul.* Wie gerne nähme er das *krank* wieder zurück, und wenn es hundertmal stimmt!

„Ich merk schon, ich muss dich wieder einmal zu einem mehrgängigen Menü einladen, Tone. Eins, das – sagen wir mal – mit einer Grießnockerlsuppe beginnt und mit deinem geliebten Maronireis endet. Natürlich genau nach Hildes Rezept! Da könntest du sicher nicht nein sagen, oder?"

Gittes schneller Themenwechsel erlöst ihn von weiteren Selbstanklagen. Sie versucht, er merkt es wohl, den Grund für sein schlechtes Aussehen aus ihm herauszukitzeln, ohne direkt danach zu fragen. Aber er braucht nicht zu befürchten, in einem unbedachten Moment irgendwelche Peinlichkeiten auszuplappern; dazu müsste ihm selbst erst einmal der wahre Grund für seinen Zustand bekannt sein. Natürlich, man könnte sich eingestehen, dass der abendliche Alkoholkonsum derzeit auffällig mit dem notorischen Schlafdefizit korrespondiert; dass man seit Monaten keine regelmäßigen Mahlzeiten mehr zu sich nimmt und nichts tut, um der zunehmenden Schwammigkeit des Körpers Herr zu werden. Doch über das *Warum* dieses Raubbaus wäre damit noch nichts ausgesagt. Mag sein, ich suche diese Frau auch deshalb auf, weil mich ihre schiere Anwesenheit dazu nötigt, mich wieder einmal mit dem guten alten Tone näher zu beschäftigen. Sich zusammensetzen, um sich auseinanderzusetzen, blöd gesagt …

„Weißt", hebt er an, ohne zu wissen, wohin ihn diese Einleitung führen soll. Schon nach dem einen Wort hat er das Gefühl, vor der blauen Verkehrstafel mit dem weißen Blinddarm darauf zu stehen. *Dead end street*, haben die Kinks gesungen, *gonna die on dead end street.*

„Na?", versucht sie ihn zu unterstützen, „ob ich was weiß?"

Er fährt sich übers Kinn. Betastet die viel zu langen Bartstoppeln. „Weißt, irgendwie graust es mir vor der Zukunft. Eine ausgewachsene Midlifecrisis, nehme ich mal an."

Sie rückt ihren Sessel ein wenig näher an den seinen heran. „Hast du dir schon einmal überlegt, was ist, wenn *sie* nicht mehr ist?"

Eine legitime Frage, zweifellos. Und no na hat er sie sich schon oft gestellt. Sie liegt ja auf der Hand oder, besser gesagt, sie harrt geduldig seiner, tagsüber versteckt hinter der weißen Zimmertür Nummer vierzehn im Seniorenheim, des Nachts aber irritierend wie ein wackeliger Zahn, den man ständig mit der Zunge hin- und herschieben muss. *Was ist, wenn sie nicht mehr ist* … Wobei die Frage schon vom Ansatz her durchaus unterschiedlich zu interpretieren ist: Geht es einem bei der Überlegung, was mit jemandem sein wird, der *nicht mehr ist*, eigentlich wirklich um den anderen oder letztlich doch nur um einen selbst, um die eigenen, vom großen Gleichmacher kräftig durcheinandergewirbelten Lebensumstände? Denn wenn die Wohnung einmal ausgeräumt und der letzte Wille des lieben Verstorbenen ohne gröberen Streit und Hader über die Bühne gegangen ist; wenn die letzten losen Fotos aus den alten Schachteln verteilt sind auf die in schwarze Sentimentalität gekleideten Hinterbliebenen, welche die Bildchen rituell in ein bisschen neuere, ein bisschen weniger vergilbte Schachteln umlagern und dort weiterhorten werden, um sie nach einem angemessenen Zeitraum endlich doch ihrer wahren Bestimmung zuzuführen – will heißen: der Entsorgung –, wissen wir dann, *was ist*, was los ist mit uns und unserer verzweifelten Portionierung der einem zugemessenen Zeit in ein Davor und Danach? *Vor ihrem Tod, nach ihrem Tod …* Heißt das nicht immer auch *vor und nach dem Punkt, als sich etwas in mir unwiederbringlich verabschiedete*? Der kleine, überschaubare Abschied gegenüber dem Unübersichtlichen, Unbegreifbaren?

„Weißt, was du brauchst?", lächelt sie ihn aus seiner Melancholie. „Ich hab's dir schon vor drei Jahren gesagt: eine Frau!"

Er erinnert sich, wie sie ihn damals wieder mit Lisa verkuppeln wollte. Ein hoffnungsloses Unterfangen. Kühn, aber hoffnungslos.

„Wer sagt, dass ich noch auf Frauen steh? Manche kommen erst spät drauf, dass sie eigentlich schwul sind."

Ihr Lächeln verwandelt sich in ein Grinsen von jener Art, das Politiker aufzusetzen pflegen, wenn sie die absolute Mehrheit eingefahren haben.

„Ja, wahrscheinlich. Genau das wird dein Problem sein!"

Obwohl ihm nicht danach ist, muss er mitgrinsen. Was gibt es Ansteckenderes als Gittes fröhlich aufgeworfene Lippen, übrigens gänzlich lippenstiftfrei, doch deshalb nicht minder animierend. Nur gut, dass er gelernt hat, sich unter Kontrolle zu haben. Abgesehen davon, dass das Wildern in fremden Revieren nicht seine Sache ist. Es nie war.

Er prostet ihr mit der Bierflasche zu. „Wie auch immer: Ich fürchte, da musst du dir schon was anderes ausdenken für mich."

„Na schön", meint sie kein bisschen beleidigt. „Wenn du schon nicht zum Besten zu bewegen bist, dann vielleicht zum Zweitbesten: zur Bewegung an sich."

Seine Stirnrunzeln verraten: Das ist ihm jetzt ein wenig zu hoch.

„Ich meine, du könntest einmal wieder was für deinen Körper tun. Sport betreiben, wie früher. Schwimmen, Skifahren, Radeln, was weiß ich. Muss ja nichts Übertriebenes sein. Keine Wettbewerbe, keine Hahnenkämpfe. Nur erst einmal in Bewegung kommen, raus aus deiner … deiner Flaute."

Nett, denkt er, nett, dass sie nicht Depression gesagt hat. Und noch netter, dass sie Handball nicht im Angebot gehabt hat. Die Sportart, die im Hause Hagen drei Männer gleich verbissen ausübten.

„Na, Tone, was denkst du darüber?" Der Wärme ihres Lächelns, dem aufmunternden Schalk in ihrem Blick kann er sich nicht entziehen. Nicht einmal, wenn er wollte. Und er will es ja gar nicht.

„Ich schätze, ich werde deinem Rat folgen, Gitte. Passt gut zu Neujahr: ein neues Rad, ein neuer Anfang. Schwebt mir schon eine Weile vor. Bei Schönwetter ins Büro strampeln, sind eh nur knappe vierzig Kilometer, bei Regen *bike and train*. Die Kollegen werden sich wundern. Und die Ganoven vor Schreck erstarren, wenn ich sie auf dem Drahtesel verfolge."

„Super!" Sie umarmt ihn, als hätte er ihr gerade ein Haus vermacht.

Er versucht sie vorsichtig abzuschütteln. „Wann kommt eigentlich dein Mann nach Hause?"

„Wieso? Hast Angst, er könnte eifersüchtig werden?"

„Ach wo! Aber wenn schon, dann machen wir gleich Nägel mit Köpfen. Schließlich ist Gernot Fahrradhändler. Da kann er dem Exschwager seiner Frau doch mindestens ein faires Angebot für ein ordentliches Mountainbike machen, was meinst?"

Ja, das meint sie auch. Und weil der Tone zu Fuß unterwegs ist – und nur deshalb, betont sie –, kriegt er gleich noch ein kühles Bier. Denn das würde sich die Gitte nie unterstehen: einen Polizisten zu etwas Illegalem zu verführen.

17. Das Arsenal

Else
Donnerstag, 8. Juli '04

Was für eine Woche! Die letzten zwei Tage bin ich gar nicht dazugekommen, abends noch was ins GTB zu schreiben, so erschlagen war ich, so fertig. Den anderen geht's nicht besser. Nicht nur, weil wir unheimlich viele Meter machen mussten mit dem Pauli und zeitweise dem Kurtl: Vorgestern haben wir sie auf die Bezirkshauptmannschaft begleitet zum Amtsarzt, gestern Vormittag den Pauli zum Psychiater, wo er sich monatlich melden muss, und am Nachmittag dann diese wahnsinnige Wanderung zu viert. Dazwischen noch kleinere Einkaufstouren in den Supermarkt, Socken stopfen (super, das war natürlich Snezanas und mein Job, von wegen Emanzipation!), Bude aufräumen, Boden wischen und drei Patschen an zwei Fahrrädern flicken. Für Letzteres durften Adrian und Clemens zum Ausgleich dran; als sie damit endlich fertig waren, hat das *Doppelpack* (so nennen sich Pauli und Kurtl selbst am liebsten) mehr im Scherz gemeint, es gäbe da noch eine alte Vespa, die wäre auch noch zu richten. Die Mühle hat bestimmt ein Vierteljahrhundert auf dem Buckel und sieht aus wie der reinste Schrotthaufen. Aber Adrian hat behauptet, er werde sie wieder hinkriegen. Adrian hält sich ja für ein verkanntes technisches Genie, das nur wegen seinen ignoranten Eltern nach der Vierten nicht in die HTL gekommen ist. Eineinhalb Tage hat er an dem rostigen Glump herumgeschraubt, jetzt fährt es tatsächlich wieder!

Mein Problem mit Clemens hat sich immer noch nicht eingerenkt. Im Gegenteil, es scheint schlimmer zu werden. Zweimal hab ich versucht, ihn auf unsere kleine Auseinandersetzung anzusprechen. „Vergiss es", hat er gemeint. Aber er selbst hat es ganz offensichtlich nicht vergessen. Gibt sich mehr mit den alten, stinkenden Männern ab als mit mir. Snezana hat mich getröstet: Das sei nur eine vorübergehende Macke. Jungs müssten manchmal beweisen, dass sie nicht von Mädchen abhängig sind. Ein steinzeitlicher Chauvireflex, hat sie gesagt. Am Ende der Woche kommt er wieder schwanzwedelnd angekrochen, wirst sehen. Na ja, morgen ist Freitag und Zeugnisverteilung, und von einem wedelnden Schwanz ist weit und breit nichts zu merken.

Dabei hab ich mich nicht von seiner kalten Schulter abschrecken lassen. Hab sogar einen dreistündigen Fußmarsch mitgemacht, den der Pauli vorgeschlagen hat. Der Kurtl und der Adrian waren da nicht mit von der Partie. Der eine, weil er die Tour eh schon oft genug gegangen ist, dass sie ihm beim Hals heraushängt, der andere wegen der kaputten Vespa. Nach dem Mittagessen (Snezana hat für unsere Gruppe gekocht) ging's los: Zuerst im Landbus vom Bludenzer Bahnhof nach Satteins, von dort quer über Wiesen und Äcker hinauf zum Schwarzen See. Bestimmt sehr idyllisch und so, aber Snezana und mir taten schon nach einer Stunde die Füße weh. Da hat der Alte eine Doppelliterflasche aus dem Rucksack gezogen, „Medizin für müde Mädchen", und wir haben alle brav daran genuckelt. Snezana war ziemlich schnell blau und hat bald nur mehr gekichert. Was immer der Pauli gesagt hat, sie hat gewiehert wie ein Ross. Mir war das urpeinlich, trotzdem hab ich mitgemacht. Der Wein war das Billigste vom Billigsten, ein echter Fusel, aber ich wollte mir von Clemens nicht nachsagen lassen, eine heikle Zicke zu sein. In der *Herberge* kommen sie nur schwer an den Alk heran, da gibt's schon wegen jeder Bierdose einen Krach. Darum müsse man jede Gelegenheit zu einem kleinen Ausflug nutzen, hat Pauli erklärt. Clemens hat die Sauferei genossen. Er ist sich wohl vorgekommen wie die obdachlosen Helden in diesen amerikanischen Romanen, die er halb auswendig kann. Die ganze Wanderung über hat er davon geschwärmt. Von Mack und seinen Kumpanen. Die nur ein Ziel kennen: jeden Tag genügend Rotwein aufzutreiben. Gallonenweise! „Weißt du eigentlich, wie viel eine Gallone in Liter ist?" Das war das einzige Mal in diesen drei Tagen, dass Clemens mich direkt angesprochen hat. Die Frage konnte ich natürlich nicht beantworten. „Je nachdem, ob das Imperial Gallon oder das Winchester Gallon gemeint ist, vier Komma fünf vier sechs oder drei Komma sieben acht fünf Liter." Mein Gott, ist er sich gescheit vorgekommen dabei! „Zwei Doppler halt", hat der Pauli gesagt, „so genau nehmen wir's nicht." Das war offenbar so witzig, dass sich die drei geschüttelt haben vor Lachen. Und ich Idiot hab mich davon noch anstecken lassen.

Nachdem wir den Schwarzen See umrundet haben, sind wir auf so rutschigen Waldpfaden aufwärts gegangen, dass ich mir wegen der beschwipsten Snezana in ihren Sandaletten richtig Sorgen gemacht habe. Es gibt viele Stellen dort oben, wo man abstürzen könnte. Irgendwann sind wir dann vor einem überwachsenen Steinhaufen gestanden, den Pauli *meine Burg* genannt hat. „Was brauch ich Neapel zu sehen um zu sterben!", hat er gerufen, „mir genügt das da." Er hat einen großen Quader aus der Mauer herausgezogen, dahinter war das *Arsenal.* Sein Schnapslager. Drei volle Flaschen lagen darin, jede in Zeitungspapier verpackt. Er hat eine herausgenommen und mich als Erste kosten lassen. Das Zeug war so scharf, dass ich es sofort ausspucken musste. „Weiber!", hat der Alte gegackert, und Clemens hat sich auf die Schenkel geklopft vor Vergnügen. Snezana hat sich geweigert, den Schnaps zu probieren, ihr war so schon hundeelend genug. Viel mehr weiß ich nicht mehr von diesem Nachmittag, nur dass wir Probleme hatten, den Bus nach Hause zu erwischen. Die beiden Männer haben hinter uns philosophiert, wie wichtig es sei, im Leben immer einen geheimen Vorrat zu haben; zum Schluss sind ziemlich sexistische Sprüche gefallen, glaube ich.

Egal, ein zweites Mal komm ich sicher nicht mehr mit auf so eine Tour. Nicht einmal dem Clemens zuliebe!

18. Der Unterschied

Kennst es wahrscheinlich eh, das Spiel: *Was der Willi mag, und was er nicht mag.* Männer mag er, Frauen nicht. Einzelne Flaschen kann er nicht ausstehen, Doppler schon. Schwammerl ja, Pilze nein. Und so weiter, und so fort. Was ich mag, was ich wirklich mag, könnt ich so leicht nicht sagen. Doch, eine Sach fällt mir schon ein: Fasan, g'spickter Fasan. Wo die Schrotkugeln noch drinstecken. Ein todehrliches Essen. Aber halt nicht ganz meine Schuhnummer, was die nötige Marie angeht. Ich glaub, so einen Fasan hab ich schon zwanzig Jahr keinen mehr g'rochen.

Was ich nicht mag, ist schnell auf'zählt: Bullen, falsche Hund und echte Schäfer. Wenn dich einmal einer bissen hat, wirst halt nachtragend. Und von den dreien hat mich schon jeder einmal bissen. Mindestens einmal!

Am meisten natürlich die Bullen. Die Kieberer haben sich auf uns ja spezialisiert: aufs Einbuchten wegen Erregung. Wegen *Erregung öffentlichen Ärgernisses*, wie's offiziell heißt. Weil du zum Beispiel um drei in der Früh an eine Hauswand pinkelst. Um drei, wenn eh keiner mehr auf die Füß ist. Nur noch unsereins und ein Hausmeister, den sein Grant nicht schlafen lässt. Der dir aus lauter Hetz das Auge des Gesetzes auf den Hals hetzt. Ich habe eine schlechte Blase, Herr Inspektor, wo hätt ich denn hin sollen, mitten in der Stadt, mitten in der Nacht? Scheiß auf deine schlechte Blase, ab in den Bau! Mit einer Faustwatsche dazu, dass d' besser schlafen kannst. So schaut sie nämlich aus, unsere saubere Welt: Jeder Zwergpinscher darf pinkeln, wenn ihm danach ist. Aber der Mensch, der kommt in den Häfen dafür.

Falsche Hunde gibt's ja noch viel mehr als wie echte. Wurscht, welches Geschlecht sie haben – mittlerweil erkenn ich sie schon auf fünfzig Meter Entfernung. Lebenserfahrung, so nennt man das wohl!

*

Merkst du's, Kurtl? Hörst es auch, das komische Sumsen im Ohrwaschl? Hie und da so laut, so schrill, dass du schier wahnsinnig wirst davon. Dann wieder ganz weit hinten im Schädel, dass d' fast vergisst drauf. Aber bevor du dich davon erfangen kannst, ist es schon wieder da, gnadenlos, wie der Sensenmann selber. Grad so spielt es sich ab in der Natur: wurscht, ob Inn oder Ill, Patsch oder Bürs – ein Gesumse hängt über den Tälern wie eine Wolkendecke, eine akustische Waschkuchl. Und es nimmt noch zu, je höher du hinaufsteigst auf die Berg. Da gibt's kein Davonlaufen nicht, das schleppst herum mit dir wie ein ewiges Schädelweh! Aber die meisten haben sich eh schon so daran gewöhnt, dass es sie gar nicht mehr stört. Hocken droben auf der Alp, lassen sich die Sonn auf den Buckel scheinen und glauben, weiß Gott wie weit weg zu sein von allem und jedem, besser dran allemal wie die armen Hund drunten im Tal. Und weil's das so fest glauben, merken's nicht, dass das Sumsen sie schon komplett aufgesaugt hat, dass es ein inwendiges geworden ist. Wie in diesem Alienfilm, wo sich die Menschen in Außerirdische verwandeln, wenn sie gefressen werden.

Unter den Nazis hat es noch etliche Gaue geben, heute gibt's nur noch einen einzigen: den Staugau. Und alles wegen diese Berg! Dabei sind's eh schon löchrig wie ein Emmentaler und bröslig wie ein Gugelhupf. Täten glatt umkippen, wenn's nicht die vielen Kabel gäb. Dass man die Alpen nicht längst abtragen hat, ist nur den Touristen zu verdanken, ob du's glaubst oder nicht. Verkehrsmäßig g'sehn sind Berge nämlich brutal lästig, eine einzige Barriere. Wennst zum Beispiel als Vorarlberger Politiker in deinem Dienstmercedes schnell zu einer Sitzung nach

Wien solltest, stehn sie dir genau so im Weg wie dem einfachen Arbeiter im VW Golf. Wozu bist da überhaupt Politiker worden? Und wie ungesund die Berg sind! Denk an den Häuptelsalat, den sie im Winter aus Süditalien holen müssen: Wegen die vielen Kurven über den Brenner herauf verliert das Gemüse ja seine ganzen Vitamine, bis es bei uns auf den Tisch kommt … Aber zum Glück stehn die Touristen eh mehr auf Jagertee, und der schmeckt nur in einer Skihütte so richtig. Ski brauchst nicht unbedingt für das Après-Ski, aber eine gewisse Höhe über dem Meeresspiegel ist schon wichtig. Und dass d' hinaufkommst zu die Skihütten braucht es Lifte, und in die Hütten jodeln die ostdeutschen Kellner die neuesten Hits aus dem Zillertal. Also net, dass es mich wahnsinnig betreffen tät, aber eins ist gewiss: Da droben gibt's immer noch die sichersten Arbeitsplätz! Weil sie die nicht so ohne Weiteres auslagern können nach Ungarn oder Rumänien, dafür ist es dort dann doch zu eben. Also werden sie wohl noch ein bisserl stehen bleiben dürfen, unsere Berg. Voller Löcher, voll verkabelt und voll im Weg. Aber immerhin: Es gibt sie noch! Den Touristen sei Dank! NaProsthabedieEhre!

Wenn ich denk, in die Fünfzigerjahr … Manchmal bin ich nach der Schul noch schnell raufg'laufen auf den Patscherkofel, unsern Hausberg. Da warst nicht nur ein paar hundert Meter weiter oben – da warst komplett woanders! Wie wenn der Berg dich entführt hätt auf seinem Buckel, wo du nix mehr gespürt hast von der Welt unten im Dorf. Der Berg hat alles fein säuberlich aufg'spalten, und du hast gewusst: Es gibt einen Unterschied. Den Unterschied eben zwischen unten und oben. Zwischen drinnen und draußen. Zwischen warm und kalt. Zwischen laut und leise. Jetzt ist es überall gleich. Gleich laut, gleich warm, gleich bequem. Gleich fad …

Manchmal träum ich, dass mir einer von hinten das Gesicht in den Polster drückt, und der Polster ist aus weichem Wachs, und ich denk mir, gleich erstickst daran, aus, vorbei. Aber der echte Horror kommt erst, wenn die Hand im Genick plötzlich weg ist und ich nach dem Abdruck von meiner Visage such im kalten Wachs. Weil da nämlich nix ist, absolut nix, als ob du keine Nase net hättest und keine Wangerln und kein Kinn. In dem Moment weißt, dass von dir nix zurückbleibt auf der Welt. Net einmal ein vergilbtes Bildl, das sich wer in den Herrgottswinkel hängt.

Und trotzdem! Trotzdem glaubt ein jeder, dass er unter all den sechs Milliarden Rindviehern das einzig wichtige ist. Und unser Stall, die Erde, der Nabel des Universums … Sensationell, diese Gläubigkeit! Kein Wunder, dass die Pfaffen mit dem Schmäh so lang durch'kommen sind.

*

Hab ich schon einmal erzählt, dass ich einen Bub hab? Den Thomas. Nein? Na ja, Bub sollt man wahrscheinlich nicht mehr sagen zu einem, der schon auf die Vierzig zugeht. Aber ich kenn ihn halt nicht anders wie als Kind. Eigentlich hätten wir ja noch ein zweites wollen, die Babsi und ich, ein Mädel hätt es werden sollen. Sogar einen Namen haben wir schon ausgesucht gehabt: Kathi. Nach ihrer Großmutter mütterlicherseits. Aber dazu ist es dann nicht mehr kommen. Vielleicht eh g'scheiter so. Vielleicht hat es sich was erspart, dass es nicht auf die Welt kommen hat dürfen. Dass es weggemacht worden ist im Mutterleib. Ein Engerl, unsere Kathi. Die Engelmacherin und die Mutter vom Engerl sind übrigens dicke Freundinnen gewesen, vorher mindestens.

Aber was red ich überhaupt davon! Was spielt's für eine Rolle, wer wen betrogen hat, wer mit wem durchgebrannt ist? Kannst sie eh nicht zurückdrehn, die Uhr. Am End landen wir alle in derselben Grube. Wie meine Susi und wie deine Mimi, Kurtl, die kleine graue Maus, die du neulich hinterm Haus eingegraben hast. In deinem Mausoleum. Ich hab dir immer gesagt, dass das nicht gut gehn kann: eine Maus als Haustier, wenn in der Kuchl die fette Hauskatz herumstrawanzt. Man sollt halt die Natur nicht überstrapaziern! So eine Katz ist ja schließlich auch nur ein Mensch, wennst weißt, was ich mein …

Komm, jetzt saufen wir noch einen darauf. Früher hab ich immer glaubt, ich müsst weg vom Alkohol. Bis ich draufkommen bin, dass das sehr egoistisch wär: Weil er braucht mich ja auch, der Alk, ich bin praktisch seine Existenzberechtigung. Wenigstens wer, der dich braucht. Also stehn wir zu unserer Sucht wie ein Mann. Wurscht, ob wir auf Medaillen aus sind oder sonst einen Rausch! Die Süchte der Männer sind eh nix als wie eine uralte Sehnsucht, und Rauchen, Saufen quasi ein Saugersatz. Sagt der Hartmann, mein Seelendoktor. Ein Theoretiker! Ich sag: Es ist ein Ersatz für den wahren Schatz. Für das Schatzerl, das sich nicht heben lassen will. Weil das Schatzerl lieber wartet auf einen anderen Finder. Auf einen, der wo fescher ist oder charmanter oder einfach jünger. Der kriegt dann den Finderlohn. Halt so lang, bis sich das Schatzerl wieder eingräbt, weil es von einem Neuen g'hoben werden will. Und so weiter und so fort.

Na, nix, gar nix lernen wir dazu in diesem Leben. Und saumäßig, saumäßig viel bleibt zu tun im nächsten!

Hagens Blick wandert hinauf zum Wandkalender über seinem Schreibtisch. Vor genau einem Monat haben die Schöchs ihren Sohn als abgängig gemeldet. Keine achtundvierzig Stunden hat der IT-Experte gebraucht, um aus den Eingeweiden von Clemens' Computer *hoffentlich Sachdienliches* herauszudestillieren, wie es in Charlies Nachricht im schönsten Amtschinesisch heißt. Und morgen? Es schaudert ihn leicht. Morgen droht Silvester. Wieder eine jener schwergewichtigen Nächte, mit denen er, der Singleste aller Singles, so wenig anzufangen weiß. Wenn er etwas nicht braucht, sind es gute Vorsätze auf Kommando.

Er studiert zuerst die Mailadressen, die ihm Charlie via Intranet zukommen hat lassen. Drei Adressen sind in L. A. und San Francisco registriert. Eine Brücke zu dem Vermissten? Die letzten Kontakte zu seinen kalifornischen Bekannten hatte der Junge allerdings bereits Mitte Oktober, also eine ganze Weile vor seinem Verschwinden. Und auch die Lektüre der auf Englisch verfassten Mails bringt wenig an *Sachdienlichem*. Clemens' Schriftverkehr reicht vom virtuellen Geschäker mit einer gewissen Judy bis zu heftigen Polemiken über den kalifornischen Gouverneur aus Thal bei Graz. Hagen überfliegt die Liste der aktuelleren Mails. Beim Namen Else Bitschnau hält er inne. Zwei Mails allein aus der letzten Novemberwoche sind an die Klassenkollegin gerichtet, dreimal so viele von ihr finden sich im Posteingang. Mehrere Doppelklicks verraten dem Chefinspektor: Die beiden hatten gröbere Meinungsverschiedenheiten. Worum es dabei im Kern ging, ist nicht klar ersichtlich. Aber dass die Besuche in der *Herberge* dabei eine Rolle spielten, lässt sich nicht übersehen:

Erst Snezana und jetzt ich! Macht dir das Spaß? Wieso tust du mir das an? Diese alten Esel bringen uns noch voll auseinander. Willst du das wirklich? Hätten wir uns nur nie auf dieses bescheuerte Projekt eingelassen. Ich hasse die Herberge*! Deine (?) Else*

Wodurch haben sich die *alten Esel* im Bürser Heim diesen Zorn der Siebzehnjährigen eingehandelt? Wobei einer der Esel jetzt zersägt und wieder zugenäht im Kühlfach der Prosektur liegt.

Spontan greift er sich sein Notizbuch und blättert darin herum, bis er die gesuchte Eintragung gefunden hat. Dann setzt er seine Suche im Telefonbuch fort und wird schnell fündig: Bitschnau Irmgard & Else, Spitalgasse 20, Bludenz. Na, bitte schön! Als sich eine Frauenstimme meldet, fragt er sich, ob er Else selbst in der Leitung hat. Nein, Else sei in Wien, erklärt die Mutter, um bei Freunden das neue Jahr zu feiern. Ursprünglich wollte sie ja mit Snezana … Ob sie ihr etwas ausrichten könne?

„Passt schon. Ich melde mich bei ihr, wenn sie wieder zurück ist. Aber vielleicht geben Sie mir ihre Handynummer?"

Er bekommt sie, ohne dass die Mutter nachfragen würde, wer er eigentlich ist und was er von ihrer Tochter will. Ein seltener Fall von Vertrauensseligkeit. Oder hat sich das Mädchen bereits so abgenabelt von ihr? Einen Augenblick überlegt er, Else auf der Stelle anzurufen, verwirft aber den Gedanken gleich wieder. Eine solche Art der Einvernahme hat noch selten etwas gebracht. Schon deshalb, weil er selbst damit Probleme hat. (Schon wieder ein Geständnis? Ja, ich gestehe: bin altmodisch. Brauche einfach ein physisches Gegenüber, um die richtigen Fragen zu stellen. Beziehungsweise um die Antworten richtig beurteilen zu können.)

„Hat eigentlich der Staatsanwalt die Leiche schon freigegeben?"

Gfader, der sich am Nebentisch mit dem Abfassen von Erinnerungsprotokollen abmüht, lässt sich gerne stören. Das Protokollschreiben gehört wahrlich nicht zu seinen Lieblingsbeschäftigungen.

„Prölls Leiche?"

„Haben wir sonst eine herumliegen zur Zeit?"

„Hm", knurrt Gfader, „nein. Also, der Beitner hat nichts dagegen. Aber das ist Theorie. Praktisch gesehen ist noch unklar, wer die sterblichen Überreste kriegen soll. Ich fürchte, es wird sich niemand darum reißen."

„Gibt's denn keine liebenden Anverwandten mehr im heimatlichen Tirol?"

„Jedenfalls nicht in Patsch. Aber ich hab die Adresse von Prölls Sohn rausgekriegt. Thomas heißt er. Ein mäßig erfolgreicher Schauspieler, der normalerweise auf deutschen Vorstadtbühnen auftritt. Nur dürfte er momentan schwer zu greifen sein: Man hat ihn bei einem Vietnamurlaub auf unbestimmte Zeit festgesetzt. Wegen unerlaubten Drogenbesitzes. Na ja, der Apfel fällt nicht weit vom Stamm …"

„Wir werden schon nicht hocken bleiben auf der Leich. Schließlich ist im Zweifelsfall die Gemeinde zuständig, wo einer gefunden wird. In unserem Fall also Göfis."

„Die werden sich aber freuen. Ich ruf gleich den Lampert an."

Den Göfner Bürgermeister kennt er natürlich auch, der Gfader. Es gibt nicht viele Lokalgrößen, mit denen der Montafoner nicht per Du ist.

„Wart noch. Der Pröll liegt eh auf Eis, der läuft uns nicht davon. Lieber tät ich mit dir noch einmal alles durchgehen, was wir haben, und was nicht. Eine kleine Inventur zum Jahresende, sozusagen."

„Von mir aus." Gfader zieht eine blaue Blechschachtel aus der untersten Schreibtischlade hervor. „Es spricht aber nichts dagegen, dass wir es uns dabei ein bisschen gemütlich machen, oder? Die Weihnachtskekse meiner besseren Hälfte sind nicht ohne, wirst sehen."

Nein, da spricht nichts dagegen. Bei Zimtsternen, Vanillekipferln und Rumkugeln lässt es sich auch leichter verkraften, dass sie nach einer knappen Woche noch nicht viel weiter sind als am ersten Tag. Nicht einmal die Mutter aller Fragen, nämlich ob es sich bei Prölls Abgang um Mord oder Selbstmord handelt, kann als geklärt gelten. Offen ist außerdem, von wem die Kratzspuren an der Schulter des Toten stammen sowie der genaue Weg, den das Klebeband aus Gundis Depot in der *Herberge* bis hin zum Mund des Opfers genommen hat. Und ob das zeitgleiche Verschwinden des jungen Herrn Schöch mit dem Erstickungstod des alten Sandlers etwas zu tun hat, wissen nur die Götter. Die Rückerfassung der Telefonate zu Schöchs Anschluss hat immerhin ergeben, dass der Anruf aus der *Herberge* kam. Aber auch das ist keine große Überraschung und bringt nicht viel, zumal Langthaler auf Nachfrage erklärte, dass Pauli den Burschen mehr als nur einmal vom hauseigenen Telefon anrief bzw. von ihm zurückgerufen wurde – um Telefonkosten zu sparen. Warum also nicht auch an diesem Freitag?

Wenigstens zergehen die Rumkugeln der Frau Gfader wie Butter auf der Zunge. „Kompliment an deine bessere Hälfte", stöhnt Hagen und hält sich den Bauch. Er hat nicht den Anstand besessen, die letzte Kugel seinem Kollegen zu überlassen.

Die vielen Feiertage sind dafür verantwortlich, dass auch noch zwei technische Analyseergebnisse ausständig sind: Das von den Schlaftabletten, die sie in der *Herberge* konfisziert haben, und die spurentechnische Untersuchung des Tatwerkzeugs, des Paketklebebands. Es wurde bei der Obduktion durch den Gerichtsmediziner sorgsam wegpräpariert und nach Innsbruck geschickt, wo ein Tüftler der Tiroler KA die Schichten fein säuberlich auseinandernehmen und untersuchen wird. Fingerabdrücke hatten sich darauf natürlich keine mehr gefunden, schon wegen der Witterungseinflüsse. Aber vielleicht geben die

Abrissränder spurentechnisch etwas her, vielleicht passen danach doch noch zwei lose Enden zusammen? Hagen fallen wieder die Klebebandrollen in Gundis Zimmer ein, und der runde Abdruck auf Paulis staubigem Regal.

„Schon seltsam, dass die Gendarmen auch bei der zweiten Durchsuchung des Geländes nichts gefunden haben! Diese Rolle wird sich wohl kein Fuchs oder Dachs unter den Nagel gerissen haben. Im Fall einer Fremdverschuldung wär die Erklärung allerdings relativ billig."

„Du meinst, dass der Täter sie entsorgt hat?"

„Wäre doch naheliegend, nicht? Oder würdest du als Mörder so eine Spur am Tatort zurücklassen?"

Mangels Rumkugeln stopft Gfader sich einen schimmernden Zimtstern in den Mund. „Isch asch Möder …" – er zermalmt den Stern, um deutlicher sprechen zu können – „ich käme erst gar nicht darauf, ein Plakatklebeband für einen Mord zu verwenden! Ziemlich schräge Idee, oder? Aber andererseits: genauso schräg, wenn es Selbstmord war."

Auch wieder wahr. Aber wem aus der nicht eben kurzen Liste an schrägen Vögeln wäre eine solche Idee am ehesten zuzutrauen?

Gfader bleckt die Zähne, sie sind voller Kekskrümel. „Mein Tipp: es ist eine Frau. Frauen haben was gegen scharfe Klingen und laute Krachen."

Hagens Gedanken gehen in eine andere Richtung. Man liest ja so allerhand zur Zeit über sadistische Kids: Zwölfjährige, die einen Vierjährigen entführen, foltern, in einem Loch verbluten lassen; eine Horde Skins, die grundlos ein Mädchen steinigt, bis es keinen Mucks mehr macht; Schüler, die Mitschüler aufschlitzen oder ihre Lehrer mit der Pumpgun niedermähen …

„Hat nicht Langthaler erzählt, dass der Pröll in psychiatrischer Behandlung war?", stoppt Gfader die grausige Spule im

Kopf seines Chefs. „Und dass er mit seinen makabren Sprüchen immer die Sandlerrunde unterhalten hat: *Egal, wie einer abkratzt – Hauptsach, er tut es.* Nicht unbedingt normal, so ein Sager, oder? Einmal soll er sogar davon phantasiert haben, er wäre froh, einer brächte ihn um."

„Ein Sprücheklopfer."

„Na ja, aber wenn der Sprücheklopfer dann plötzlich tot ist, zählen seine … seine Ergüsse über den Tod womöglich ein bisschen mehr."

Hagen massiert mit zwei Fingern seine Nasenspitze. „Weißt, irgendwie erinnert mich das ganze Szenario an diese Computerspielchen, in denen Obdachlose gejagt und umgebracht werden. Von der portablen Konsole aus, in kristallklarem Dolby-Digital Sound und jugendfrei. Der Charlie hat mir mal ein so ein Spiel vorgeführt. Er war von der technischen Qualität schwer beeindruckt."

Gfader runzelt die Stirn. „Sei mir nicht böse, aber ich komm nicht ganz mit, was das mit dem Pröll zu tun hat …"

Ganz kommt Hagen selbst nicht mit, wenn er ehrlich ist. Aber so läuft das halt mit den freien Assoziationen. Vielleicht steckt dahinter ja nur die vage Vorstellung, dass die vier Jugendlichen aus dem BG Bludenz irgendwie in die Sache verstrickt sind; und wo Jugendliche sind, da sind Gameboy und Playstation bekanntlich nicht weit.

Außerdem riechen diese Klebestreifen über Paulis Nase und Mund förmlich nach einer Botschaft. Nach einem Motiv. Einem recht eindeutigen, wie Gfader findet. „Einer soll nichts mehr sagen. Soll schweigen."

„Oder will nichts mehr sagen. Will schweigen. Na ja …" Hagen schüttelt den Kopf. „Vergiss es. Wir spekulieren schon herum wie in einem billigen Fernsehkrimi. Feierabend, Lukas. Akzeptieren wir einfach, dass wir ohne Winders Hilfe nicht auskommen. Und am Montag wissen wir vielleicht auch mehr aus Innsbruck. Bis dahin nehme ich jedenfalls Überstundenausgleich. Ein gutes Neues!"

Gfader packt ebenfalls seine Sachen zusammen, weigert sich aber, Hagens Neujahrswunsch zu erwidern. Zwei Tage vor dem Jahreswechsel! In manchen Angelegenheiten merkt man sofort, dass der Chef längere Zeit außer Landes verbracht hat. Nie käme Gfader nur auf die Idee, einen Geburtstag bereits am Vorabend zu feiern! Das gehört sich nicht. Ebenso wenig, wie eine echte Vorarlbergerin einer anderen ihr bestes Kuchenrezept verraten würde, nicht der ältesten Freundin. Und wenn doch, dann hat sich mit hoher Wahrscheinlichkeit ein kleiner Fehler ins Rezept eingeschlichen. Einer, der den Kuchen garantiert misslingen lässt.

*

Auf dem Heimweg überrascht sich Hagen selbst und das gleich zweimal: Zunächst stoppt er beim Feuerwerksstand vor dem Ambergpark. Dort vertreiben sie ein paar Tage vor Silvester immer Explosives aller Art.

„Eine Rakete", sagt er zu der voluminösen Verkäuferin. „Wenn's geht eine, die nicht zu viel stinkt."

„Eine?", fragt sie. „Sie wissen aber schon, dass die im Dreierpack viel preiswerter sind? Drei zum Preis von zwei!"

„Eine", wiederholt Hagen. Wenn die Dame wüsste, welche Überwindung ihn bereits der Kauf dieser einen gekostet hat!

Dann hält er bei Gernots Radgeschäft in Levis, das er noch nie von innen gesehen hat. Gernot ist allerdings nicht da, nur sein Kompagnon, ein ziemlich athletischer Kerl.

„Ich suche ein Mountainbike. Dezente Farbe, gutes Preis-Leistungs-Verhältnis. So zwischen tausend und tausendfünfhundert hab ich mir vorgestellt."

Nach einer knappen Stunde im Laden verstaut Hagen ein blaugraues, rundum gefedertes Bike im Fond seines Wagens. Preis: zweitausendeinhundert Euro. Man kann sagen, was man will: Gernots Teilhaber Reini versteht etwas von seinem Geschäft. Jedenfalls mehr als die Raketentante. Hagen hat sogar darauf verzichtet, auf seine Beziehung zu Gernot hinzuweisen. Feilschen liegt ihm einfach nicht. Eigentlich war es ja mit zweitausenddreihundert angeschrieben, tröstet er sich. *Das reinste Geschenk*, hat der Reini beteuert. *Weil ja nicht ein jeder um diese Jahreszeit ein Mountainbike erwirbt.* Aber er dürfe den Preis keinem weitersagen. Was er selbstverständlich versprochen hat – bei so einem großzügigen Rabatt!

Eine weitere ungewohnte Sache erledigt er zu Hause am Telefon.

„Drei Tage, äh, das heißt: zwei Nächte. Genau. Von morgen Abend bis Sonntag Mittag. Wie? Ja, von mir aus nennen Sie es Wellnesstage …"

Wenn ihn Lisa jetzt hören könnte! *Der Tone und Wellnesstage! Kommt der Herr etwa langsam ins reife Alter?* Sie war immer gut im Ätzen, die kleine Wälderin. Ihre Standardthese: Der Mensch häutet sich alle sieben Jahre. Komplett. Hagens Häutung müsste, so betrachtet, schon weit fortgeschritten sein. In irgendeiner Lade muss noch der Gutschein liegen, für eine Gratisbehandlung im *Corpore Sano.* Von ihrer Physiotherapiepraxis wäre es vermutlich auch nicht weit in ihr Bett, wenn er sich nur wieder anschauen ließe in St. Gallen. Wieso geistert sie ihm jetzt überhaupt durch den Kopf? Weil Bad Reuthe, wo er eben das Zimmer gebucht hat, auch im Bregenzerwald liegt? Drei Jahre, seit dem Doppelbegräbnis, hat man sich nicht mehr getroffen, trotz einiger Initiativen ihrerseits. Nur einmal, während eines Konzerts im *Spielboden,* sah er sie zwei Reihen vor sich im Publikum sitzen. In der Pause verschwand er dann still und leise, obwohl die Band aus Trinidad ihm sogar getaugt hatte. Aber wie heißt es so richtig: Schwammerl und alte Liebschaften soll man nicht aufwärmen …

Ausnahmsweise verzichtet er auf den Griff in die Bierkiste und braut sich stattdessen einen Topf Yogitee, mit Milch und Pfeffer und frischem Ingwer drin, was ordentlich aufheizt. Und erst recht wird ihm warm ums Herz, als er an seinen neuen Erwerb in der Garage denkt. Bravo, Hagen: Hast dich endlich aufgerafft und deinen inneren Schweinehund überwunden. Ab sofort ist *corpore sano* angesagt. Bloß wird er sich in keinem Studio abstrampeln, sondern auf abgelegenen Pfaden. Doch als er – aus einer Laune heraus – die bekannte lateinische Phrase in *Google* eingibt, holt ihn das globale Wissen auf den Boden der Realität zurück: Dass nur in einem gesunden Körper ein gesunder Verstand möglich sei, habe Juvenal so nicht geschrieben. Und noch weniger, dass man sich nur einen gesunden Körper zu verschaffen brauche, damit der gesunde Verstand sich quasi von selbst einstelle: *Orandum est, ut sit mens sana in corpore sano*. Es sei Sache der Götter, uns das wahrhaft Ersprießliche zu gewähren, man bitte sie nur um körperliche Gesundheit und einen gesunden Verstand. Ernüchternd, diese Deutung; überlässt sie den Menschen doch weiterhin der Willkür höherer Mächte. Eben so, wie es auf dem Fernsehschirm mit Bildern von den verwüsteten Stränden Acehs und Phukets gerade anschaulich demonstriert wird.

*

Am Morgen schreckt ihn lautes Geknalle auf: die ersten Silvesterböller. So früh waren sie noch nie dran. Hagen flucht über die heutige Jugend und zieht sich den Polster übers Ohr. Aber an ein Einschlafen ist bei dem Lärm nicht mehr zu denken. Also schleppt er sich ins Bad, duscht ausgiebig und beginnt, für das verlängerte Wochenende zu packen. Seine schon etwas aus der Mode gekommene Radlerkleidung wandert ebenso in den Koffer wie die einsame Silvesterrakete. Dann richtet er sich ein ungewohnt opulentes Frühstück: Kaffee mit aufgeschäumter Milch, eine Schüssel Müsli, darüber Joghurt und Honig, ein weiches Ei, Vollkornbrot mit Butter und Bergkäse aus Schnifis, sechs Monate gereift, und als Krönung der frisch gepresste Saft von einem halben Kilo Orangen. Irgendwann in den Siebziger- oder Achtzigerjahren haben palästinensische Terroristen israelische Orangen mit Giftinjektionen versetzt, seither waren Zitrusfrüchte für ihn tabu. Aber mit solchen Kinkerlitzchen gäben sich heutige Terroristen wohl kaum mehr ab, und für die erste Radtour seit Kindheitstagen wird er jede Menge Energie benötigen. Ein zweiter Cappuccino rundet das Mahl ab. Die morgendliche Zigarette versagt er sich heute. Er fühlt sich schon ein wenig als Gesundheitspapst, noch ehe er den ersten Pedaltritt getätigt hat.

Hagen hinterlässt eine kurze Botschaft auf seinem Anrufbeantworter, aus der hervorgeht, dass man ihn in den nächsten Tagen nicht mehr kontaktieren müsse; er sei außer Haus und, ja, er wünsche allen Anrufern ebenfalls das Allerbeste zum neuen Jahr. Bike und Gepäck wandern in den Wagen, dann dreht er mit einem Rülpser den Zündschlüssel um.

Auf der Reichsstraße spielt es sich trotz der frühen Stunde schon wieder ab. Während er geduldig darauf wartet, dass man ihn auch mitstauen lässt, versucht sein präfrontaler Hirnlappen, mit einer eingesickerten Emotion zurande zu kommen. Irgendetwas will ihn von der direkten Strecke zum angepeilten Kurhotel abhalten und stattdessen seinen Toyota in Richtung Schwarzer See umdirigieren. Beim *Weißen Kreuz* gibt er schließlich dem Impuls nach und biegt in Richtung Rankweil ab.

Nicht nur einen Kriminellen, auch einen Kriminaler zieht es mitunter zurück zum Schauplatz des Verbrechens. Vielleicht ist der Grund dafür bei beiden ja gar nicht so unterschiedlich. Vielleicht ist jeder Tatort auf seine Art ein Bermudadreieck, mit unerklärlichen Strahlungen und magnetischen Strömen, die einen die Orientierung verlieren lassen. Vielleicht bin ich aber auch nur ein Spinner, denkt sich Hagen. Im Benedetto-Fall ist er seinerzeit ein gutes Dutzend Mal an den Tatort zurückgekehrt, am Schluss war's die reine Manie. Natürlich musst du dir ein Bild davon machen, welche äußeren Bedingungen vor Ort herrschen und was bei einer einzigen Inspektion, noch dazu im Beisein der ganzen Truppe, leicht übersehen werden könnte. Aber rational erklärbar ist diese Vorliebe nicht wirklich. Ebenso wenig wie seine Faszination für Friedhöfe im Allgemeinen. Und den alten bei St. Michael im Besonderen.

Er stellt das Auto nach der zweiten Serpentine ab und schlendert den matschigen Waldweg entlang. Jetzt kann er dem Rauchen doch nicht länger widerstehen. Gut, dass er keine großartigen Vorsätze für's neue Jahr gefasst hat. Als sie am Vierundzwanzigsten zum Fundort von Prölls Leiche unterwegs waren, kamen sie von der anderen, der Satteinser Seite, über den Melkboden herauf. Die Höhe der Felsen, die wie aus dem Nichts zur Heidenburg hinaufwachsen, wurde einem damals, mitten in der Nacht, gar nicht richtig bewusst. Wenn der Pauli tatsächlich Selbstmord begehen hätte wollen, wäre ein Sprung von dort oben herunter eine echte, will heißen bombensichere Option gewesen. Aber manche scheinen ja nach dem Motto zu leben: Warum einfach, wenn's kompliziert auch geht. Beim Leben wie beim Sterben.

Über der Heidenburg kreist still und ausdauernd ein Habicht. Warst du Zeuge, als Pauli Pröll hier seinen letzten Schnaufer getan hat?, fragt sich Hagen. Die Stelle ist nur von dort oben einzusehen, ansonsten ist die Ruine mit Gestrüpp verwachsen, die meisten Steine liegen lose aufeinander. Gleich daneben ist es gefährlich abschüssig. Hier sagen sich wirklich Fuchs und Hase gute Nacht, und vielleicht einmal ein verliebtes Pärchen in lauer Sommernacht. Seltsam, für welch unterschiedliche Zwecke sich solch ein entlegener Flecken eignet.

Der Pauli wäre nie abgehauen, ohne was zu sagen … Gundis Worte. Und wenn er doch einem was erzählt hat von seinem Vorhaben? Seinem langjährigen Tippelbruder zum Beispiel, oder diesen Bludenzer Kids, seinen neuen Bezugspersonen? Aus den Kaminen der Göfner Häuser steigt da und dort Rauch auf und vermengt sich mit der Wolkendecke, die tief über dem Dorf hängt. Als ob der Nebel von unten genährt würde. Aber Bad Reuthe liegt ja um einiges höher. Die Chancen stehen nicht schlecht, dass er die nächsten Tage ein paar Sonnenstrahlen abbekommt, also ab die Post. Beschwingten Schrittes macht Hagen sich auf den Rückmarsch. Der kreisende Fleck am Himmel beobachtet ihn, bis er wieder ins Auto steigt.

20. Weltmeister

An ihre Finger kann ich mich noch gut erinnern. Der lebende Widerspruch, diese Finger: zart und schlank einerseits, aber zugleich unheimlich tollpatschig, nicht zu glauben! Wie sie mir damit ständig die Gläser von meinen Lesebrillen versaut hat … Greif sie mir nicht an, hab ich sie gemahnt, lass liegen, wo sie liegen, wennst es nicht schaffst, sie am Bügel zu halten! Sie hat trotzdem weiter in die Gläser griffen, mitten hineingepatscht hat sie, dass sie ganz verschmiert waren von ihrer fettigen Handcreme. Da musst ja irgendwann blind werden, blind vor Wut, mein ich. Das tut der besten Ehe nicht gut. Und unsere war um die Zeit schon längst nicht mehr die beste. Halt auf Treibsand gebaut, mitten in den Alpen, auf ein romantisches Gefühl. Wie ich ihren Vornamen das erste Mal gehört hab, hat mich das sofort an französische Chansons erinnert, die damals *in* waren: *Barbará*. Gefährlich, so ein romantisches Gefühl, lebensgefährlich! Vor allem, wenn die holde Barbara bald zu einer hundsgewöhnlichen Babsi wird.

Dass ich ihr eine geschmiert haben soll, dass die Zähn rausg'flogen sind, ist eine glatte Lüge. Den Schneidezahn hat sie sich höchstpersönlich ausgeschlagen – in der Kuchl, beim Schnitzelklopfen! Ich sag's ja, sie war nicht besonders geschickt. Aber wer ist schon ehrlich vor Gericht? Ich hab sie nicht einmal angerührt, nachdem das mit dem Gustl passiert ist. Der Schreiner Gustl. Der Schleimer Gustl! Der meine Gutgläubigkeit schamlos ausgenutzt hat. Wo ich doch wochenweis fort war. Berufsbedingt. Der Rennplan nimmt halt keine Rücksicht darauf, ob deine Frau sich allein fühlt. Und du denkst dir natürlich nix dabei, wennst bei einem alten Schulfreund einen neuen Einbauschrank in Auftrag gibst. Mit Holz hat er ja immer schon umgehen können, der Gustl, zweifelsohne. Und dass er Süßholz raspeln kann bei einer jeden, die was vor der Hütte hat, hab ich auch gewusst. Aber dass er mit meiner Babsi … in meinem eigenen Bett … Ich war ja so ein Depp! Während ich in Frankreich Slalom fahr, haben sich die zwei durch unsere Bettwäsch gewedelt. Heiße Parallelschwünge in perfekter Beinspieltechnik, der Kruckenhauser hätt seine Freud daran gehabt. Mich hat sie dafür nicht mehr ranlassen. Nie wieder. Wenn ich mir den Schweiß weggewaschen hab nach einem Rennen, bin ich den Kollegen unter der Dusche näher kommen als wie der eigenen Frau unter der Decke.

Das ist ja so eine schleichende G'schicht mit die Weiber: Zuerst schieben sie's – wer's glaubt, wird selig – auf ihre Tage; kannst dir gar nicht vorstellen, wie oft die die Regel kriegen können, wenn sie nicht wollen! Und wenn das nicht mehr zieht, sind sie zu müd, oder sie zeigen dir die kalte Schulter, weil du ein Glaserl intus hast oder nach Tabak schmeckst, nach diese dünnen Zigarillos, die ich mir hie und da anzündet hab, nur wegen dem Duft, verstehst, dem Duft der großen, weiten Welt, inhalieren war ja tabu für uns Aktive. Aber für sie war das halt der falsche Duft. Der falsche Geruch, der falsche Ton, die falsche Zeit … Egal, einen Grund gibt's immer. Nur den echten, den lassen sie mit Garantie nicht heraus. Und wenn sie ihn endlich nennen, stehst schon vor dem Scheidungsrichter. Der falsche Mann, die falsche Frau … Na, wenigstens hab ich die Liebe nicht der Karriere geopfert. Eher hat die Liebe mich geopfert. Die Karriere war dann nur noch Draufgab.

Komisch: Über dreißig Jahr ist das jetzt her, und ich kann mich besser daran erinnern als wie ans Mittagessen von gestern. Überhaupt hab ich mir grad das immer am besten gemerkt, was ich am meisten vergessen hab wollen. Am End bin ich doch noch Weltmeister worden? Ein Weltmeister im Verkehrt-Herum. Arschlings das ganze Leben hinunter. Vielleicht gibt's unter uns ja ein paar solchige Champions, Kurtl, was meinst? Wie der Magister Bruno bei der letzten Hausversammlung ganz richtig gesagt hat: *Ihr habt einfach die Bretteln verkehrt angeschnallt.* Wobei, ganz so dodeleinfach ist das nicht. Sonst bräuchtest ja nur abschnallen und die Ski neu anlegen. Aber wennst lang genug falsch in der Bindung gestanden bist, kommt's dir schon wieder richtig vor. Das macht die Sach eben so kompliziert.

*

Wie, glaubst, hab ich es auf zweiundsechzig Lenze bracht? Das packt doch sonst kaum einer aus unserer Liga, welcher Sandler kann sich schon eine neue Leber leisten? Wegen meinem Schmäh, sagst, wegen meinem g'sunden Schmäh? Schön wär's. In Wahrheit liegt's an meiner Unfähigkeit. An meiner Unfähigkeit abzutreten. So wie damals als Rennläufer. Wenn alles zusammen nur mehr ein Schmäh ist, wär's doch Zeit zu gehn, oder? Ohne Wenn und Aber, ein klarer Schnitt und danke, das war's. Aber nicht einmal das hab ich hingekriegt. Na ja, wenn einer aus Patsch kommt, darf er schon ein bissl patschert sein.

Dabei tun wir das ganze Leben lang nix anderes, als uns selber beim Sterben zuschauen. Ein ständiges Training – und was bringt's? Zugegeben, an manchen Tagen trainieren wir mehr als wie an anderen. An jedem runden Geburtstag zum Beispiel. Da gaffen wir ganz ungeniert, bei wem die Glatze wieder ein bisserl größer worden ist, gratulieren uns sogar gegenseitig dazu, wie zu einem Orden: *Sehr fesch, deine Geheimratsecken, Ferdl! – Dankschön, Sepp, aber deine Wampe steht dir auch nicht schlecht!* Weil im besten Fall reißt der Mensch ja noch einen Witz darüber, dass er der Treppenwitz der Schöpfung ist. Wenn wir sonst nichts wissen, das wissen wir: wo unser letzter Stall ist. Bei den Blumento-Pferden nämlich. Kennst die Rasse? Mit dem Schmäh sind wir schon als Kinder hausieren gangen. Ob wir damals schon gespürt haben, dass auch die stärksten Schläger, die gescheitesten Köpf am End zu Blumentopferde werden? Erde zu Erde, Staub zu Staub. Dünger für Blumen und Gemüse – wenigstens einmal für was gut. Was ist dagegen zu sagen? Nichts. Vorausgesetzt, das Timing stimmt. Aber was für eine Gemeinheit, was für eine Hundsgemeinheit, wenn du es nicht rechtzeitig schaffst. Der letzte von deiner Mannschaft. Übrig halt wie … wie abgestandenes Bier. Abgeschmackt, öd.

Pauli, altes Arschloch! Saufst dich an, räsonierst, gibst ewig keine Ruh. Wie lang schon willst nix als wie hinüber, hinüber über den Inn, den Jordan der Tiroler, Gott befohlen, g'schamster Diener, und bist doch immer noch da …

In meiner Generation beglückwünscht man sich gern zur Gnade der späten Geburt. Ich hab mir immer die Gnade des rechtzeitigen Todes gewünscht. Hab mich auch ein paar Mal redlich bemüht, der Gnade nachzuhelfen. Das letzte Mal zu Weihnachten neunundneunzig. Um es noch in diesem Jahrtausend zu erledigen. Lang bin ich dort gestanden neben die blanken Gleise, hinter einem dichten Busch, dass der Lokführer mich nicht sieht. Aus Nächstenliebe hab ich's dann doch nicht 'tan. Aus Rücksicht auf die armen Hund, die den Dreck hätten wegputzen müssen. Mich.

So ist mir immer was dazwischengekommen. Wenn's nicht die Nächstenliebe war, war's ein Knoten, der nicht gehalten hat. Und die teuren Schlaftabletten hab ich alle wieder raus'kotzt. Sterben will halt auch gelernt sein. Wie's so schön heißt: Das Lernen hört ein Leben lang nicht auf.

Er wählt die Strecke über Schwarzachtobel. Nicht, weil sie die kürzeste wäre, sondern weil er sich auf der ausgebauten Straße weniger auf den Verkehr konzentrieren muss als über Andelsbuch oder das Bödele. Und heute will er sich entspannen, schon die Fahrt soll ihn auf seinen Kurzurlaub einstimmen. Sobald er die langgezogenen Kurven des Tobels hinter sich gebracht hat, wärmen die Sonnenstrahlen das Innere des Toyotas schnell auf. Ein Déjà-vu. Das letzte Mal ist er im Sommer in den Bregenzerwald gekommen, als man in Schwarzenberg die Sache mit der einarmigen Erhängten zu untersuchen hatte. Die Bilder von der nervigen und bis dato ergebnislosen Einvernahme der Geschwister Lercher wischt er schnell beiseite. *Sind's wieder unterwegs, die grauen Panther!*, hatte Winder gelästert, und Hagen hatte zustimmend gegrunzt, als sie am dritten Rudel Radfahrer vorbeikamen, einem Pulk von Sechzig- bis Siebzigjährigen, die in knalligen Dressen auf ihren Rennrädern bergwärts keuchten, als gälte es dem Rest der Welt zu beweisen, dass körperliche Gebrechen und altersbedingte Einschränkungen aufhebbar sind durch schiere Willensstärke, dass dieses Land ein zutiefst sportliches Land ist, Glatze hin, Krampfadern her. Winder und er hatten ihren Spaß daran gehabt, den grauen Panthern mehrere, keinesfalls als Ansporn gedachte *Hoppauf!* aus den offenen Fenstern zuzurufen; und heute, kein halbes Jahr später, lagert, ohne jede Ironie, auf den umgeklappten Rücksitzen hinter Hagen ein Alugeschoss im Wert von zweitausendeinhundert Euro, das der Chefinspektor sein eigen nennt. Das nur darauf wartet, endlich eingefahren zu werden, egal, was die Bewohner des hinteren Bregenzerwaldes sich bei so einem Anblick denken mögen: Ein Mountainbiker, mitten im Winter! Der muss sogar in dieser Touristenregion, wo man eh einiges an Narreteien gewöhnt ist, auffallen. Na, wenn schon: Sollen sie ruhig meinen, dass er auch so ein Spinner ist, der die Jahreszeiten nicht auseinanderhalten kann. Das Spinnen hat er eh in den Genen. Musst es nur akzeptieren, Hagen, dann geht's dir gleich besser, wirst sehen! Ist doch in allem so: Annehmen muss man die Scheiße, das nimmt ihr den ärgsten Gestank.

Mit solch philosophischen Spekulationen der eher bodenständigen Art hat er sich dem vorläufigen Ziel seiner Fahrt, Bad Reuthe, genähert. Von dem alten Bad, wie er es von Ausflügen in seiner Kindheit her kannte, ist nicht mehr viel übrig. Offensichtlich haben sie über die Jahrzehnte hin fleißig dazugebaut, und wenn auch die verschiedenen Gebäude der jeweiligen Mode entsprechend schwarze, braune oder – der neueste Schrei – grau eingefärbte Holzfronten aufweisen, so passen sie doch irgendwie zusammen. Der runde Flachdachbau im Zentrum des Ensembles sticht am meisten ins Auge, er beherbergt wohl das Hallenbad und die viel gepriesene neue Sauna-Wellness-Welt, deretwegen er sich dazu entschlossen hat, das Jahresende gerade hier zu verbringen. Dahinter breitet sich das halb verschneite Moor aus (fruchtbarkeitsfördernd angeblich, schmerzlindernd gewiss), das sich der Länge nach bis Bizau erstreckt, der Breite nach bis zum Fuß des Gopfbergs, der wie ein bescheidener Riegel vor dem viel höheren Massiv der Kanisfluh liegt.

Hagen bezieht sein Zimmer, streckt sich auf dem Bett aus und schaltet den Fernseher ein. Was die meisten Gäste im Haus, die in den nahe gelegenen Wintersportzentren dem Skifahren und Langlaufen frönen wollen, eher stören dürfte, baut Hagen auf: Dem Vorarlberger Wetterbericht zufolge ist noch in der Nacht ein massiver Föneinbruch zu erwarten, und für die nächsten paar Tage wird beste Fernsicht garantiert, aber mit Temperaturen weit über dem Gefrierpunkt. Lawinenwarnstufe vier, verkündet der Fernsehsprecher mit der trostlosen Stimme. Wie soll ein Tourengeher die Gefahr ernst nehmen, wenn man dermaßen fadisiert davor warnt! Egal, die Straßen werden jedenfalls eisfrei sein, nur das hat den wahren Mountainbiker zu interessieren. Hagen beschließt, das Abendessen noch etwas hinauszuschieben und sich in der Lobby ein Bierchen als Aperitif zu gönnen.

In der riesigen Halle ist jetzt, knapp vor halb acht, nicht viel los. Die meisten Kurgäste scheinen es vorzuziehen, sich frühzeitig im Restaurant einzufinden, um vom Salatbuffet die besten Happen abzukriegen. „Gibt's noch eine Zeitung von heute?", fragt er die Rezeptionistin. Das blaue Dirndl steht dem Mädchen so gut, dass er sich von ihr zum Kauf des meistgelesenen Regionalblattes überreden lässt. Eine Rubrik im Lokalteil fesselt sofort seine Aufmerksamkeit, weil ihm daraus das vertraute Gesicht des Vorarlberger Gendarmeriesprechers entgegenlächelt. Der gute Markus! War offenbar als Kontaktmann des Innen- und Außenministeriums nach Thailand berufen worden, wo er sich in Phuket einen ersten Überblick verschaffen sollte. Im Interview schildert er seine Eindrücke und darf auch gleich ein paar gute Tipps loswerden. Etwa, dass Angehörige von Tsunamiopfern nicht nach Thailand kommen sollten. Das habe keinen Sinn, vor Ort könne man als Privater nichts ausrichten. *Treffen Sie auch auf Touristen?*, wird er gefragt. Der Gendarmeriesprecher teilt mit, dass im AUA-Jumbo neben ihm schon wieder zahlreiche Sonnensüchtige saßen. Die meisten seien in Bangkok ausgestiegen, aber auch in Phuket gebe es eine Art Katastrophentourismus. *Es haben sich sogar schon Leute beklagt, dass zu wenig Sonnenschirme verfügbar sind, während hundert Meter weiter Leichen am Strand liegen.*

Hagen faltet das Blatt wieder zusammen. Zu wenige Sonnenschirme, zu wenige Leichensäcke … Vielleicht werden sie sogar noch versuchen, sich bei ihrer Reiseversicherung dafür schadlos zu halten? So wie vor ein paar Jahren, als ein deutsches

Pärchen vom Reiseveranstalter Schadensersatz verlangte, weil im Restaurant ihres Urlaubshotels Behinderte neben ihnen speisten. Was für ein Anblick auch! Die zwei hatten sich in ihrem ästhetischen Empfinden verletzt gefühlt, ergo wurde auf Minderung des Urlaubsgenusses geklagt. Und das Gericht hat ihnen Recht gegeben. Er leert das Bierglas mit einem Zug.

„Aber Herr Chefinspektor! Wer wird denn die Volksdroge Nummer eins so hemmungslos in sich hineinschütten!

Hagen verschluckt sich, dass ihm die Kohlensäure in die Nase schießt. Ja ja, so ist das mit der sozialen Kontrolle! Da verziehst du dich in den hintersten Bregenzerwald, stellst das Handy ab und erzählst niemandem von deinem Asyl, und keine zwei Stunden, nachdem du dich geborgen wähnst in Anonymität und Distanz, legt dir einer die Hand auf die Schulter. Er hat Märker erkannt, noch ehe er sich nach ihm umdreht. Der sarkastische Tonfall dieses Lehrers – unverwechselbar.

„Ich sollte Sie festnehmen lassen, Herr Professor! So wie Sie einen erschrecken, das grenzt schon an gemeingefährlich."

„Wer ein schlechtes Gewissen hat, erschrickt halt leicht. Aber Scherz beiseite: Ich entschuldige mich förmlich. Sie sind doch alleine hier, oder? Dann darf ich Sie zur Sühne vielleicht auf ein Glas an der Bar einladen?"

„Warum nicht."

Man einigt sich auf einen grünen Veltliner. Märker bemängelt dessen Temperatur, stellt dann aber fest, dass der Wein durchaus genießbar ist. Amtstitel, so wird beim ersten Zuprosten vereinbart, sollen fürderhin keine Rolle mehr spielen. Oder wenigstens nicht mehr in diesem Jahr.

„Und was treibt Sie um diese Zeit nach Reuthe? Haben Sie denn keine Familie?"

„Wenn Sie mich das fragen müssen, gehöre ich offensichtlich nicht zum inneren Kreis der Verdächtigen", lacht Märker, „sonst wüssten Sie sicher über meinen Familienstand Bescheid. Also, um der Wahrheit die Ehre zu geben: Ich bin ein Junggeselle aus Leidenschaft. Eigene Kinder wären erst recht nichts für mich. Von denen habe ich jeden Tag genug um mich herum. In allen Altersstufen."

Man sieht es Hagen an, dass ihn dieses Bekenntnis ein wenig verwundert. „Aber ...", hebt er an, nur um von Märker gleich unterbrochen zu werden.

„Ich weiß, was Sie sagen wollen: Dass ein geschulter Pädagoge, einer, der so viel professionelle Erfahrung mit der Jugend hat, geradezu prädestiniert dafür wäre, eigene Kinder aufzuziehen. Aber vielleicht kennen Sie das Sprichwort, wonach des Pfarrers Hund, des Lehrers Kind, am schlechtesten erzogen sind. Eine Verallgemeinerung, zugegeben, aber bei mir träfe sie mit Sicherheit den Nagel auf den Kopf."

„Woher wollen Sie das wissen, wenn Sie es doch noch nie probiert haben?"

„Ich kenne eben meine Grenzen. Wenn ich nach fünf, sechs Stunden Unterricht nach Hause komme, bin ich erst einmal unansprechbar. In diesem Zustand würde ich mich keinem Kleinkind und schon gar keinem Pubertierenden zumuten wollen. Aber reden wir lieber von Ihnen. Was hat Sie hier herauf geführt? Doch nicht etwa eine ärztlich verschriebene Kur, hoffe ich?"

Erneut bewundert Hagen, wie geschickt der Lehrer von seiner Person abzulenken versteht. Kannst dir was abschauen davon! Dennoch wird er dem Mann nicht auf die Nase binden, womit er den Neujahrstag zu verbringen gedenkt. Nein, so weit geht ein Hagen auch nicht nach dem zweiten Achterl.

„Keine Kur, Gott bewahre. So auf dem Zahnfleisch komm ich dann doch noch nicht daher. Ein bisschen entspannen halt über die Feiertage, schwimmen, vielleicht in die Sauna ... In

Feldkirch können wir uns ja bekanntlich kein Hallenbad leisten, da seid ihr verwöhnt in Bludenz."

„Sie sind wahrlich ein rechtschaffener Vorarlberger, Verehrtester! Für den eine Heilbehandlung erst zum Thema wird, wenn alles schon zu spät ist. Na ja, trinken wir darauf, dass der Kelch möglichst an uns vorübergeht. Prost, Gesundheit, und ein langes Leben."

Märker hebt sein Glas, und notgedrungen muss Hagen nun schon zum wiederholten Mal mit ihm anstoßen – eine Sitte, die er nicht ausstehen kann. Während Hagen noch über Märkers zweifelhaftes Kompliment nachsinnt, hat sich neben ihnen ein schwerer, langer Pelz auf dem Barhocker niedergelassen, in dem sich ein weibliches Wesen zu verstecken scheint. Viel ist allerdings nicht von ihr zu sehen, denn sogar das Gesicht der Pelzträgerin wird durch eine überdimensionale, in allen Farben schillernde Brille zur Hälfte verdeckt. Mit einem deutlich schwäbelnden Akzent bestellt sich die Dame beim Barkeeper einen trockenen Martini. Am linkem Bein des Chefinspektors beginnt sich plötzlich ein braunes, winziges Etwas zu reiben, eine dieser Kreaturen, bei denen einen erwachsenen Menschen immer das Gefühl überkommt, keinen unkontrollierten Schritt machen zu dürfen: Achtung, Zerquetschungsgefahr! Hagen zieht sein Bein weg, was das Hündchen gar nicht entzückt. Es beginnt wie närrisch zu quieken (bellen kann man dieses Geräusch beim besten Willen nicht nennen!), und seine Besitzerin, die den zotteligen Zwerg zu beruhigen versucht, trägt mit ihrem grellen Diskant erst recht dazu bei, dass sich der Lärm ins Unerträgliche steigert.

„Genau wie in der Schule", sagt Märker in Richtung Hagen, aber durchaus laut genug, dass auch die Dame ihn hören kann. „Man nennt das Lizitationspolitik. Wenn du als Lehrer meinst, immer lauter reden zu müssen, damit dich die unruhige

Klasse versteht. Ist so ungefähr das Falscheste, was man machen kann."

Die Pelzige wirft einen giftigen Blick auf die beiden Männer (Hagen fühlt sich völlig unschuldig mitverhaftet), beugt sich zu ihrem kleinen Liebling hinunter und hebt ihn auf ihren Schoß. Immerhin hat *sie* jetzt wenigstens das Gekreische eingestellt. Das braune Knäuel mit dem weißen Fleck am Hals ist noch nicht so weit. Unglaublich, welche Ausdauer solch winzige Lungen haben können, findet Hagen. Um die Situation zu entschärfen, bedient er sich einer Notlüge:

„Ein hübsches Hunderl."

Ein heftiger Protest ist die Folge. „Hunderl! Ich bitte Sie! Meine Lily ist ein echter Chihuahua. Wissen Sie, wie viel so ein Rassehund wert ist!"

„Nach Phon berechnet oder nach Widerristhöhe?", fragt Märker, trockener als der trockenste Martini.

Die Dame ist jetzt ernsthaft erbost. Sie wackelt mit ihrem hochgereckten Zeigefinger vor Märkers Gesicht herum und versucht vergeblich, etwas ähnlich Spitzes zu artikulieren. Ein Pah ist alles, was sie zustande bringt.

„Chinchilla und Chihuahua, das passt wirklich toll zusammen", setzt Märker ungerührt fort. „Und der Pelz steht Ihnen, Gnädigste, keine Frage. Wissen Sie eigentlich, dass sich Ihr Mantel aus lauter toten Nagetieren zusammensetzt? Andenratten!"

Der Barkeeper versucht ein Lachen zu verbeißen. Eigentlich, dessen ist er sich bewusst, hätte *er* dafür zu sorgen, dass derartige Kläffer schnellstmöglich aus diesem Raum entfernt werden. Aber der Gast ist König, insbesondere wenn er Adele Hübner heißt und eine Millionärsgattin aus Kempten ist. Eine Dame von Welt, und ein Kurgast im Abonnement, wie die Chefin erläutert hat: zwölfmal in den letzten zwölf Jahren. Ein Treuebonus, der einem schon ein paar Privilegien einbringt. Unausgesprochene natürlich, aber die zählen ja bekanntlich am meisten. Umso diebischer die Freude, dass dieser Typ mit Nickelbrille und altertümlichem Sakko es ihr so zeigt. Da kann man sich zurücklehnen und gemütlich seine Gläser polieren: No risk – more fun.

Frau Hübner packt Handtasche und Hund und verlässt mit wild wogendem Busen die Lobby. Der Barkeeper offeriert den beiden Männern einen Drink. „Auf meine Rechnung." Hagen ist nicht ganz wohl bei der Sache. Eine Demütigung wie diese wünscht er nicht einmal einem Kriminellen, dessen Schuld erwiesen ist. Und welche Schuld hat die Pelzige schon auf sich geladen? Maximal, dass sie ihr Hündchen nicht im Griff hat. Das sagt er dem Lehrer auch.

Märker sieht das gänzlich anders.

„Man kommt nicht von der Stelle. Wo immer die Post uns absetzt – überall derselbe bürgerliche Zauber! Stammt von Arthur Rimbaud, diese Einsicht, einem meiner Lieblingsautoren. Der Dichter von *Une saison en enfer*, *Eine Zeit in der Hölle*. Form und Inhalt stimmig, perfekt. Genau wie bei unserer Rassehundhalterin." Er lacht, hämisch, und zugleich unterkühlt. „Aber gerade wenn Äußeres und Inneres so nahtlos zusammenpassen, drängt es mich danach, ein bisschen auf den Busch zu klopfen. Nehmen Sie's nicht so tragisch, mein Lieber! Sie sind ja hier nicht auf dem Revier. Außerdem haben wir heute Silvester. Die Nacht der Klarheit, in der der Mensch seine Gefühle äußern darf. Lautstark und farbenfroh."

Hagen muss an die Rakete im Koffer denken und kommt sich blöd vor. Wo immer die Post uns absetzt, wir bleiben überall die Gleichen. Genau. Ein wildfremder Mensch merkt ihm schon nach einer halben Stunde an, wie vertrackt er gestrickt ist: *rechtschaffen, tragisch*. Tragisch rechtschaffen. Man könnte es auch böswilliger fassen: borniert und verbohrt.

„Ich glaub, es ist Zeit für mich. Das Abendessen wartet."

„Gilt auch für mich. Hat man Ihnen schon einen Platz zugewiesen?"

„Zugewiesen? Nein, ich bin erst vor ein paar Stunden angekommen."

„Also: An meinem Tisch wäre noch Platz. Aber ich will Sie nicht nötigen. Vielleicht möchten Sie ja lieber allein speisen?"

Das möchte Hagen durchaus nicht. Er kennt das *Dinner for One*-Gefühl zur Genüge: Du stakst als Neuankömmling durch den vollbesetzten Saal, ein Spießrutenlauf, eine unerklärliche Verunsicherung, und hockst dich, endlich an deinem Platz angekommen, mit dem Rücken zur Wand (je mehr Rückendeckung, desto besser); weißt dich dennoch ausgesetzt den verstohlen auf dich gerichteten Blicken der Alteingesessenen (und seien sie nur einen Tag länger im Hotel als du, sie geben sich alle so: alteingesessen, platzhirschmäßig), sodass es nicht darauf ankommt, ob und wie viel Appetit oder Hunger du verspürst, ob die Kunst des Kochs dich zu einem spontanen Dessert verführt, ob du dir noch einen abschließenden Espresso gönnen möchtest oder doch lieber darauf verzichtest, dem Blutdruck zuliebe. Rhythmus und Dauer des Mahls werden vielmehr bestimmt von deiner Durchhaltekraft, der Fähigkeit, dieser öffentlichen Musterung standzuhalten und mit jedem Bissen, mit jedem Schluck zugleich die Urteile der Platzhirsche hinunterzuschlucken, ohne davon Sodbrennen zu bekommen. Ein Tischnachbar erweist sich da erfahrungsgemäß als hilfreich. Der lenkt, durch seine bloße Präsenz, ab von all den vornehm kostümierten Inquisitoren.

„Aber nein!", sagt er zu Märker, „gerne. Ich wünschte, ich würde öfter dazu genötigt."

Sie nehmen im größten der drei Restaurantsäle Platz. Hagen ist es gar nicht so sympathisch, dass sich ihr Zweiertisch auf einer kleinen Empore befindet, von der aus man das Geschehen zwar besser überblicken kann, wo man aber auch in der Auslage sitzt.

Kaum haben sie die Getränke bestellt, müssen sie schon wieder auf die Beine, denn bei den Salaten gilt Selbstbedienung. Hagen häuft einen Gutteil der zwanzig Sorten auf seinen Teller und fischt zusätzlich zwei Weckerl aus dem Brotkorb, obwohl er keinen besonderen Hunger verspürt und ein viergängiges Menü auf ihn wartet. Wozu dann auch noch das Gebäck, fragt er sich. Er steigt die Stufen zur Empore hinauf. Immer diese Reserven, immer etwas in der Hinterhand … Als lebte man noch in der Nachkriegszeit. Das Reservebier im Kühlschrank (zumindest in Gittes Kühlschrank), im Schreibtisch eine Reserveagenda, in die man zusätzlich seine Termine einträgt, doppelt gemoppelt alles. Eine Sicherheitssucht, was sonst? Reservebatterien, Reservetabletten, Reservezigaretten. Nur an Reservefreunden mangelt es mittlerweile eklatant, ebenso wie an einem Reservebruder. Und wo versteckt es sich, das Reserveleben? Gern würde er Märker jetzt fragen, ob der neben dem graubraunen Fischgrätensakko, das er auch heute wieder trägt, noch eins von derselben Art im Schrank hat. Aber dafür ist er zu feige – oder nur zu reserviert?

Man redet über Belangloses, bis die Suppe kommt. Echte Rindsuppe mit überbackenen Milzschnitten. Die hat Hagen schon lange nicht mehr genossen. Vermutlich das letzte Mal in Mutters Küche. Apropos: Ich sollte Mama bis spätestens zehn anrufen, schärft er sich ein, Mitternacht wartet sie in ihrem Zustand sicher nicht ab. Einen guten Rutsch wünschen und den ganzen Käse. Wo sie eh beide genau wissen, wie wenig überzeugend diese frommen Lügen aus seinem Mund tönen.

„Hat sich eigentlich in Sachen Clemens Schöch was Neues ergeben?“

Die naheliegende Frage trifft ihn völlig unvorbereitet, so weit abgedriftet ist er in Gedanken. „Ni-nicht wirklich“, stottert er, „der Junge ist und bleibt verschollen. Mit seinen Eltern hab ich mich unterhalten, und sein Computer wurde auseinandergenommen …“ Er hält inne. Aufpassen, Hagen, das geht außerhalb der Abteilung wirklich keinen etwas an. Auch nicht Clemens’ Lehrer, und wenn der zehnmal mit dir den Tisch teilt.

Märker scheint seine Vorbehalte zu spüren. „Keine Angst, ich will sie in Ihrer Freizeit nicht mit Beruflichem belästigen. Aber Sie werden verstehen, dass ich mir um den Burschen Sorgen mache. Immerhin ist er jetzt schon über einen Monat abgängig. Und auch rein schulisch betrachtet: Selbst wenn er morgen auftaucht, wird die Matura für ihn kein Honiglecken werden.“

„Wie ist er denn so als Schüler gewesen?“

„Gut. Gutes Mittelmaß, wenigstens in den geisteswissenschaftlichen Fächern. In Mathe hatte er eher zu kämpfen, wie die halbe Klasse. Kollege Bilgeri ist aber, zugegeben, auch einer, der alles daransetzt, die österreichischen Durchschnittswerte bei der nächsten Pisastudie anzuheben.“

„Mit anderen Worten: ein ganz ein wilder Hund.“

Märker schürzt die Lippen, was man als Zustimmung werten kann.

„Könnte das dann nicht ein Grund für das Verschwinden von Schöch sein? Schulangst und Abhauen passen doch gut zusammen, oder?“

„Grundsätzlich ja. Aber wie ich schon einmal sagte: Rein vom Gefühl her trau ich das dem Clemens nicht zu. Oder anders gesagt: Ich trau ihm mehr Kampfgeist zu. Der Junge ist keiner, der wegen eines drohenden Flecks aufgibt. Er mag den Lolle, äh, ich meine Lothar Bilgeri, hassen, aber seinetwegen Reißaus nehmen – nie und nimmer. Viel eher würde er ihm beweisen wollen, wozu er fähig ist, wenn es darauf ankommt. Vielleicht wissen Sie ja aus eigener Erfahrung, was für ein Gefühl es ist, wenn der gefürchtete Lehrer einem die Hand schütteln und zur bestandenen Matura gratulieren muss. Und welch satte Genugtuung es bedeutet, wenn du zu ihm, dem noch vor einer Minute übermenschlichsten aller Übermenschen, *Danke, Herr Professor!* in einem Tonfall sagen kannst, dass klar ist: Du wirst dir in deinem künftigen Leben keine einzige Integralrechnung mehr geben, keine Zerfallsformeln, keine Hyperbelgleichungen, und das Volumen von Drehkörpern kann dir auch den Buckel hinunterrutschen."

Hagen muss herzhaft lachen. „Interessant, dass Sie das als Lehrer sagen."

„Ach, wissen Sie", lächelt Märker zurück, „wenn die Leute wüssten, was unsereins sich manchmal über schulische Kriterien denkt … den Apparat … die angewandten Methoden … Die Matura, so viel Stress sie auch scheinbar verursacht, ist da fast noch das Harmloseste. Während der dreiwöchigen Vorbereitung auf die mündliche Reifeprüfung werden die meisten Lehrer sogar wieder am ehesten zu dem, was man sich von ihnen die ganze Schulzeit über wünschen würde: zu Partnern. Schließlich geht es auch um ihre Reputation, wenn die Schüler diese letzte Hürde nicht schaffen."

Der Hauptgang besteht aus Lammkoteletts an Rosmarinsauce, einer Wälder Variante von Schupfnudeln und zarten grünen Bohnen, mit Dille und Speck fein aufgepeppt. Märker lässt seine Nase genießerisch über dem Teller kreisen. „Extraordinaire! Und ich hatte schon befürchtet, sie würden den Abgang der alten Köchin nicht verkraften können."

Die Auswahl an offenen Weinen ist mit zwei Sorten Rotem eher bescheiden, aber so pfeffrig, wie sich der Zweigelt mit der zarten Wildkirschnote gegenüber dem Lammfleisch abhebt, gibt es trotzdem keinen Grund zur Klage.

„Sie sind wohl öfters hier zu Gast?", fragt Hagen.

„So oft ich es mir leisten kann, bei meinem bescheidenen Lehrergehalt“, erklärt Märker. „Die meisten der Kurgäste kommen ja aus der Schweiz. Für die ist das Preis-Leistungs-Verhältnis, das dieses Haus bietet, natürlich phänomenal. Wie übrigens auch die neue Saunalandschaft. Ich gedenke mir anschließend noch einen Aufguss zu gönnen. Und Sie?“

„Um diese Zeit?“

„Warum nicht? Heute hat die Sauna länger geöffnet. Außerdem: Die Nacht ist noch jung, und zu Silvester darf sich doch alles ein bisschen nach hinten verschieben, oder?“

Spätestens jetzt müsste Hagen darauf verweisen, dass er morgen früh aus den Federn will. Doch er unterlässt es abermals, sich über seine sportlichen Pläne zu äußern. Nickt stattdessen nur halbherzig, was den anderen dazu ermuntert, sich des Langen und Breiten über die Vorzüge einer gepflegten Finnensauna auszulassen. Auf das Dessert, Limonensorbet mit hausgemachten Waffeln und allerlei exotischen Früchten als Drapierung, verzichten beide, obwohl die auf riesigen Tellern servierten Köstlichkeiten verheißungsvoll vom Nachbartisch herüberlocken. Mit vollem Magen ist nicht gut schwitzen, darin sind sich beide einig. Wie auch darin, dass nur Frauen über eine eigene Schublade für süße Nachspeisen zu verfügen scheinen.

„Bis um neun also, und die Badetücher nicht vergessen!“

Auf dem Zimmer wählt Hagen die Feldkircher Telefonnummer, die er mittlerweile auswendig kann. Ein Pfleger meldet sich und reicht den Hörer an die Mutter weiter. Ob sie damit gerechnet hat, dass er sie schon so früh anruft? *Besser zu früh als zu spät* – das war ihre Devise, solange er zurückdenken kann. Er hat sich selten daran gehalten. Erst mit fortschreitendem Alter fällt ein Licht auf solche Regeln, das sie zu goldenen macht.

Sie klingt verkratzt, heiser. „Schön, dass du …“, flüstert sie.

„Kannst ein bisschen lauter sprechen, Mama?“

„Schön, dass du dich rührst!“, wiederholt sie, unwesentlich deutlicher.

„Eh klar. Ich wollte dir halt einen guten Rutsch wünschen, bevor …“

„Bevor's zu spät ist.“ Keine Frage, keine Ironie, nur eine simple Feststellung.

„Wo du jetzt doch immer so früh ins Bett gehst – da wollte ich dich halt nicht wecken.“

Schweigen beiderseits. Mist, flucht er innerlich. Hagen, der geborene Rhetoriker!

„Stell dir vor, ich hab mich heute so geärgert. Die wollen mir ein Hörgerät verpassen! Dabei versteh ich doch alles. Sag selber: Hab ich einmal etwas nicht verstanden, was du zu mir gesagt hast, hm? Na, siehst du! Ich glaube, sie wollen mich nur bestrafen dafür, weil ich nicht zu allem Ja und Amen sag. Dabei weiß doch jedes Kind, dass so ein Apparat in meinem Alter nicht funktioniert.“

Richtig. Aber was immer funktioniert, ist die Teufelsspirale des Selbstbetrugs, gelt, Mama? Schon vor fünfzehn Jahren hat die halbe Verwandtschaft auf dich eingeredet, du sollst dir ein Hörgerät leisten, weil du ständig Antworten auf nie gestellte Fragen gegeben hast. Was wollt ihr, ich versteh doch alles bestens, hast du so hartnäckig behauptet, bis einer nach dem anderen die Segel gestrichen hat. Zuletzt auch ich, dein Ältester, dein Übriggebliebener. Vielleicht, weil ich kapiert habe, dass so eine Schwerhörigkeit unter Umständen auch gehörig was bringt. Weil man die verkalkten Halbsätze des Haushaltsvorstands nicht mehr hören kann, sie nicht mehr hören *will!* So kommt das Defizit dir entgegen, beziehungsweise bist du ihm entgegengegangen.

Das sagt er ihr natürlich nicht. Stattdessen: „Hast Recht, Mama, lass dir nichts aufschwatzen. Solang du mich am Telefon so gut verstehst …“

Es ist in der Tat eigenartig, wieso sie, die zu achtzig Prozent Taube, über den Hörer alles mitkriegt, ohne dass man die Stimme heben müsste. Wie ein HNO-Arzt das erklären würde?

Sie palavern noch eine Weile über den maroden Gesundheitszustand des Papstes, dann beendet sie von sich aus das Telefonat damit, dass er sie morgen nicht besuchen kommen müsse, da hätten sich schon zwei alte Freundinnen aus ihrer Levner Jassrunde angesagt. Offenbar hat sie gar nicht mitbekommen, wo er sich derzeit befindet und dass er ohnedies nicht vorhatte aufzutauchen. Aber was spielen Fakten bei ihren Gesprächen schon für eine Rolle? Eine *Quantité négligeable*, würde der Französischlehrer das vermutlich nennen. Die Hagen'sche Mutter-Sohn-Sprache: Einmal braucht es einen Anglerhaken, um überhaupt Worte aus den schlammigen Tiefen ans Tageslicht zu befördern, oder eine Brechstange, um die Backen auseinanderzuzwingen. Dann wieder sprudelt das Geplapper ohne Unterlass, wie ein Papierschiffchen im reißenden Strom, das sich mit nichts Gewichtigem beladen lässt …

Er wünscht der Mutter noch einmal, was zu wünschen ist, und legt auf. Mit einem Seufzer entledigt er sich seiner Kleider, streift den weißen Hotelbademantel über und macht sich auf den Weg durch die dunklen Korridore hinüber in die Sauna-Wellness-Welt.

Märker erwartet ihn schon auf einer der hölzernen Liegen. „Womit wollen wir beginnen? Ziehen Sie einen milden Einstieg vor, zum Beispiel das Bio-Sanarium mit lockeren fünfundsechzig Grad, oder eher den Neunziggradhammer Fichtensauna? Den osmanischen Hamam könnte ich Ihnen zwar sehr empfehlen, ist aber im Moment ausgebucht. Ja, und dann gäbe es auch noch das Sole-Inhalationsbad und das Bergkräuter-Dampfbad …"

Hagen ist beeindruckt. Dass man auf so verschiedene Arten schwitzen kann, ist ihm neu. Märkers Tipp folgend wandelt er zuerst barfuß auf den unterschiedlich großen Kieseln im Steinkreis und spürt, wie die Reize auf der Sohle ihn anregen. „Den Neunziggradhammer“, erklärt er schließlich unter der Dusche, „wenn schon, denn schon.“

Sie öffnen die Glastür und huschen hinein. Märker deutet auf die Bohlen an der Decke. „Zweihundertjähriges Fichtenholz“, flüstert er, „stammt noch aus dem ursprünglichen Bestand der Badeanstalt.“

In der trockenen Hitze des Raums – das Thermometer neben der Sanduhr zeigt beinahe fünfundneunzig Grad – erstirbt bald jedes Flüstern. Nur Urlaute sind jetzt noch zu hören, hier ein Stöhnen, dort ein Klatschen oder Kratzen, wenn die Hände auf den kochenden Körper einwirken. Nach sieben Minuten (er versteht jetzt, warum die Sieben als Symbol für die Ewigkeit steht) hält Hagen es nicht länger aus. „Kein Aufguss?“, fragt Märker lächelnd und erntet nur ein desperates Kopfschütteln.

Als das grausam kalte Wasser aus dem Schüttkübel auf ihn herabschwappt, ist es Hagen, als zischte seine Haut, dieser alte Mantel, der ihm mit einem Guss abgestreift wird. Fast schon eine Reinkarnation, denkt er, wieso gönne ich mir das nicht öfter? Er wickelt sich das Badetuch um die Hüfte und begibt sich hinaus auf die Veranda. Am Nachthimmel sucht er zwischen all den bekannten und fremden Sternbildern den Planeten des kleinen Prinzen, den, der ihm in Kindheitstagen immer so leicht identifizierbar erschien. Halbnackt und dampfend an der frischen Luft – wann fühlte er sich zuletzt so schlackenfrei? Unvermittelt sieht er den toten Sandler vor sich, mit verklebtem Gesicht, halb eingebettet ins Erdreich der Heidenburg. Genau, das war für sie beide die letzte Nacht im Freien. Jetzt liegt der andere im Kühlfach. Aufgeschlitzt und wieder zusammengenäht, mit Füllmaterial ausgestopft wie ein alter Teddybär. Wieso kann ich nicht einmal richtig abschalten, einmal nur für mich sein! Er reckt die

Arme nach oben, als gälte es ein dünnes, unsichtbares Gespinst zu fangen. Dann kehrt er wehmütig ins gedämpft beleuchtete, warme Innere zurück.

Im Sprudelbecken hockend lässt er sich mit geschlossenen Augen vom Wasserstrahl massieren, bis sich Märker zu ihm gesellt.

„Na, habe ich zu viel versprochen?"

„Nein, haben Sie nicht. Ich glaube, ich verbringe den Rest des Jahres hier drinnen."

Als sich die ersten Rillen auf seinen ausgelaugten Fingerkuppen zeigen (*Schwimmhäute*, hat Mutter immer gesagt, wenn er und Hartmut sich zu lange im Badewasser suhlten, *raus, ihr kriegt schon Schwimmhäute!*), wechselt er doch auf die harte Liege hinüber und döst eine Weile vor sich hin. Irgendetwas schreckt ihn auf.

„Hab ich geschnarcht?", fragt er Märker, der neben ihm liegt und ein Buch liest.

„Ein bisschen, aber kein Grund zur Panik. Wollen wir noch mal?"

Während Märker erneut die finnische Extremsauna aufsucht, zieht Hagen nach seinem Schläfchen das sanftere Bergkräuter-Dampfbad vor. Er ist froh, eine Weile für sich zu sein, so amüsant und anregend er die Gesellschaft des Lehrers bislang auch empfunden hat. Sowie er die gläserne Tür hinter sich zuzieht, verschwimmt die Welt in wabernden Schwaden aus Dampf und oszillierendem Licht. Niemand außer ihm befindet sich in dem kleinen, gefliesten Raum, der von seiner Form her wie das Innere eines Iglus wirkt, oder wie ein kleiner Tempel. Hagen versucht, sich von außen zu beobachten: Auf der Rundbank mit den kommoden Armstützen ruhst du, ein glitschiges Buddhaimitat, ordentlich schnaufend, dich da und dort kratzend und sprichwörtlich mit allen Poren erfahrend, dass der Mensch doch tatsächlich zu zwei Dritteln aus Wasser besteht. Wann, fragst du dich, wird der Rest deiner schlabberigen Hülle den Bächen Schweißes folgen? Sieht es so aus, das absehbare Ende, und ist das Nirwana nichts als ein Gully, in dem die verflüssigten Seelen glücklich zusammenfinden? Doch halt: An die Außenseite der Glastür pressen sich plötzlich zwei stattliche Brüste, werden auf der Scheibe hin- und hergewalkt, während ein zum selben Körper gehörendes Augenpaar sich vergebens damit abmüht, den Nebel zu durchdringen; und du hoffst, betest regelrecht, diese Ausgeburt weiblicher Üppigkeit werde nicht in deinen Tempel vordringen, dich nicht aus dem wohligen Gleichgewicht wuchten. Eine unter Thymianzweigen verborgene Dampfmaschine springt, Gott sei es gedankt, in diesem Moment an, um frische, dichtere Schwaden zu erzeugen, einen schützenden Kittel, eine spanische Wand, sollte jene neuzeitliche Venus von Willendorf tatsächlich die Heiligkeit dieses Raumes entweihen wollen, und du entspannst dich erst wieder unter tiefem Durchatmen, als die quergequetschten Brüste sich langsam vom Glas draußen lösen und der gesamte Venustorso sich als Schema verflüchtigt in den Weiten des Alls …

Hagens Hände ruhen nun wieder auf den gefliesten Armstützen, umklammern sie nicht länger. Nachdem er die Luft nicht mehr anhalten muss, beginnt sein Bauch sich wieder gemütlich vorzuwölben, während gleichzeitig die Versteifung seines Glieds schwindet. Alles altersgemäß, denkt er. Denn kühl betrachtet muss er sich eingestehen: Er ist kein Jugendlicher mehr, nein, aber auch noch kein Greis. Die Probe aufs Exempel hat er im Bett schon lange nicht mehr erbracht. Trotzdem, er kennt sein Potenzial. Sowohl grundsätzlich als auch praktisch.

Doch während er die so augenscheinlichen Gesetze von Alter und Jugend vor seinem geistigen Auge prüft, nistet sich unvermittelt ein Nebengedanke in seinem überhitzten Hirn ein, der, je länger man seine Existenzberechtigung in Zweifel zieht, immer deutlicher in den Vordergrund drängt, um sich schließlich mit unvorhersehbarer Vehemenz als zentral zu gebärden: Wieso, um Himmels willen, habe ich mir bisher die anderen Jugendlichen, die außer Clemens Schöch führend an diesem seltsamen Schulprojekt in der *Herberge* beteiligt waren, nicht vorgenommen? Nur deshalb, weil die beiden Mädchen in Wien das neue Jahr einläuten wollen, lasse ich die Tage verstreichen? Und was ist mit dem Vierten im Bunde, diesem Adrian? Laut Märker der angepassteste, der stillste von allen. Nicht einmal den Versuch einer Kontaktaufnahme habe ich bisher unternommen! Weil die Unauffälligen immer leicht unten durchrutschen? Dabei sollen stille Wasser doch die tiefsten sein, und damit die ergiebigsten, was dicke Fische angeht.

Als er nach einer ausgiebigen Dusche wieder auf Märker trifft, stellt er ihm eine harmlose Frage, deren Beantwortung sie allerdings eine ganze Weile beschäftigen wird: „Was denken Sie eigentlich über Ihren Schüler Adrian Adlassnig?"

Else
Freitag, 10. Dezember '04

Heute hat Johnny versucht, mich wieder anzumachen. Mir nichts, dir nichts hat er mich gefragt, ob ich auf den Gymi-Ball gehen würde mit ihm. Er glaubt offenbar, dass ich nach vierzehn Tagen Clemens schon vergessen habe! Aber sich in einen anderen hineinfühlen können, das ist genau das, was dem lieben Johnny schon immer gefehlt hat. So wie Streicheln, so wie Liebkosen … Dass ich mit ihm geschlafen habe, werd ich mir nie verzeihen.

Seine Sprache hätte ihn verraten müssen. Hat sie aber nicht. Ich bin ja so was von naiv! Wie der ungläubige Thomas muss ich immer erst alles am eigenen Leib verspüren. Aber als er nach dieser bekifften Party auf mir herumgeturnt ist, hab ich endlich kapiert, was er wirklich will: beherrschen. Mit seinem harten Schwanz, mit seinen harten Augen. Wie der T in Horváths Roman. Vielleicht hätte ich das Buch schon früher lesen sollen.

Manche Sätze daraus brennen wie Nesseln auf mir. *Ich glaube an den Teufel, aber nicht an den lieben Gott,* sagt der Lehrer einmal. Das hab ich nie richtig verstanden. Den Fredi wollte ich natürlich nicht danach fragen. Aber ausgerechnet der Pauli hat es mir bei unserem letzten Besuch in der *Herberge* erklärt. *Schau, Mädel,* hat er in seiner schlichten Art gesagt, *das ist ganz einfach: Den Teufel treffen wir jeden Tag mehrmals, ich in der Flasche, oder wenn ich nachdenk über früher. Aber der liebe Gott, das ist ein Gschamiger, der lässt sich selten anschauen. Oder hast du ihn letztens troffen? Na also. Darum und deshalb, Mädel, verstehst?*

Der liebe Gott: ein Gschamiger? Ein Gschamiger ist doch einer, der sich aus Scham versteckt. Aus Scham über seine Schöpfung? Oder stellvertretend für die Menschen, weil die keine Scham mehr empfinden? Wie der Johnny, wenn er mir so was vorschlägt …

Ich gestehe ihm nicht einmal mehr zu, gut auszusehen. Dabei war er noch vor einem Jahr so ziemlich das Attraktivste für mich, was mit XY-Chromosomen herumläuft. Seltsam, wie sich das Aussehen von einem ändert, wenn er das Ansehen verloren hat! Was er und seine Kumpel für cool halten, ist für mich nur noch peinlich. Wen er nicht versteht, macht er herunter. Den Fredi nennt er einen Wixer, der eher von einem Heine-Gedicht einen Ständer kriegt als von Pornofotos. Und dass er sich wieder an mich heranmacht, hat sicher mit einer Wette zu: *Wetten, dass ich die noch einmal herumkriege …*

Wenn ich mir nur seine Finger auf meiner Haut vorstelle, überkommt mich ein Schauder.

Ach, Clemens, Clemens! Wo steckst du nur? Steckst du in der Scheiße, oder versteckst du dich? Ich versteh dich nicht. Ich weiß nicht, was ich so falsch gemacht haben soll. Du sagst, dass du das Handy wechseln wirst, aber die neue Nummer verrätst du mir nicht. Verschwindest stattdessen, von einer Stunde auf die andere, keine vierundzwanzig nach unserem heißen Nachmittag im kalten Wald. War das etwa nicht schön? Hab ich dich nicht glücklich gemacht? Oder willst du mich bestrafen? Weil ich eifersüchtig war auf den Pauli, mit dem du letztens fast intimer warst als mit mir? Wo du doch Eifersucht absolut nicht verträgst, ich weiß schon, hast es mir ja oft genug erklärt, welcher Wahnsinn sich tagtäglich abspielt zwischen deinen Eltern. Aber wir sind doch nicht sie! Wir können doch nicht fertig miteinander sein, wenn wir noch nicht einmal richtig angefangen haben …

Gib uns noch eine Chance!

Komm, Clemens, komm zurück, ich fürcht mich so! Lass mich nicht allein mit meinen Phantasien!

Ein starker Harndrang lässt Hagen hochfahren. Der Versuch, das Nachtkastenlämpchen einzuschalten, scheitert, seine Hand grapscht ins Leere. Er wuchtet sich aus dem Bett, tappt die Wand entlang. Kein Wiedererkennungswert. Keine alte, fasrige Tapete, nur die Kälte eines Dispersionsanstrichs. Seine Finger gleiten weiter, finden einen Türrahmen: auch der nicht vertraut, nicht hinaus auf den Gang, um von dort zur knarrenden Treppe zu gelangen, deren gedrechselte Geländersprossen er zu greifen, zu begreifen gelernt hat bald nach den allerersten Schritten. Deren Form in sein Körpergedächtnis eingeschrieben ist – zigfach umklammert, mit der Wange nachgezogen die Kontur.

Wo bist du, Bruder?

Lauerst mir wieder auf, ich kenne dich, doch, doch, seitdem du nicht mehr bist, lerne ich dich langsam kennen: Wenn du mich nötigst mit deinen Augenhöhlen, die Schuld zu übernehmen für Krankheit und tödliche Konstellation; wenn du mir winkst, wie nur einer einem je winkt, wenn du dich unterhakst bei mir, du wahnsinniger Polyp, wohnhaft in einer lichtlosen Tiefe, wo Verzeihen nichts gilt, nur: *Die Rache ist mein. Mein Elend sei deines. In alle Ewigkeit. Amen.*

Langsam begreift er, dass er sich in einem fremden Raum befindet. Dass die Klomuschel, endlich ertastet, nicht jene ist, in die er nach manchem Rausch friedlich gekotzt. Bist du bereit, Tone Hagen, zuzugeben, wie bescheuert besoffen du bist, schlimmer denn je, wenn das Gepolter und Gezerre in deinem Schädel ein verlässlicher Indikator ist? Ja, ich bin. Ja, ich bekenne.

Wer torkelt dort, mitten im bunten Lichtgestöber? Wer steckt die einsame Rakete in den Blumentopf, hält die Flamme an die Zündschnur? *Seine* Rakete, natürlich knalliger, höher hinaus als alle anderen – wofür hat er sie gezündet? Wer hat ihn dabei umarmt? Sicher wurden im selben Moment Hunderte solcher Fröhlichmacher über dem Bad emporgejagt, Optimismusgranaten, deren spärliche Überbleibsel Sekunden später ins Moorgrab sanken.

Fragmente kehren zurück: Wie er beim Schlag der Pummerin Joe angerufen und ihm erzählt (gestanden!) hat, wo er sich befindet. Du beliebst zu scherzen, hat der Architekt gemeint, Bad Reuthe ist so ungefähr das Letzte, das du dir geben würdest, oder? Von wegen Ensemble: Ich nenne es eine stillose Kompilation, eine veritable Peinlichkeit! Hagen hat auf eine fruchtlose Diskussion verzichtet, *ein gutes Neues* und *over and out*. Okay, auch diese Beziehung ist definitiv vorüber. Ein abgeschlossener Fall. Was sonst bleibt zu tun, als die Aktenordner zu verstauen? Als der Griff zur tröstenden Flasche, gefüllt mit Hochprozentigem, herbeigezaubert von Märker … Es bedarf auch einigen Trostes, wenn ehrlich sein heißt, alte Freundschaften aufgeben zu müssen, unwiderruflich. Und nichts, das nachwachsen würde.

Er tastet sich zurück zum Bett, gewaltig das Dröhnen im Schädel. Nur noch Eindämmung, Wärme hat er jetzt im Sinn. Etwas zerrt die Decke in die andere Richtung, im Dunkeln ein kleiner Kampf. Schockiert findet er wieder auf die Füße, findet endlich auch den Lichtschalter: In seinem Bett liegt ein Deutsch- und Französischlehrer. Nackt bis auf die weiße Unterwäsche.

24. Im Kreis

Norbert Langthaler hat sich auf die Nacht der Nächte gewissenhaft vorbereitet. Silvester ist nach Weihnachten der zweithärteste Brocken für den Sozialarbeiter. Ein neues Jahr lugt ums Eck, und kaum einer seiner Schützlinge glaubt daran, dass es besser werden wird als das abgelaufene. Langthaler auch nicht. Er hat seine ganz eigene Relativitätstheorie: Ein Jahr ist nichts, und gleichzeitig alles. Maximal zwölf Monate hätte sich ein Wohnungsloser im Bürser Haus ursprünglich aufhalten dürfen. Was natürlich nicht durchzusetzen war. Zu hart die Auflagen für ein Leben in freier Wildbahn, zu jung fürs Altersheim die meisten (zu wenig begütert sowieso). Sechshundert bis achthundert Euro macht die Invalidenpension im Monat aus. Fast ein jeder der ehemaligen Buckler längst ein gebückter Spiegeltrinker, auffällig (weil ausfällig werdend) nur dann, wenn er einmal sein Quantum *nicht* kriegt. Substituiert mit Bier, die Brüder, das gilt schon als Fortschritt. Gerade ist der Schorsch wieder schwer rückfällig geworden, jeden zweiten Tag stöbert Langthaler in seinem Zimmer eine Flasche Billigstvodka auf, deren Inhalt trotz lautstarker Proteste sofort in den Ausguss wandert. Oder Hofer: Sein Husten nervt inzwischen selbst den schwerhörigen Peter, lang wird man dem Kurtl das LKH Gaisbühel nicht mehr ersparen können. Und Lois, der objektiv noch Gesündeste? Erfindet täglich neue Krankheitsbilder: gestern ein todsicherer Hirntumor, heute Leberkrebs, morgen ein unentdeckt gebliebener Herzinfarkt. Weil sich ja keiner um einen schert. Am meisten muss man sich aber um die Gundi Sorgen machen. Seit Paulis Tod braucht sie doppelt so viel Methadon wie zuvor, und von ihren Fingernägeln ist praktisch nichts mehr vorhanden. Er hat etliche Telefonate mit ihren Eltern geführt, damit die sie über die Feiertage bei sich aufnehmen.

Als er die Mutter endlich so weit hatte, wollte Gundi nicht mehr.

Die *Nacht der Spiele*, eine Erfindung von Bruno Breuss, ist bereits zu einem fixen Ritual am 31. Dezember geworden. Umso wichtiger, dass man sie durch neue Ideen auffrischt. Das kann auch einen Rückgriff auf Altbewährtes bedeuten. Bei den Brettspielen hat Langthaler den Klassiker DKT wieder ausgegraben. Er weiß: Kaum etwas gefällt gescheiterten Existenzen besser, als in dieser österreichischen Variante von Monopoly auf Immobilienjagd zu gehen. Keiner von ihnen käme auf die Idee, diese Jagd mit der eigenen ökonomischen Lage zu vergleichen. Schließlich gibt es auch beim Betteln einen Markt, herrschen die Gesetze des Kapitalismus. Schau dir die Lebensgeschichte von Schorsch an! Er ist nur deshalb aus Graz, seinem Langzeitdomizil, geflohen, weil die organisierten Bettlerbanden aus der Slowakei dort den heimischen Wohnungslosen das Wasser abgegraben haben.

Langthaler fragt sich, nicht zum ersten Mal, wie lange er diesen Job noch machen wird. An solchen Tagen, wenn der absehbare Tsunami der Gefühle über alle Heimbewohner hereinbricht, ist auch er anfällig für Selbstzweifel. Dann kommt er sich vor wie ein Pfleger bei den lebendigen Toten im Landeskrankenhaus Rankweil. Deren Komastation hat er im Rahmen einer Fortbildung kennen gelernt. Ein Patient dort liegt schon länger im Wachkoma, als sein voriges Leben gedauert hat: achtzehn Jahre. Trotz *Therapiekarenz,* wie die Ärzte das Absetzen aller Medikamente und Nahrungsmittel euphemistisch nennen, überstand er unlängst eine schwere Lungenentzündung. Offenbar hat ihm die tagelange Verweigerung von Wasser gut getan und die Sümpfe in seiner Lunge trockengelegt. Jetzt wird er wieder, wie eh und je, via Tropf ernährt, und seine Familie muss ihr Haus verkaufen, um sich die annähernd sechstausendfünfhundert Tagessätze leisten zu können.

Wer an Wunder glaubt, hat es leichter. Lass fahren alle Hoffnung, sagt sich Langthaler. Kein einziger seiner Klienten hat zurückgefunden in ein geordnetes Leben draußen, die meisten verabschieden sich aus dem Heim mit den Füßen voran. Die anderen machen sich auf den langen Marsch durch die Institutionen: Teestube und Notschlafstelle der Caritas, Entziehungsanstalt, Gefängnis und retour. Da capo al fine.

Er ahnt schon, was der Hit der heutigen Spielrunde werden wird: der Anekdotencocktail, zwischen elf und Viertel vor zwölf zu servieren. Knapp vor Mitternacht dann das unvermeidliche *Dinner for One* im Fernsehen. Freddie Frinton als Butler kann noch so oft über den Tigerkopf stolpern – die gesamte Belegschaft wird sich biegen vor Lachen, jedes einzelne Mal. Schorsch schaffte es letztes Jahr sogar, sich dabei die Stirn am Boden aufzuschlagen, und selbst Gundi hat sich zu einem vergnüglichen Grunzen hinreißen lassen. Der alkoholfreie Kindersekt kommt inzwischen auch ganz gut an. Die aufsteigenden Bläschen scheinen zu suggerieren, dass man mit von der Partie ist. In der ersten Zeit hatte das Alkverbot noch zu endlosen Diskussionen geführt: *Also bitte, Silvester ohne Sekt, das ist wie eine Orgie ohne Sex!* Jetzt zieht man sich im Bedarfsfall halt kurz zurück und führt sich außer Sichtweite des Sozialarbeiters etwas Gediegenes zu.

In der Küche trifft Langthaler auf Lois, der in der Zeitung blättert. Die neueste Scheidungsstatistik beschäftigt den Alten. „Ich versteh überhaupt nicht, wieso die Kirche immer gegen das Wixen wettert. Wenn es die Selbstbefriedigung nicht gäb, würden doch noch viel mehr Ehen geschieden wie sowieso. Also?"

„Musst halt dem Papst einmal einen Brief schreiben. Aber hilf mir jetzt lieber, die kalte Platte zu richten."

„Ich hab doch nicht Dienst heute!"

„Der heute Dienst hätte, ist nicht mehr, Lois. Also, komm schon!“ Tatsächlich, auf dem fettfleckigen Raster steht neben dem heutigen Datum der Name *Pröll.* Der Küchendienstplan ist bereits vor Paulis Tod erstellt worden.

„So ein Sack!“, murrt der Alte und zieht sich eine Schürze über. Während Langthaler einen Käsewurstsalat zubereitet, schlichtet Lois in Superzeitlupe Wurstscheiben, Schinkenröllchen und Käsewürfel auf die riesige, kreisrunde Holzplatte, die ein wohlmeinender Bürser Bürger der *Herberge* geschenkt hat.

„Was wird das, wenn's fertig ist?“, fragt Langthaler belustigt.

„Ein Mandala natürlich. Hab ich dir noch nie erzählt, dass sie im buddhistischen Kloster in Feldkirch davon jede Menge haben?“

„Aus Wurst und Käse? Ich glaube, die Geschichte hebst du dir besser für unser Kabarettprogramm auf.“

Jetzt ist der Lois beleidigt. Dieser junge Hupfer! Bei den tibetanischen Mönchen kennt er sich allemal besser aus als der Norbert! Hat sogar schon mehrere Meditationen bei denen mitgemacht. Schließlich gibt es danach immer gratis Tee und Gebäck …

*

Das DKT stößt doch auf weniger Begeisterung als angenommen. Jedenfalls fegt Bert das Brett plötzlich vom Tisch, dass die roten Hotels und gelben Häuser durch die Küche fliegen.

„Spinnscht, oder was?“

Peter ist aufgesprungen. Er stützt sich mit beiden Händen auf dem Tisch ab und streckt den gewaltigen Schädel vor, ein Berggorilla in Angriffsstellung. Überragt seine Kollegen um Kopfeslänge, den Bert um fast zwei. Seitdem sie gemeinsam diesen Irrenhausfilm mit Jack Nicholson angeschaut haben, ist

Peter für alle *der Häuptling*. Ungeachtet dessen, dass der riesige Indianer im Film sich für stumm ausgab, Peter hingegen halbtaub ist. Für Nichteingeweihte würde die Situation jetzt wohl recht bedrohlich wirken; aber weil Langthaler seine Pappenheimer kennt, hält er sich heraus.

„Hirnamputierter Depp! Sag halt, welche Leber dir über die Laus gelaufen ist!“

Lois und Gundi grinsen, die anderen scheinen die Stilblüte nicht bemerkt zu haben. Bert gibt weiterhin keine Erklärung ab für seinen Grant und weigert sich, die Klötzchen wieder einzusammeln. Dabei ist er sonst die Nachgiebigkeit in Person, nicht von ungefähr lautet sein Spitzname Teddy.

„Hat er sich jetzt entschuldigt oder nicht?“, fragt Peter die anderen. Er hört zu schlecht, um die Lage beurteilen zu können.

Allgemeines Kopfschütteln. Der Häuptling beruhigt sich trotzdem und setzt sich wieder hin. Überraschenderweise reitet auch sonst niemand auf dem Zwischenfall herum. Sie hocken nur ein bisschen verunsichert im Halbkreis und schweigen einander an. Über gewisse Sachen redet man einfach nicht. Zeit für Langthaler, jetzt doch die Initiative zu ergreifen.

„Nur noch eine gute Stunde bis zum Jahreswechsel. Ich schlage vor, wir probieren ein neues Spiel aus.“

Er erklärt ihnen die Regeln des *Anekdotencocktails*: Jeder erzählt eine lustige Begebenheit über einen ihnen allen Bekannten, die nicht wahr sein muss, aber wahr sein könnte. Etwas Typisches, Charakteristisches eben. Und, bitteschön, nicht länger als fünf Minuten (offiziell, damit alle drankommen können, inoffiziell, damit Lois mit seiner Logorrhöe rechtzeitig eingebremst wird.) Am Schluss soll darüber abgestimmt werden, wessen Story am besten angekommen ist.

„Na, wer traut sich und mixt uns den ersten Cocktail?“

Kurtl meldet sich per Handzeichen zu Wort, als säße er in der Schule. Allein schon sein Aufzeigen ist eine echte Sensation! Keiner kann sich daran erinnern, dass Hofer einmal den Anfang gemacht hätte. Erst recht nicht, wenn es ums Reden geht.

„Kann man auch was über einen erzählen, den es nicht mehr gibt?"

„Eh klar", ruft Schorsch aufgedreht, „die besten Anekdoten gibt's sowieso über die Toten!"

„Erzähl nur!", wird Hofer ermuntert. „Aber laut genug, damit dich auch der Häuptling versteht."

„Werd mich anstrengen." Kurtl hustet, als wolle er sich damit Mut machen. „Damit ihr's gleich wisst: Das ist eine wahre Geschichte. Ich bin selbst dabei gewesen, wie sie passiert ist. Und dass sie vom Pauli handelt, habt ihr sicher eh schon erraten."

Beipflichtendes Gemurmel aus der Runde.

„Im Sommer war's. Weil die alte Vespa ja wieder gerichtet war, wollte der Pauli eine kleine Ausfahrt machen, mit mir hinten drauf. Der reinste Krimi, ich sag's euch. Beim ersten Start bin ich gleich im Schotter gelandet. Aber dann haben wir es doch bis zum Zimbapark hinunter geschafft, bis zum neuen Kreisverkehr, genau genommen. Dort haben wir unsere Runden gedreht, eine nach der anderen. Dem Pauli hat das so getaugt, dass er gar nicht mehr aufhören wollte damit. Mindestens zwanzig Mal sind wir im Kreis gefahren, ich war schon so schwindlig, dass ich mich am Pauli seinem Bauch festgehalten hab wie …"

„Wia a klies Maiggele!"

Kurtl lässt sich nicht drausbringen. „Ja, eh. Bis ein Gendarmerieauto kommen ist. Verschwinden wir, hab ich zu Pauli gesagt, aber er hat nur gelacht und noch ein paar Runden draufgelegt. Die Bullen sind ausgestiegen und einer hat uns rausgewinkt aus dem Kreisverkehr. ‚Was isch jetzt des gsi?', hat der Gendarm gefragt. ‚Was isch was gsi?', hat der Pauli ganz unschuldig zurückgefragt. Aber der Gendarm hat sich auf nichts einlassen. ‚Kumm. Gomma ga blosa!‘, hat er gemeint. Und der Pauli darauf: ‚Ein ziemlich direktes Angebot!‘“

Peter schüttelt den Kopf. „Ein ziemlich direktes Angebot! Ich glaub's nicht!“

„Typisch Pauli! Wer sonst hätt sich das getraut“, meint Lois.

„Ihr hättet sehen sollen, wie die Augen von dem Kieberer gefunkelt haben. Von da an hat er praktisch nur mehr mit den Händen geredet. Dass wir die Maschine abstellen sollen. Dass wir den Roller weiter rechts parken sollen. Dass wir zum Auto mitkommen sollen. Dann hat er dem Pauli das Röhrl in die Hand gedrückt. ‚Wieso zitterst denn so?‘, hat er gefragt. Und was glaubt ihr, hat der Pauli drauf gesagt?“

Keiner errät es.

„‚Weil ich heut noch nix gesoffen hab!‘ Und das war die reine Wahrheit, der Alkotest hat es bewiesen. Die Bullen waren so überrascht, dass sie komplett darauf vergessen haben, die Papiere zu verlangen. Gott sei Dank, kann ich nur sagen.“

Die Runde windet sich vor Vergnügen.

„Und ich erfahr es ein halbes Jahr später, was ihr mit der Caritas-Vespa unternommen habt!“, sagt Langthaler mit erhobenem Zeigefinger. Aber man sieht es ihm an: Auch er kann ein Lachen kaum unterdrücken.

Nachdem sich die meisten wieder erfangen haben, meldet sich Schorsch zu Wort. „Also, was ich nicht versteh: Wieso seid ihr die ganze Zeit nur im Kreis gefahren?“

Gundi, bisher die Zurückhaltung in Person, beginnt plötzlich loszukichern.

„Verrückte Nudel!“, schimpft Lois, „passt auf, jetzt kriegt sie gleich wieder einen Anfall.“

„Selber verrückt!“, bellt sie ihn an. „Wer von uns fährt denn *nicht* die ganze Zeit im Kreis?“

An dir ist eine Psychologin verloren gegangen, denkt Langthaler. Eine richtige kleine Psychologin.

*

Draußen krachen die Böller in immer kürzeren Abständen, aber in der *Herberge* kümmert sich keiner darum. Bis zum Rand haben sie den Anekdotencocktail mittlerweile gefüllt mit kauzigen Geschichten über einander. Hauptthema ist und bleibt aber der Pauli. Auch eine Art, mit seinem Tod umzugehen; eine Art spontaner Redetherapie, bei der bis auf die Frau alle mitmachen. Sie zieht es vor, sich die Schilderungen über ihren Freund schweigend anzuhören. An *Dinner for One* denkt man erst, als schon der Schluss läuft.

The same procedure as last year, Miss Sophie? – The same procedure as every year, James!

„Was meint die Alte eigentlich damit?", will Schorsch wissen. Er bekommt keine Antwort. Sie konzentrieren sich bereits alle auf den Kindersekt in ihren Gläsern, auf das Hollern der Pummerin und die ersten Takte des Donauwalzers.

„Darf ich um einen Tanz bitten?"

Es ist Lois, der sich wie ein siecher Casanova vor Gundi aufgebaut hat. Gespannt schauen die Männer sie an: Jeder erwartet jetzt Gift und Galle von ihr, oder dass sie Lois womöglich wieder an die Gurgel geht, wie schon zu Weihnachten. Selbst Langthaler ist sprungbereit auf seinem Stuhl.

Aber Gundi wischt sich langsam über die feuchten Augen, steht auf und flüstert, nur für Lois verständlich, in die anschwellenden Walzerklänge hinein:

„Von mir aus."

Dann ergreift sie seine ausgestreckte Hand.

Rot, grell rot das platte Firmament. Kein Vorder-, kein Hintergrund. So sehr er auch den Augapfel rollt unter dem geschlossenen Lid: Struktur- und musterlos ist dieses Rot, zeitlos, bar jeder Dimension. Nein, nicht ganz: Eine feine Schliere rückt sich von links unten ins Bild, und indem er sich darauf konzentriert, beginnt sie sich langsam durchs Blickfeld zu schieben, ein Haar, ein Härchen nur, gekrümmt und unscharf in der Kontur, wie diese Fadentierchen unterm Mikroskop, quer durchs Bild wandernd hin zum oberen rechten Rand, wo es hängen bleibt, als wäre da das Ende der Welt, der roten Scheibenwelt aus vorkopernikanischer Zeit.

Plötzlich erinnert er sich, woher er diese Empfindung kennt, und mit der Erinnerung beginnt das wohlige Gefühl aus Wärme und Allverlorenheit sich zu verflüchtigen. Die Gedanken sind Messer, er weiß es, kalte Messer, die das formvollendetste Salzburger Nockerl schamlos auseinanderreißen, zersägen, ihm Luft und Volumen rauben. Und erst diese sezierenden Gedanken über das Denken selbst! Sie führen, wie eben zu spüren, die schärfste aller Klingen. Sie durchtrennen das Organische, das Runde, die Trunkenheit der Träume am schnellsten, am nachhaltigsten.

Dann und wann hat ein jeder seine lichten Momente. Statistisch gesehen, das hat er in einer Wissenschaftssendung gehört, kommen sie den meisten gleich nach dem Aufwachen. Das heißt, genau genommen bist du noch gar nicht richtig wach, weil da noch der Nachspann deines letzten Traums läuft und du weißt, dass die Lichter gleich angehen werden; aber du kannst dich noch nicht dazu entschließen, aufzustehen und deinen Kinositz zu räumen. Bohrst lieber die Nase noch einmal in den Polsterzipf hinein, drehst dich noch einmal eine Vierteldrehung zurück ins Wattigweiche, ins Dunstigfeuchte deiner

Schlaf- und Schweißrückstände. Und da, genau da kommen sie dann gerne, die Lichtbilder. Die Zwielichtbilder. Im dämmrigen Tagesgrauen, das freilich viel zu schnell weggespült wird vom täglichen Tagesgrau, schimmert für ein paar Augenblicke etwas durch, zart und rötlich wie nur das Morgenrot es fertigbringt, Erscheinungen aus einer fernen Welt. Eine Göttin vielleicht, die ihren Rosenfinger auf etwas in dir legt und damit deinem formlosen Hirn ein paar Kristalle abnötigt.

Also: Die Lider bleiben zu! Wozu die plumpe Realität des Augenscheinlichen? Er fährt lieber die inwendigen Fühler aus, lässt sich zurückfallen in sengende, noch pickelträchtige Tage. Rücklings auf der zerschlissenen, karierten Baumwolldecke liegend, das Gesicht der hoch stehenden Sonne entgegengereckt, ist dieses grelle Rot ihm damals zum ersten Mal begegnet, samt der dazugehörigen wandernden Schliere, die einen kurzfristig befürchten ließ, ein Linsenfehler könnte dahinter stecken, die bald aber zum Markenzeichen einer üppigen Phantasiewelt wurde. Künftighin abrufbar ohne großen Aufwand. Einzige Vorbedingung: die Augen geschlossen zu halten. Dort, am oberen Rand des schottrigen Steilabfalls, den man barfuß hinunterzuschlittern pflegte bis an den schlammigen Saum des größten aller Baggerseen in den Rüttenen, war nicht nur die Brutstätte der lästigsten und fettesten aller Bremsen gewesen, auch die eigenständigsten und ungewohntesten Empfindungen hatten hier ihre Premiere gefeiert: die kaum zu kaschierende Versteifung in der engen Badehose etwa angesichts wohlgeformter weiblicher Pobacken, und das Wonnegefühl ob der Erkenntnis, dass sich mit dieser Versteifung hinter dichtem Gebüsch manch Feuchtfröhliches bewirken ließ, ganz ohne Alk.

„Tone! Wach auf, Tone!“

Nein, wirklich nicht, keiner kann ihn dazu zwingen aufzuwachen, die Augen aufzumachen, wieder da zu sein, *voll da*, wie man so beschönigend sagt, wenn doch nur der ganz alltägliche Wahnsinn wieder ansteht, das, was den *ungewohntesten Empfindungen* im sanften Dämmerzustand diametral entgegensteht …

„Tone. Lieber! Na, komm schon, ich weiß doch, dass du wach bist."

O Gott, diese Stimme, dieser Tonfall! Und die kleine Hasenscharte ist durchaus mitzuhören. Wenn er nur zu blinzeln wagt, wird eine Bregenzerwälder Hasenscharte unheimlich selbstsicher auf ihn herablächeln. Unheimlich verführerisch, unheimlich verwirrend. Kommt gar nicht in Frage, Lisa! Von dir lass ich mich nicht mehr durcheinanderbringen!

„Wenn du die Augen nicht aufmachst, muss ich halt Totenwache halten bei dir. Und das kann lange dauern …"

Er hat immer gewusst, dass sie ein Biest ist. Dass sie den längeren Atem hat. Jetzt hilft nur mehr ein richtiger Entlastungsangriff.

„Verdammt, Lisa! Komm mir jetzt bloß nicht mit dieser Hellinger-Scheiße: die Bedeutung der ersten Frau in einem Männerleben, die, die nie weggeht, und wenn sie noch so tot ist oder geschieden von dir oder weiß der Henker was. Und überhaupt: Die erste Frau in meinem Leben bist *du* nicht gewesen! Das war und ist nämlich, traurig genug, meine leibliche Mutter. Derzeitiger Aufenthalt: Haus Schillerstraße. Dort, wo ich auch bald hingehöre." Er hat die Augen längst geöffnet, nein, sperrangelweit aufgerissen, vielleicht, dass es ihr doch ein wenig graust vor dem vielen Weiß darin, marmoriert durch ein paar geplatzte Blutäderchen. Aber das spielt sich nicht bei Lisa, eh klar.

„*Ich* komm dir doch nicht damit – *du* redest davon, nur du!"

Gitte, alte Kupplerin! Ist alles nur deine Schuld! Sicher warst du es, die sie informiert hat. Wer weiß, wie oft die beiden schon miteinander telefoniert haben, ohne dass er davon etwas ahnte.

Arrangements ausheckten, seine Zukunft betreffend. Und er liegt hilflos da mit zerschlagenen Knochen, ausgeliefert den grünen Augenlichtern dieser Wälder Katze.

Er versucht es mit der Mitleidstour.

„Entschuldige. Ich glaub, ich weiß nicht so genau, was ich daherrede. Mir ist irgendwie komisch im Kopf …"

„Die Auswirkungen der Narkose. Du bist gestürzt, Tone, warst lange weg. Tut dir was weh?"

Tut dir was weh? Was für eine Frage! Was tut ihm jetzt *nicht* weh?

„Kannst du dich daran erinnern … Ich meine, wie es passiert ist?" Sie klingt besorgt, registriert er. Befürchtet wohl, der Rest meines Hirns habe abgedankt bei diesem elenden Sturz. Verschmiert auf dem rutschigen Asphalt …

„Bizau", brummt er, „irgendwo zwischen Bizau und Schoppernau. Wird wohl ein Eisfleck gewesen sein. Vielleicht auch Öl oder Sand, was weiß ein Laie. Na, zufrieden?"

„Aber was um alles in der Welt hattest du dort oben überhaupt zu suchen? Auf einem Fahrrad, mitten im Winter? Du kannst von Glück reden, dass man dich überhaupt im Graben gefunden hat, so finster, wie's war! Wäre nicht dein Rad noch auf der Straße gelegen …"

Das Bike, genau! Volle drei Tage lang hat er sich an seinem ersten Mountainbike berauschen dürfen. Freilich, das hinausgeschmissene Geld ist das Problem nicht für einen über neunundvierzig, mit einem todsicheren, über jede Konjunktur erhabenen Job. Das nicht.

„Wie geht's ihm?"

„Wie geht's wem?"

„Meinem Bike natürlich."

Na also! Endlich. Ihr berühmtes Hasenschartenlächeln. Wenn auch nur für wenige Sekunden.

„Schön, dass du dir um sein Wohlbefinden Sorgen machst! Aber du solltest lieber den Bizauern einen neuen Altar spenden dafür, dass du noch lebst."

„Du scheinst zu vergessen, dass ich aus der Kirche ausgetreten bin. Wie du siehst, mein Erinnerungsvermögen funktioniert noch tadellos."

Sie wiegt nachdenklich den Kopf hin und her.

„Mal sehen. Kannst du dich auch noch daran erinnern, wann du das letzte Mal auf einen meiner Anrufe reagiert hast?"

„Au", krächzt er, weil ihm beim Versuch, sich in eine angenehmere Position zu drehen, ein scharfer Schmerz durch die ramponierte Schulter fährt, „ja: nie."

„Richtig", flüstert sie und ihr Mund ist keine zehn Zentimeter von seinem Ohr entfernt. „Und warum nie?"

Genau wie ich damals mit Vater, denkt er, verdammt, genau so hab ich mit ihm geredet. Auf der Intensivstation. Knapp vor dem Ende. Aber eine Antwort auf ihre Frage will und will ihm keine einfallen; jedenfalls keine, die ihm selbst nur halbwegs überzeugend schiene. Wieso lässt sie mich eigentlich nicht in Ruhe! Schlafen, Länge mal Breite – darauf hat man als Schwerverletzter doch eindeutig ein Anrecht, oder?

*

Was Lisa ihm nicht alles dagelassen hat: Eine Schachtel selbstgebackener Kekse, zwei Flaschen Vitaminsaft, Zeitschriften und jede Menge schlechtes Gewissen. „Ich wohne die nächsten paar Tage bei Gitte und Gernot. Wenn du willst, dass ich dich besuchen komme, schick mir einfach ein SMS."

„Du weißt, wie ich das SMS-Geschreibsel liebe!"

„Ein *OK* genügt. Das solltest sogar du schaffen."

Sehr sensibel, dass sie nicht *ein Ja genügt* gesagt hat. Oder so clever?

Die Geschehnisse der Silvesternacht machen ihm noch immer zu schaffen. Doch so oft er auch darüber nachdenkt, der Nebel will und will sich nicht lichten. Wie weit sind Märker und er wohl gegangen in ihrem Vollrausch? Ist es wirklich denkbar, dass …? Nein, Hilfe, nein! Zugegeben, in letzter Zeit hat er mit dem weiblichen Geschlecht nicht viel am Hut gehabt, doch das ist wohl eher seiner depressiven Grundstimmung zuzuschreiben. Aber mit einem Mann? Da lachen die Hühner! Das einzige Mal, dass er privat mit der Szene zu tun hatte, war als Jugendlicher gewesen. Auf einem Bahnsteig der Victoria Station, bei einer seiner Interrailreisen, die ihn in fast alle europäischen Hauptstädte geführt hatten (Devise: Hauptstadt gesehen, alles gesehen), hatte er Mike getroffen. Umgekehrt: Mike hatte ihn getroffen – treffen wollen. Denn der circa fünfzigjährige Londoner hatte einen Kennerblick und wusste auf Anhieb, welchen Rucksacktouristen er anquatschen konnte. *Looking for a cheap hotel?* Welcher Achtzehnjährige hätte da nicht ja gesagt? Ein paar Straßenzüge weiter stand man unter der Tür einer abgefuckten Privatwohnung, in der sich bereits einige *boys* seines Alters herumtrieben. Mike gab den jovialen Alleinunterhalter, den großzügigen Helfer ausländischer Jugendlicher. Gratisessen, Gratisbett, *I've got enough money, don't you bother*. Aber als Mike aus einer breiten Schublade harte Pornohefte (*real Danish stuff!*) hervorholte und beim Durchblättern immer näher an ihn heranrückte, waren ihm doch Bedenken gekommen. Schwer zu rekonstruieren, wie Mike es schaffte, dass der junge Tone am Ende tatsächlich den Schwanz des Alten rubbelte, bis der Spannteppich gnädig alles aufsaugte. Noch am selben Abend verließ er die Wohnung fluchtartig.

Jetzt bist du gleich alt wie dieser Mike damals, stellt Hagen fest. Und weißt nicht einmal, ob du in seine Fußstapfen getreten bist. Ausfälle nach gröberen Saufereien sind ja nicht unbedingt etwas Neues für ihn. Aber wenigstens ist man nach solchen Nächten immer alleine aufgewacht …

*

Am späten Abend bekommt Hagen noch Besuch: Ein ziemlich jugendlich wirkender Oberarzt tritt an sein Bett. Wo er das Gesicht nur hintun soll? Aber der Mann hilft ihm schnell aus der Patsche.

„Dr. Rosskopf", sagt er und schüttelt Hagen angesichts des Schulterverbands vorsichtig die Hand. „Ich habe Ihren Vater hier in seinen letzten Stunden betreut, Sie erinnern sich."

„Selbstverständlich. Und außerdem waren Sie unlängst bei uns auf dem Kommando. Sie haben doch den Toten auf der Heidenburg gefunden, nicht?"

Der Doktor nickt. „Das ist auch der Grund meiner kurzen Visite. Zufällig habe ich mitgekriegt, dass Sie bei uns eingeliefert wurden. Und ebenso zufällig hab ich in der Schublade meines Sohnes gestern das da entdeckt." Rosskopf zieht ein Briefkuvert aus der Manteltasche und überreicht es Hagen. „Ich hab es vorsorglich verpackt, damit nicht noch mehr Fingerabdrücke darauf geraten."

Hagen dreht das unverklebte Kuvert um. Ein Feuerzeug fällt heraus, ein blaues Gasfeuerzeug mit einem bekannten Schriftzug.

„Aber wieso … woher …?"

„Woher ich das habe, beziehungsweise mein Junge? Peter, mein Ältester, hat mir gestanden, dass er das Feuerzeug ganz in der Nähe der Stelle eingesteckt hat, wo wir die Leiche entdeckt haben. Nachdem Sie ja damals das ganze Gelände absuchen ließen, habe ich mir gedacht, Sie könnten daran interessiert sein."

„Ja, natürlich!" Hagen macht eine Geste, als würde er jemandem Feuer geben. „Peter wird es vermutlich ausprobiert haben, oder?"

„Ist fast anzunehmen. Nachdem ich ihm das Zündeln so eindringlich verboten habe."

„Ob er wohl noch die genaue Stelle bezeichnen könnte, wo das Feuerzeug lag?"

„Mit Sicherheit. Mein Junge ist der reinste Pfadfinder. Wenn Sie wollen, lasse ich ihn die exakte Position für Sie zeichnen."

Ein bisschen penetrant, der Herr Doktor. Hagen lächelt möglichst verbindlich. „Warum nicht. Außerdem werden sich meine Kollegen mit Ihnen in Verbindung setzen, wir benötigen von Ihnen und ihrem Sohn einen MHA. Einen Mundhöhlenabrieb", fügt er hinzu, „für einen allfälligen DNA-Vergleich."

„Wunderbar. Peter wird sich freuen, wenn er einmal mit echten Polizisten zu tun hat. Räuber und Gendarm spielen die Jungs ohnedies am liebsten."

Nachdem der Arzt sich mit den besten Genesungswünschen verabschiedet hat, liegt Hagen noch eine ganze Weile wach. Das Feuerzeug … die Aufschrift … der Fundort … Er hat durchaus auch seine Vorteile, dieser Beruf; und sei es nur, weil er den privaten Kuddelmuddel bisweilen weit in den Hintergrund drängt.

*

Unsere Burschen, sagt der Reporter, *unsere Burschen!* Er sagt es mit der Inbrunst eines Nero, der die Gladiatoren in die Arena hetzt. Es schneit und windet wie verrückt, aber jeder einzelne Helmträger hält stramm den Daumen in die Höhe und grinst dabei so aufgedreht in die Kamera, als ob Pamela Anderson höchstpersönlich im Ziel auf ihn wartete. Frage nicht, um welches Rennen es sich handelt, geschweige denn, wo es stattfindet. Für Hagen ist das immer derselbe Wahnsinn, einmal halt mit mehr, einmal mit weniger Stangen gespickt, zwischen denen bunt Vermummte versuchen, sich auf möglichst telegene Weise ihre Bänder abzudrehen, die Knochen zu zerschmettern. Allerdings:

Wenn er sich selbst jetzt so betrachtet, ist dazu nicht unbedingt ein Skirennen erforderlich …

Ob seine Einstellung zum Alpinsport Nummer Eins wirklich nur auf die fast dreißig Jahre alten Erfahrungen im Winter sechsundsiebzig zurückzuführen ist? Als die *Brettln und der g'führige Schnee* für ihn nicht Freizeitvergnügen signalisierten, sondern Schleiferei, Plackerei pur. Er sieht sich droben auf der steilen Alpe bei Gurtis, ein eisiger Jänner oder Februar und Massen von Schnee, von Klimaerwärmung noch keine Rede. Sieben Tage lang Ausbildung der Gendarmerieschüler auf Skiern, sieben lange Tage die Buckel rauf, die Buckel runter. Wofür eigentlich – um einmal Autoraser zu stoppen? Um Verbrecher über die Berggrate hinweg verfolgen zu können? Schwitzen, frieren, schwitzen, frieren, schweißableitende Unterwäsche war noch nicht erfunden, und beim Schnüren der ledernen Innenschuhe verrenkte er sich den Zeigefinger. Schon am zweiten Tag wusste er: Es reicht, die können *mir* den Buckel runterrutschen! Zum Glück waren die damaligen elastischen Keilhosen nicht sehr widerstandsfähig. Er hatte die Naht mit der Rasierklinge angeritzt, sodass sie beim nächsten Aufstieg aufplatzte bis übers Knie. An einen weiteren Einsatz im Freien war danach nicht zu denken. Also marsch ab in die Küche, und zwei Wochenend-Inspektionsdienste als Draufgabe! Für ihn dennoch das reine Honiglecken.

Wann immer Hagen vom Ardetzenberg aus hinüberschaut auf das baumfreie Trapez der Bazora Alpe, überkommt ihn ein flaues Gefühl. Bis heute hat sich an seiner Abneigung gegen das Skifahren nichts geändert, trotz beheizbarer Sessellifte auf jedem Bühel und Gfaders Angebot, ihm eine Gratissaisonkarte zu besorgen (wieder so eine Schrunser Connection!). Nein, Skifahren sollen die, die den Stress auf Straße und Piste brauchen als Verlängerung ihrer hektischen Arbeitswelt, jene Heerscharen, die Woche für Woche mit ihren sargähnlichen Boxen auf dem Autodach von Zürich oder Ulm aus ins Montafon pilgern. Wirtschaftlich, vor allem bauwirtschaftlich betrachtet, sind diese Kolonnen nicht mehr wegzudenken. Wie willst du heutzutage eine neue Tunnelröhre durchsetzen, wenn die bestehenden nicht oft genug verstopft sind? Und der politisch korrekte Nebeneffekt: Das früher so enge Land öffnet sich für die Welt. Nicht zuletzt auch ein kulturelles Projekt also, vielleicht sogar EU-förderungswürdig. *Skifoan*! – ein Schmelztiegel: Russen und Letten, Kärntner und Slowenen friedlich verschmolzen in der vollbesetzten Gondel. Zu geschmalzenen Preisen zwar, aber völkerverbindend. Nur er: Er gibt sich das freiwillig nicht mehr.

Aber wer redet denn von Freiwilligkeit! Das Zappen von einem Sportkanal zum anderen erledigt schon Hagens Bettnachbar, ein Feldkircher Gastronom. Hat im Suff einen Unfall gebaut und sich einiges gebrochen und zerquetscht, an den unmöglichsten Stellen. Deswegen muss er auch in einem fort stöhnen und jammern. Und fernsehen. Der Herr Kommerzialrat hat sich ohne zu fragen die Fernbedienung geschnappt und wechselt zwischen dem Schweizer, dem deutschen und dem österreichischen Sender hin und her, auf dem das Rennen übertragen wird. Wegen der unterschiedlichen Kommentare, wie er seinem Bettnachbarn erklärt. Wenn ein Österreicher in Führung geht, will er am liebsten den Schweizer Kommentator hören. Und wenn ein Deutscher vorne ist, den Österreicher. Es gefällt ihm, wie die Reporter mitleiden. Okay, irgendwie kann man das verstehen, sagt sich Hagen, der Mann hat etwas zu verarbeiten. Grad einmal fünf Kilometer jenseits der österreichisch-tschechischen Grenze ist der Unfall passiert, und dabei ist blöderweise seine minderjährige Beifahrerin durch die Windschutzscheibe geflogen. Eine kleine Asiatin aus Vyssi Brod. In dem früheren Hohenfurth gibt es jetzt jede Menge Asiatinnen. Jung, anschmiegsam, unverbraucht.

Untertags verkaufen sie Gartenzwerge und kopulierende Plastikschweinchen, in der Nacht treiben sie es dann selber. Auf jedem zweiten Fenster am Stadtplatz steht *Erotikcenter* oder *Kamasutra*. Ob das Malheur vor oder nach erfolgreichem Vollzug passiert sei, darüber will sich der Kommerzialrat freilich nicht äußern. Schließlich: Man ist ein Kavalier der alten Schule. Seinen silbernen Mercedes S 600 SEL wird er wohl verschrotten lassen müssen, aber das lässt ihn kalt: Vollkasko! Wegen seines zersplitterten Beckens braucht er viele Tabletten und ruft alle paar Minuten die Schwester. Damit sie ihm das Bett richtet. Damit sie ihm etwas anderes zu trinken bringt, weil der Kräutertee ungenießbar ist. Damit sie ihn tröstet oder ein Weilchen mit ihm redet. Denn sein trübsinniger Zimmergenosse will ja partout nicht mit ihm diskutieren über die Ungerechtigkeiten dieser Welt, das hat er schon nach wenigen Stunden mitgekriegt.

Auch Hagen hat mittlerweile etwas kapiert: Dass es sich nämlich bei dem Geschehen auf dem Bildschirm um einen Slalom handelt. Ist der Torlauf nicht einmal die Spezialität von Pauli Pröll gewesen? Zwischen den Torstangen hatte er offenbar den richtigen Rhythmus gefunden. Was ihn so dramatisch aus dem Gleichgewicht brachte, dass er für alle Zukunft aus dem Kurs flog? Kein Sturz, der vielleicht ein paar Kreuzbänder kostet. Ein Totalabsturz, der sich über Jahrzehnte hinzieht und erst im Schnee bei der Heidenburg endet. Irgendetwas, irgendwer muss ihm gewaltig die Tore versetzt haben, dass er, nach erfolgreichem Start, so weit von der Piste abkam …

*

„Sie hätten wieder Besuch, Herr Hagen. Sind Sie dafür gerüstet?" Rosa, die mollige Krankenschwester, lächelt, was das Zeug hält. Ihre Pausbacken glänzen wie ein frisch gesalbter Babypopo. Und keine Falte auf der Stirn. Ein zeitloses, ein sonniges Wesen.

„Was meinen Sie?“, fragt er galant, „sollte ich?“

„So hübsch wie ihr erster Besuch ist der schon nicht“, turtelt sie zurück. „Und außerdem riechen die beiden Herren nach Arbeit. Aber das müssen Sie selbst entscheiden.“

„Trägt der eine der beiden einen extra breiten Schnurrbart und schaut extra angefressen drein?“

„Könnte man so sagen.“

„Und der andere hat ein Doppelkinn und fettige Haare?“

„Mm-j-ja.“

„Dann schicken Sie doch meine lieben Kollegen herein. Aber sehen Sie zu, dass ich in spätestens einer Viertelstunde zu einer dringenden Untersuchung muss.“

„Wird gemacht, Herr Kommissar.“

Ganz offensichtlich: ein *Tatort*-Fan, die gute Rosa! Sie winkt hinaus in den Gang, und Gfader und Winder erscheinen im Türrahmen. Breiter grinsend als erlaubt, eine Weinflasche schwenkend, beide mit langen grauen Mänteln (wo sie doch im Winter sonst nur Anoraks tragen). Was für eine Inszenierung! Als probten sie tatsächlich für einen Fernsehkrimi. Die arbeitsamen, unermüdlichen Assistenten, die ihren etwas launischen, um nicht zu sagen durchgeknallten Chef besuchen kommen.

„Hoi!“

„Servus!“

„Griaß di!“

Das Doppelkinn rückt ihm als Erster auf den Pelz. Näher, als er sich im Amt je erlaubt hätte. Bar jeden Gespürs hockt sich Amtsinspektor Werner Winder an den Rand von Hagens Bett, lässt seinen Blick den Tropfschlauch hinauf- und hinuntergleiten und äußert schließlich in strengem Ton:

„Wie ich schon immer gesagt hab: Du hättest beizeiten auf Kur gehen sollen! Auf eine richtige Kur.“

„Aber er war ja faktisch auf einer Kur!“, bringt Gfader sich ein. „In Bad Reuthe sorgen sie schon für dich. Doch, doch!“

„Nur, was hilft die ganze Fürsorge, wenn der Kurgast für die Tour de France trainieren muss, auf Bizauer Eisplatten …“

„AA!“, sagt Hagen, „absolute Arschlöcher!“

Die beiden zucken nicht einmal mit der Wimper. Gfader überreicht ihm die Weinflasche, Winder ein Buch. Titel: *Meine wildesten Stürze. Erinnerungen von Eddy Merckx.*

„Man merkt, dass es ihm eh schon wieder viel besser geht, gelt, Werner?“

„Ja, der sprichwörtliche Chefinspektorcharme, trotz eines Salto mortale …“

Fällt er in den Graben, fressen ihn die Raben, denkt Hagen säuerlich.

„Abgesehen von blöden Sprüchen – hast sonst auch noch was gelernt bei deiner Hospitation in Berlin?“ Zugegeben, ein durchsichtiger Versuch, von sich selbst abzulenken; aber Winder scheint eh nur auf das Stichwort gewartet zu haben, um von amourösen Abenteuern mit einer knackigen Kellnerin berichten zu können, die er im *Tante Jolesch*, seinem Kreuzberger Lieblingslokal, aufgerissen hat.

„Beruflich dazugelernt, hab ich gemeint“, wirft Hagen ein. Aber wenn der Werner einmal in Fahrt ist, kann ihn auch sein Chef nicht stoppen. Schon gar nicht, wenn der hilflos ans Spitalsbett gefesselt ist.

„Eine Klasseweib, die Ann-Marie! Hat mir anschaulich demonstriert, wie die Spreevariante der 69er-Stellung ausschaut“, flüstert Winder verschwörerisch. Hagens Bettnachbar muss ja nicht mitkriegen, welch unerschrockene Einsätze Vorarlberger Kriminalisten im Ausland tätigen.

Hagens Daumen weist steil nach oben. „Gratuliere, bist eben topanpassungsfähig, Werner. Von Wien nach Bregenz, von Bregenz nach Berlin ... Irgendwann werden dich noch die amerikanischen Kollegen anfordern, damit du ihnen in Guantanamo beistehst."

In Winders verunsichertes Grinsen hinein zieht er das Feuerzeug aus der Schublade und überreicht es mit spitzen Fingern Gfader. „Ein möglicher Spurenträger, Lukas. Sieh zu, dass das direttissimo in die GMI geht. Sie sollen überprüfen, ob sich darauf außer den Fingerabdrücken von Dr. Rosskopf, dessen Buben und natürlich von mir noch was Verwertbares findet. Zum Beispiel ein hübscher kleiner DNA-Abrieb auf dem Zündrädchen. Vielleicht kannst du Köberle ja wieder ein bisschen Feuer unter dem Arsch machen."

„Kein Problem, mit einem Feuerzeug ... Aber woher hast du es?"

„Von dem Arzt, der die Leiche entdeckt hat. Es lag die ganze Zeit in der Schublade seines Buben. Der Junge will es in unmittelbarer Nähe des Leichenfundortes eingesteckt haben. Schau mal, was draufsteht!"

Gfader hält das Feuerzeugende zwischen seinen Fingern wie mit einer Pinzette. „Das gibt's ja nicht! *Tua eppas*. Das Motto der Herbergler!"

„Exakt, wie ein mir bekannter Amtsinspektor immer zu sagen pflegt. Findest du das nicht interessant?"

„Allerdings. Vor allem wenn man bedenkt, dass der Pauli notorischer Nichtraucher war."

„Wir dürfen nicht vergessen, uns für den Abgleich die Fingerabdrücke und genetisches Material von allen zu besorgen, die das Feuerzeug seit dem Fund angegriffen haben", sagt Winder. „Von dir und diesem Arzt zuerst."

„Richtig", lobt ihn Hagen, „ich stehe zu eurer Verfügung." Er sperrt den Mund auf, als wolle er den Schleimhautabrieb gleich hinter sich bringen.

„Ich schick dir morgen früh Vetter von den Spürhunden vorbei, damit du dich nicht einsam fühlst. Der kann sich dann auch den Herrn Doktor samt Nachwuchs vornehmen."

„Okay, Lukas. Gibt's übrigens aus Innsbruck was Neues in der Causa?"

Gfader verneint. War aber auch wirklich nicht zu erwarten, dass man am gerichtsmedizinischen Institut das neue Jahr ausgerechnet mit der Analyse von Material einläuten würde, das von so einem unspektakulären Fall stammt. Auch in Sachen Clemens Schöch gibt es keine neuen Spuren.

„Noch etwas. Nachdem ich hier bis auf weiteres unabkömmlich bin, könntet ihr die drei Schüler ein bisschen interviewen, die zuletzt mit Pröll in Kontakt standen. Beziehungskisten, Alibis, ihr wisst schon. Namen und Adressen findet ihr auf meinem Schreibtisch."

Die Kollegen versprechen Hagen, am Ball zu bleiben, und verabschieden sich. Schwester Rosa, die den Kopf zur Tür hereinsteckt, muss nicht mehr lügen. Winder dreht sich noch einmal um zu ihm.

„Wann sollen wir eigentlich die Sektflasche einkühlen, um auf deine Entlassung anzustoßen? Auf deine Entlassung aus dem Krankenhaus, meine ich."

„Erst, wenn ihr den Fall gelöst habt. Vorher mische ich mich nicht mehr ein."

„Wer's glaubt …", lässt Gfader sich vernehmen, schon halb auf dem Gang.

Womit er vermutlich richtig liegt, das gibt auch Hagen zu. Selbst auf der Intensivstation würde er von der Sache nicht lassen können. Er versucht, den Kollegen ironisch nachzuwinken, stößt stattdessen aber einen lauten Schrei aus. So ein gebrochenes Schlüsselbein kann einem wirklich die letzte Lust am Lustigsein rauben!

„Is was?" Winders Kopf erscheint nochmals unter der Tür.

„Schleicht's euch!", stöhnt Hagen mit einem breiten Zungenspitzen-L, das einem Ottakringer Hausmeister alle Ehre gemacht hätte, und dreht sich vorsichtig auf die andere Seite.

Sein Bettnachbar strahlt ihn an, verzückt geradezu. Die Szene hat ihm sichtlich imponiert. Der wird dich die nächsten Tage ausquetschen wie eine Senftube, argwöhnt Hagen. Schon wegen dem Herrn Kommerzialrat ist nichts mit gemütlicher Erholung! Und wegen Lisa, die gedroht hat, sich extra freizunehmen für ihn.

Sieh lieber zu, Tone, dass du schleunigst wieder auf die Beine kommst!

Als Gfader um acht das Büro betritt, liegen zwei Papierstöße auf seinem Tisch: der schriftliche Abschlussbericht des Innsbrucker Gerichtsmediziners sowie die spurentechnische Untersuchung der Klebebänder. Na endlich! Gfader vergleicht die Unterlagen mit dem, was er bisher im Fall Pröll protokollarisch festgehalten hat, und fügt die spärlichen neuen Erkenntnisse gleich in die Worddatei ein:

Die Leiche lag in unauffälliger Seitenlage (wie schlafend) auf dem Erdboden, der Beckenbereich war bereits ins Erdreich eingebettet. Nach der Lage der Leiche und der Geländeformation im Auffindungsbereich ist ein Fall- oder Sturzgeschehen nicht anzunehmen. (Siehe Beilage A: Sachverhaltsmappe mit genauer Lagebeschreibung, Spurenbericht, Lichtbildbeilage und detaillierten Untersuchungsergebnissen.)

Es handelte sich um eine teilweise verweste männliche Leiche, deren Hals-Kopfbereich mehrfach mit einem braunen Industrieklebeband (Paketklebeband) umschlungen war.

Hinweise auf die Identität der männlichen Person waren keine vorhanden. Aufgrund der Klebebandumwicklungen im Hals-Kopfbereich der Leiche war der Verdacht einer gewaltsamen Tötung gegeben, weshalb eine gerichtliche Obduktion beantragt wurde.

Anhand der Obduktionsergebnisse und zahnärztlichen Befunde (siehe Beilage B: Vergleich des aktuellen Zahnstatus mit früheren Panoramaröntgenaufnahmen) sowie der persönlichen Identifizierung durch Mag. Bruno Breuss (Leiter der Wohnungslosenhilfe, Feldkirch) am 26. 12. 04 in der Prosektur des LKH Feldkirch wurde die Leiche zweifelsfrei als Paul Pröll, geb. 4. 4. 1942 in Patsch / Tirol, identifiziert.

Laut Dr. Köberle von der GM Innsbruck ist die Selbstumwicklung mit Klebeband durchaus möglich, welche wegen der Beeinträchtigung der Sauerstoffzufuhr ins Gehirn (Kompression der Halsschlagader) eine schnelle Handlungsunfähigkeit bzw. Bewusstlosigkeit zur Folge hat.

Der massive Blutstau konnte durch Einblutungen im Gehirn und Punktblutungen in Bindehäuten und diversen Körperstellen nachgewiesen werden. Wahrscheinlicher Todeseintritt nach zwei bis vier Minuten.

Neben der Leiche wurde eine Thermosflasche (1 Liter Fassungsvermögen) aufgefunden, die noch zu einem knappen Fünftel mit einer Flüssigkeit gefüllt war. Deren gerichtsmedizinische Untersuchung (Details siehe Beilage C) ergibt zusammenfassend, dass es sich hierbei um einen mit mehreren Schlaftabletten versetzten billigen Obstschnaps handelt. Weder die Konzentration der Schlafmittel noch die Alkoholmenge können jedoch laut Bericht des Gerichtsmediziners den Tod des Mannes herbeigeführt haben. (Siehe Beilage D)

Die Klebebandrolle, von der die Umwicklungen stammen, konnte trotz zweifacher Suche durch die örtliche Gendarmerie nicht gefunden werden, was insofern nicht außergewöhnlich ist, als die Rolle von der Auffindungsstelle leicht in das unmittelbar angrenzende steile Felsgelände abrollen konnte und dort nicht mehr auffindbar ist. Die Umwicklungen stammen laut CI Burkhart Kramer (KA Innsbruck) mit an Sicherheit grenzender Wahrscheinlichkeit auch nicht von den am 28. 12. 04 im Caritaswohnheim Herberge (Bürs) sichergestellten Klebebandrollen. (Siehe spurentechnische Analyse, Beilage E)

Hinweise und Analysen, Fakten und eine an Sicherheit grenzende Wahrscheinlichkeit … Ob sich nach all dem eine Abänderung des bisherigen Fazits aufdrängt? Gfader sieht dafür keinen Anlass.

Anfängliche Verdachtsmomente einer gewaltsamen Tötung von Paul Pröll wurden bis dato nicht bestätigt, und es haben sich bei den gesamten Ermittlungen keine schlüssigen Anhaltspunkte für ein Fremdverschulden ergeben. Bei den oberflächlichen Verletzungen auf Brust und Schulter der Leiche dürfte es sich um Kratzspuren handeln, die dem Mann ein bis drei Tage vor seinem Tod zugefügt wurden.

Einer möglichen Querverbindung zum seit dem 29. 11. 04 abgängigen Bludenzer Schüler Clemens Schöch wird noch nachgegangen. Der derzeitige Kenntnisstand legt allerdings nahe, dass sich Paul Pröll in den letzten Novembertagen 2004 zur Auffindungsstelle begeben und dort auf vorangeführte Weise Selbstmord verübt hat.

Fast liebevoll betrachtet Gfader den ausgedruckten Text. Auf das Attribut *vorangeführt* ist er besonders stolz. Für den Amtsinspektor ist *Amtsdeutsch* kein Schimpfwort, im Gegenteil: eine solche Ausdrucksweise ist und bleibt seiner Erfahrung nach die angemessenste, ökonomischste.

Winder, das war klar, würde ihm bei den nächsten Schritten keine Hilfe sein und wurde deshalb kurzerhand in den Bregenzerwald abgeschoben: Soll er doch zusehen, ob er mit seinen neu erworbenen internationalen Erfahrungen mehr aus den Lercher-Brüdern herauskriegt.

Gfader hält noch eine Stunde im Büro die Stellung und führt einige nützliche Telefongespräche: Zuerst mit Köberle am Institut für Gerichtsmedizin, dem er eine Vorreihung des gestern zugeschickten Feuerzeugs abringt, danach mit drei Bludenzer Jugendlichen, die über die morgendlichen Anrufe in den Ferien nicht schlecht staunen. Was tut man nicht alles, um dem Wunsch seines bettlägerigen Chefs zu entsprechen. Wo er die jungen Leute interviewen wird, lässt Gfader sich allerdings nicht vorschreiben: Dort nämlich, wo es die mit Abstand flaumigsten Sahneomeletten gibt. Die *geilsten*, wie diese Kids vermutlich sagen würden …

*

Im *Dörflinger* ist an einem Dienstag um zehn Uhr Vormittag nicht viel los. Neben dem Amtsinspektor und seinem jungen Gesprächspartner befinden sich nur ein Pfeife rauchender Pensionist und zwei Hausfrauen im Café, die ihre Vormittagseinkäufe bei einem zweiten Cappuccino etwas zu strukturieren versuchen.

Auch Lukas Gfader sieht nichts Schlechtes darin, sich sein Arbeitsumfeld möglichst angenehm zu gestalten. Warum nicht den eigenen Blutzuckerspiegel ein bisschen hinaufschrauben, während man einen offensichtlich anämischen Siebzehnjährigen schwitzen lässt? Adlassnig sitzt neben ihm auf der Bank, als befände er sich bereits vor der Maturakommission: sehr aufrecht, sehr ernst, und auch das von dicken Brillengläsern gebrochene Flackern seiner Augen verrät, dass er dieser Einladung ins Café nicht wirklich gern gefolgt ist.

Vor beiden steht jeweils ein Teller mit der Spezialität des Hauses. Aber während von Gfaders Sahneomelette nur mehr ein Zipfel übrig ist, hat der Junge das seine noch nicht angerührt. Ewig schade darum! „Ich hoffe, dieser Termin kommt dir nicht allzu ungelegen", fragt Gfader und zerdrückt genüsslich den letzten Bissen zwischen Zunge und Gaumen. „Vielleicht hast du ja vorgehabt, heute im schönen Montafon Ski zu fahren?"

Der Bursche schüttelt den Kopf. „Ich mach mir nicht viel aus Sport. Und außerdem bereite ich mich auf die Spezialgebiete bei der Mündlichen vor."

„Der mündlichen was?"

„Entschuldigung: Der mündlichen Matura. In jedem der gewählten Fächer hat man bis Ende Jänner ein Thema abzugeben, über das man dann bei der mündlichen Prüfung gehörig Bescheid wissen sollte."

„*Nema problema!* Also ich habe keinen Zweifel, dass du das glänzend hinkriegen wirst."

„Danke."

„Ja, du machst auf mich den Eindruck, als würde die Reifeprüfung für dich ein Spaziergang werden."

„Danke. Das denken manche von mir."

„Und? Stimmt es etwa nicht?"

„Na ja. Wenn man in der Schule nie Probleme hat, kann das mitunter auch zu einem Problem werden."

Gfader wischt sich mit der Serviette über den Schnurrbart. „Das musst du mir jetzt aber erklären."

Adlassnig zuckt mit der Schulter. „Der Neid der durchschnittlich Begabten. Der kann einem schon zu schaffen machen."

„Ich verstehe", sagt Gfader ohne große Empathie. Solche Probleme hatte er in der Tat noch nie.

„Darf ich fragen, worüber Sie mit mir eigentlich sprechen wollten?"

Du sitzt hier neben einer praktisch ausgestorbenen Spezies, sagt sich Gfader; neben einem Jungen, der sich dermaßen adrett benimmt, als hätte er das zwanzigste Jahrhundert glatt übersprungen. Wenn er das mit den frechen Phrasen seines eigenen Sohnes vergleicht, würde er diesen Adrian am liebsten vom Fleck weg adoptieren.

„Wir untersuchen den Tod eines gewissen Paul Pröll, wie du weißt. Und nachdem du ihn mehrfach getroffen hast in letzter Zeit …"

„… zähle ich zu den Tatverdächtigen."

„Aber woher denn! Wir müssen einfach die Hintergründe für seinen Tod ein wenig ausleuchten. Routinearbeit, verstehst du? Da hofft man natürlich, ein intelligenter Bursche wie du könnte uns dabei behilflich sein."

Adrian Adlassnigs Hände ruhen auf der Tischplatte. Aber ruhen sie wirklich? Zupfen sie nicht vielmehr am Tischtuch, rücken die Untertasse seiner heißen Schokolade herum?

„Es würde mich freuen, wenn ich Ihnen helfen kann."

Gfader lächelt so lässig wie möglich. „Siehst du. Und wenn du mir jetzt zum Beispiel erklären könntest, was dich dazu gebracht hat, seit letztem Juli freiwillig eine Art Sozialdienst in der *Herberge* zu schieben, wär das schon ein Anfang." Sein Lächeln wird noch breiter. „Weil *ich* hätte das, ehrlich gesagt, nicht gemacht."

Der Junge braucht eine Weile für die Antwort. Schielt zu der Frau hinter der Kassa hinüber, dann wieder auf die Zigarette zwischen Gfaders Fingern.

„Anfangs ... anfangs hauptsächlich wegen der Abwechslung. Schätze ich. Weil es doch etwas ganz anderes war. Aber später ... Wahrscheinlich hat er schon Recht gehabt, unser Klassenvorstand: Wenn man den Abschaum der Gesellschaft näher kennen lernt, bietet das ganz neue Einblicke. Und dass man aus Fehlern am meisten lernt, kann ich nach diesen Erfahrungen nur bestätigen."

„Ah ja." Wer, bitte, beschäftigt sich freiwillig mit *Abschaum*? Kaum zu glauben, dass der Herr Klassenvorstand das Wort wirklich verwendet hat. Außer er hat die Volksmeinung zitiert, und die Anführungszeichen wurden von Adrian weggelassen. „Und was genau hast du daraus gelernt?"

Jetzt kommt Adrians Antwort recht geschwind. Und gefühlsbetonter, als Gfader es sich von ihm erwartet hätte. „Dass ich nie, niemals so tief sinken werde! In diesen Strudel, der einen immer weiter hinunterzieht ..."

Wie sich das wohl verhindern lässt?, fragt sich Gfader. Aber lassen wir der Jugend ihre Ideale. Hoffen wir, dass sie es besser macht.

„Und das haben alle von euch so gesehen?"

„Nein, gewiss nicht!"

Adlassnig sagt es mit solchem Nachdruck, dass Gfader nachbohrt.

„Dann erzähl doch von der Stimmung in eurer Gruppe."

„Sie meinen Clemens, Else, Snezana und mich?"

Gfader nickt. „Ja, euch vier."

„Sagen wir besser: die drei und ich."

„Soll das heißen, dass du nicht so recht dazugehört hast? Aber warum nicht?"

„Ich ... ich bin wohl nicht der Richtige für eine Clique. Mach mir nicht viel aus gemeinsam Ausgehen und so. Und die drei *waren* eine Clique für sich. Jedenfalls bis Clemens verschwunden ist. Davon werden Sie ja schon gehört haben, oder?"

„Natürlich. Aber ..." – Gfader zündet sich schon wieder eine Zigarette an, als wolle er seine Verachtung für die grassierende Rauchverbotswelle besonders deutlich dokumentieren – „woraus machst du dir denn dann etwas? Vielleicht aus Mädchen, wenn sie nicht in Cliquen auftreten? Mehr privat und so?"

Adlassnigs Reaktion verblüfft Gfader. Der Inspektor hat die Frage ganz ohne Hintergedanken gestellt, aber wie der Junge ihn ansieht von schräg unten, könnte man meinen, dass er sich bei etwas ertappt fühlt. Dann werden wir dir jetzt einmal ordentlich Zeit lassen, dich unwohl zu fühlen, beschließt Gfader. Zeit, Verzögerung um nur wenige Sekunden vermag erfahrungsgemäß Wunder zu bewirken. *Retardierung* nennt der Chef das, erinnert Gfader sich und auch daran, wie Hagen bei Vernehmungen bisweilen in einen kreativen Halbschlaf zu sinken scheint. Aus einer solchen Verzögerung heraus sind schon die merkwürdigsten Dinge offenbart worden. Gfader zieht genüsslich an seiner Hobby Filter und macht die Augen schmal; doch durch den Rauchvorhang hindurch entgeht ihm keine noch so minimale Geste, kein Muskelzucken im Gesicht des Schülers. Und tatsächlich tut sich da einiges.

„Sie … hat mich verpetzt, oder?“, flüstert Adrian endlich, ohne sein Gegenüber dabei anzuschauen.

Gfader verbietet sich die Frage nach dem Wer. Klopft stattdessen so vorsichtig die Asche von der Zigarette, dass sie als zentimeterlanger, grauer Wurm im Aschenbecher zu liegen kommt. „Tja“, sagt er mit ebenso leiser Stimme wie Adrian, „der Mensch unterscheidet sich vom Tier halt dadurch, dass er gerne tratscht. Und dazu, junger Mann, würde ich jetzt auch dir raten!“

Natürlich ist so ein Rat (geflüstert mit verrauchter Stimme, der buschige Schnurrbart bedrohlich nahe am Ohr des anderen) nichts als der berühmte Schuss ins Blaue. Aber was, wenn nicht Intuition und eine Portion Schauspielerei, bringen einen weiter, wenn es an harten Fakten fehlt?

Adlassnig windet sich sichtlich. Putzt seine Brille, nimmt einen Schluck von seiner mittlerweile erkalteten Schokolade, legt den Löffel von links nach rechts und wieder zurück. Als Gfader schon nicht mehr daran glaubt, stößt er hervor: „Ich habe sie halt dabei beobachtet … es hat sich einfach so ergeben, wirklich! Sie haben sich ja auch nicht gerade angestrengt, es zu verbergen …“ Der Junge blickt kurz auf, wie um seine Reaktion zu testen.

„Weiter“, deutet ihm Gfader mit der Zigarette. Jetzt nur nicht locker lassen.

„Na ja, und Snezana war eben auch da. Das hab ich aber erst gemerkt, als sie mich von hinten angetippt hat. Ich war ja so was von erschrocken.“

„Snezana hat dich also beobachtet, als du die anderen beobachtet hast, richtig?“

„Weiß nicht. Ich meine, ob sie eigentlich mich beobachten wollte und das mit Else und Clemens nur zufällig mitgekriegt hat, oder ob es umgekehrt war. Jedenfalls hat sie mich angetippt, mir den Finger auf die Lippen gelegt und gezischt: ‚Wenn du irgendjemandem ein Sterbenswörtchen davon erzählst, bist du dran!' Ich war halbtot vor Schreck. Stellen Sie sich das vor: Da liegst du im Gebüsch und musst mit ansehen, wie …" Er bricht unvermittelt ab. Beißt sich auf die Lippen. Gleich flippt er aus, denkt Gfader, das können wir jetzt nicht brauchen. Er legt dem Jungen beruhigend die Hand auf die Schulter.

„Ein Schock, ich versteh schon. Und daraufhin bist du auf und davon."

„Ja, eh."

Tief in seinem nikotinverseuchten Inneren flucht der Amtsinspektor. Wie geht es jetzt weiter? Beim heiteren Beruferaten mit Robert Lembke hatte man wenigstens die Möglichkeit, *ich passe* zu sagen und an den nächsten weiterzugeben. In dieser einsamen Rateshow hingegen bist du draußen, sobald du ein einziges Mal zu erkennen gibst, dass du die Fährte verloren hast.

„Okay, okay, Adrian. Ich nehme an, du hast dich an den Befehl des Mädchens gehalten und niemandem etwas von deiner Beobachtung erzählt."

„Ja, natürlich. Aber sie hat sich nicht daran gehalten! Sie nicht! Wahrscheinlich hat sie Else auch noch alles haarklein beschrieben."

„Beschrieben?"

„In dem Tagebuch, das die zwei miteinander führen. Das sie jede Woche in der Klasse austauschen, um uns besonders neugierig darauf zu machen."

„Aber warum, glaubst du, hat sie geplaudert, hm? Welchen Grund könnte Snezana dafür gehabt haben?"

Adrian starrt den Ermittler an. „Hat sie Ihnen das etwa nicht gesagt? Jetzt verstehe ich überhaupt nichts mehr. Wieso hat sie dann überhaupt mit Ihnen geredet?“

Die Decke wird dünner und dünner, spürt Gfader. Aber vielleich kann er sie doch noch eine Weile abstützen.

„Ich möchte das jetzt von *dir* hören, Adrian. Das ist *deine* Aussage, die du am Schluss auch unterschreiben wirst.“ Er blickt auf die Uhr. Wenn sie pünktlich sind, werden die Mädchen in knapp zehn Minuten auftauchen.

Adrians Fingernägel hinterlassen eine Kratzspur an seinem Handgelenk. „Weil sie mir den schwarzen Peter zuschieben will, deshalb. Weil halt der Clemens bald danach verschwunden ist.“

„Wie bald danach, Adrian?“

„Gleich einmal. Am Wochenende darauf.“

„Am letzten Novemberwochenende?“

„Ja, sicher. Aber ich habe damit nichts zu tun. Das schwöre ich!“

Wieder gäbe Gfader viel dafür, vor seiner nächsten Frage ein paar schlaue Köpfe konsultieren zu können. Aber dafür ist jetzt natürlich weder Zeit noch Raum. Was hat Hagen, der Jazzfreak, immer über die Kunst des Improvisierens erzählt? Einfach in der richtigen Tonart und im Rhythmus bleiben, der Rest ergibt sich von alleine. Alsdann.

„Wer sonst hat deiner Meinung nach damit zu tun, Adrian? Wer sonst außer einem eifersüchtigen Jungen, der dabei zuschauen muss, wie das Mädchen seiner Träume es mit einem anderen treibt?“

„Sie! Sie natürlich! Das ist doch wohl klar!“

Gfader kommt nicht mehr dazu zu klären, ob das *Sie* in der Einzahl oder Mehrzahl gemeint ist, denn in dem Moment schwingt die Tür des Cafés auf. Als Adrian die Eintretenden erkennt, schnellt er von seinem Sitz hoch wie von einem Trampolin katapultiert, schnappt seine Jacke und läuft ohne Verabschiedung hinaus. „Adrian!“, ruft ihm das eine Mädchen hinterher, aber er ist schon um die Ecke verschwunden.

„Sehr pünktlich, die Damen.“ Gfader ist ebenfalls aufgestanden und winkt die beiden zu seinem Tisch. Er kann ihnen ja nicht gut sagen, dass sie sich ruhig etwas verspäten hätten können. „Ich muss draußen noch schnell etwas erledigen. Aber bestellt euch doch in der Zwischenzeit etwas auf meine Rechnung. Meine Empfehlung:“ – er zeigt auf Adrians verwaisten Teller – „Sahneomelette.“

27. Tua eppas

Hagen hockt so aufrecht wie möglich im Bett. Zwei dicke Polster stützen seinen Rücken, ein weiterer dient dem rechten Knie als Unterlage. Die Arthroskopie am Morgen hat geklärt, dass auch ein Seitenband eingerissen ist. Damit hat sich die Summe der verletzten Körperteile auf vier erhöht (die inzwischen abgeklungene Gehirnerschütterung und etliche schmerzhafte Hautabschürfungen nicht eingerechnet): Schlüsselbein und Seitenband ab, zwei Rippen angeknackst. Gerade beim Sitzen fällt ihm das Atmen schwer, aber er hat darauf bestanden, dass Rosa ihn in diese Position manövriert. Vetter, der Spurensicherer, den Gfader wegen des MHA von ihm und Rosskopf und Sohn vorbeigeschickt hat, brachte ihm wie vereinbart auch seine Agenda mit, in der er seit einer halben Stunde nachdenklich blättert. Laut Rosa *wie ein Geistlicher in seinem Brevier*. Na wunderbar, welch ein Karrieresprung! Sicherheitsdirektor Malin hat auch schon angerufen und ihm eine gute Genesung gewünscht, ohne jeden Spott, wie es sich anhörte. Klang selbst recht gezeichnet, kein Wunder nach seinen Erlebnissen in Thailand. Der Chef wollte nicht einmal von ihm wissen, wie lange er ausfallen werde – ein deutliches Zeichen, dass er mit dem Kopf woanders war.

Hagen lässt die Agenda auf die Bettdecke sinken. Die Freude darüber, dass der Herr Kommerzialrat auf sein eigenes Betreiben hin verlegt wurde und er das Zimmer jetzt alleine für sich hat, ist schon wieder verebbt. *Tua eppas,* liest er auf dem weißen, baumwollenen Überzug, verfasst in einer Flammenschrift, die nur er entziffern kann. Exakt derselbe Schriftzug wie auf dem Leibchen des Sandlers und auf jenem Feuerzeug, das die Gerichtsmediziner in Innsbruck hoffentlich bald unter die Lupe nehmen werden. Aber welchen Gipfel wird er schon groß in Angriff nehmen, von seinem trostlosen Basislager aus? Er sieht das Handy auf dem Nachttisch blinken. *Das solltest sogar du schaffen*, hatte sie gemeint. Unglaublich, wie schwer es sein kann, zwei Buchstaben zu tippen! Das OK, mit dem er mehr, bedeutend mehr herbeizitieren würde als nur einen Wälder Wirbelsturm namens Lisa!

Ist er wirklich bereit, ins Auge des Hurrikans zu schauen?

Als er das Handy in die Hand nimmt, ertönen daraus die ersten vier Takte von *Autumn Leaves*, in der Version von Miles Davis und John Coltrane. Die vertrauten Klänge lassen ihn zusammenfahren: Ist sie ihm wieder einmal …? Und was soll er antworten, wenn sie wirklich …? Aber auf dem Display leuchtet nur die Nummer von Gfader auf. Erleichtert drückt er den grünen Knopf.

„Störe ich?", fragt der Montafoner.

„Klar. Ich wollte gerade die Krankenschwester vernaschen. Was gibt's?"

Gfader berichtet ihm von Adrian Adlassnigs Beobachtungen. „Interessant, nicht?"

„Durchaus. Und mit den Mädchen hast du auch schon geredet?"

„Nein, aber die zwei Hübschen kommen gleich dran. Nachdem ich deine Meinung gehört habe. Krankheit als Chance für uns beide und so."

Auch wenn Hagen sich nicht im mindesten krank fühlt, freut er sich doch über den Anruf des Kollegen. Er lobt ihn dafür, was er aus dem Jungen herausgekitzelt hat, und gemeinsam legen sie die Strategie für Gfaders Gespräch mit den Mädchen fest.

„Servus", verabschiedet sich Gfader, „ich halte dich auf dem Laufenden."

„Ebenfalls. Mir ist nämlich noch was eingefallen, das ich Langthaler fragen könnte. Bis dann."

*

Langthalers Stimme ist kaum wiederzuerkennen, so kratzig klingt sie. Und sein Husten ist auch nicht ohne. „Bei uns liegt seit Silvester die halbe Mannschaft, da werde ich mich wohl angesteckt haben“, erklärt er.

„Ich liege auch“, tröstet ihn Hagen, „und ich werde Sie nicht lange aufhalten. Sagen Sie mir nur das eine: Hat jeder von Ihren Leuten ein solches blaues Caritasfeuerzeug geschenkt bekommen, Sie wissen schon, das mit dem tollen Motto drauf?“

„Nein, nur die Raucher.“

„Und wer in der *Herberge* ist das?“

„Na, die Gundi, der Lois und Kurtl. Und ich natürlich auch.“

„Würden Sie mir einen Gefallen tun?“

„Gerne, wenn ich kann.“

„Dann versuchen Sie doch unauffällig herauszufinden, ob einer von denen sein Feuerzeug verloren hat.“ Hagen hört ein Krächzen in der Leitung. „Wieso lachen Sie?“

„Soll ich es bei mir selbst auch herausfinden?“

„Nicht nötig. Wenn Sie es verloren hätten, könnten Sie sich doch jederzeit wieder ein neues besorgen, oder?“

„Stimmt. Und was die anderen anlangt, brauch ich auch keine großen Nachforschungen anstellen. Gundi und Lois zünden sich ihre Tschicks jeden Tag mit diesen Feuerzeugen an. Aber der Kurtl hat seines nicht mehr, schon seit gut einem Monat, ich weiß es mit Sicherheit, weil er es mir selber gesagt hat. Ich hab ihm auch kein neues gegeben, weil er ja sowieso striktes Rauchverbot hat wegen seiner kaputten Lunge.“

„Alles klar. Dann danke ich und wünsche alles Gute – auch Ihrer Lunge.“

Hagen sinkt tief in seine Polster zurück. Der Kurtl! Busenfreund von Paul Pröll. Vielleicht war er seinem Freund in dessen Sterbestunde doch näher, als er bisher bereit war zuzugeben. Mal sehen, ob sie in Innsbruck von dem Feuerzeug etwas Brauchbares herunterbekommen. Dann gibt es für Gfader vielleicht schon bald wieder jemanden zu interviewen …

„Na, Mädels, wie gefällt es euch hier?“ Gfader gibt sich jovial. Lächelt. Strengt sich an, nicht angestrengt zu erscheinen. Alles gemäß Teil eins von *Zuckerbrot und Peitsche* – so lautete die Quintessenz von Hagens Briefing. Statt Peitsche könnte man auch Salz-in-die-Wunden-streuen sagen.

„Na ja. Nicht ganz unsere Art von Lokal“, meint Snezana.

„Eher etwas für ältere Herrschaften“, pflichtet ihr Eva bei. „Unser Klassenvorstand zum Beispiel, der verkehrt hier oft. Aber im Gegensatz zu Ihnen trinkt er nur Tee.“ Sie wirft einen, wie es Gfader vorkommt, strafenden Blick auf den Wein, den er sich für die anstehende schwere Runde zwei bestellt hat.

„Brav. Und Sahneomeletten rührt er sicher auch nicht an.“

„Unwahrscheinlich. Jedenfalls nicht zwei hintereinander. Dabei könnte *er* es sich leisten. Figurmäßig, meine ich.“

Ganz schön zickig, diese Else! Aber Gfader hat gar nicht vor, wegen diesen jungen Dingern seinen Bauch einzuziehen. Er überlegt noch, wie er eine Brücke zum Geschäftsmäßigen schlagen könnte, da kommt ihm Snezana schon zuvor.

„Weil Sie uns beide zur selben Zeit herbestellt haben: Ist es eigentlich üblich, Herr Inspektor, dass die Polizei zwei Leute gleichzeitig vernimmt?“

So schnell hat er gar nicht vorgehabt, auf den Punkt zu kommen, aber einen derartigen Stanglpass kann sich ein alter Kicker wie Gfader nicht entgehen lassen. Da musst du einfach abstauben! „Nein, ist es nicht, da hast du vollkommen Recht, mein Fräulein! Aber andererseits ist es ja vielleicht auch nicht ganz üblich, dass junge Leute zwei ihrer Schulkollegen heimlich im Wald beim Sex beobachten, oder? Du siehst, wir passen uns mit unseren Ermittlungsmethoden nur an unsere Gesprächspartner an.“ (*Gesprächspartner*, das gefällt ihm jetzt wieder. Klingt ungefähr so ehrlich wie *Mitbewerber*, das schönfärberische Wörtchen, das die gute, alte *Konkurrenz* verdrängt hat.)

Die Blicke der nebeneinander sitzenden Mädchen beginnen langsam zu wandern: unaufhaltsam aufeinander zu. Als spielten sie in einem flackernden Stummfilm und müssten mit Kopfschwenken und Augenrollen ihre Bestürzung signalisieren. Wobei sich die Qualität ihrer Irritation ziemlich unterscheiden dürfte, mutmaßt Gfader. Schließlich sollte Snezana sich unschwer zusammenreimen können, was der überstürzte Abgang Adrians mit der süffisanten Bemerkung des Kriminalisten zu tun hat. Ihr Anblick bestätigt das auch: So rot, wie ihre Wangen aufflammen! Else hingegen hängt vorerst natürlich völlig in der Luft. Wie sollte sie auch die Zusammenhänge sehen. Na ja, allmählich werden sich auch bei ihr die richtigen Verknüpfungen einstellen.

Gfader beschließt, die augenscheinlichen Schamgefühle Snezanas zu nutzen und bearbeitet sie wie ein wohlmeinender Lehrer. Schwafelt von der befreienden Wirkung eines Gewitterregens, der die unerträgliche Schwüle in der Atmosphäre wegschwemme, und nennt es eine Frage der Ehre, klaren Tisch zu machen. „Sollte doch nicht so schwer sein, unter guten Freundinnen", schließt er seinen Appell.

Akkurat beim Wort *Ehre* beginnt Else zu zittern. Schlohweiß ist sie, geradezu kollapsverdächtig. Gfader wechselt mit der Bedienung ein paar schnelle Worte, dann marschiert er mit den Mädchen hinauf in den ersten Stock, wo nur in Ausnahmefällen bedient wird. „Jetzt sind wir ganz unter uns, meine Damen", sagt er, „und ich versichere euch: Auch wenn ihr dieses Kaffeehaus nicht so schätzt wie wir älteren Herrschaften – hier ist es allemal bedeutend gemütlicher als auf dem Gendarmeriekommando in Bregenz! Also, welche möchte beginnen?"

*

Draußen klopft es an der Tür, aber Hagen blättert gerade so verdrossen in der Zeitung, dass er davon nichts mitbekommt. Das Horoskop hat ihm offenbart, dass *ein mutiger Schritt vorwärts heute sein Liebesleben aufpeppen* würde. Normalerweise ist ihm solch astrologischer Firlefanz nicht einmal ein Achselzucken wert, diesmal aber ärgert er ihn. Egal, wer einem die guten Tipps für das angeblich richtige Leben gibt – wenn es um Entscheidungen geht, die er selbst zu treffen hat, will er sich in seiner Handlungsfreiheit nicht einschränken lassen. Ratschläge erschlagen! So empfindet er das nun einmal, auch wenn andere ihn deswegen für einen hoffnungslosen Fall halten mögen. *Also bitte, wenn du dir partout nicht helfen lassen willst!* – er kennt diese Art von Vorhalten zuhauf. In der Hauptsache von Frauen vorgebracht, die das Helfersyndrom gepachtet zu haben scheinen. Seine Devise: Helft euch selbst und lasst mich mit euren Weisheiten in Frieden! Erst recht, wenn ihr sie in Sternen gelesen habt, die vielleicht längst verglüht sind … Nein, er ist bei Gott nicht aus der Kirche ausgetreten, um auf den nächsten Guru hineinzufallen.

Es klopft ein zweites Mal, und gleichzeitig geht die Tür auf: Märker, Fredi Märker, wie er leibt und lebt, samt Fischgrätensakko und roter Baskenmütze. Lüpft locker seine Mütze, grinst sein breitestes Begrüßungsgrinsen. Als ob nichts gewesen wäre. Sei tapfer, Tone! Dein Schutzengel und alle Heiligen, an die du nicht glaubst, werden dir beistehen in Drangsal und Not.

Märker nimmt auf einen Wink Hagens Platz. „Entschuldigen Sie meinen Besuch so knapp vor dem Mittagessen. Aber ich hatte am Morgen selbst im Krankenhaus zu tun. Eine kleine Kontrolluntersuchung." Sein Grinsen geht in ein schallendes Lachen über, als er Hagens konsternierte Miene sieht. „Keine Angst, werter Chefinspektor. Nicht, was Sie meinen. Und selbst wenn – es gäbe keinen Grund zu Panik."

„Hatten wir uns in Reuthe nicht darauf geeinigt, die Titel wegzulassen?“, sagt Hagen, um irgendetwas zu sagen.

„Stimmt, ja. Man vergisst so manches, wenn die Nacht lang ist.“

Ob er sich trotzdem noch an mehr erinnert als ich?, fragt sich Hagen. Aber er bringt es nicht über sich, Märker darauf anzusprechen. Es folgt das obligate Geplänkel über das körperliche Befinden des Patienten, die gute Aussicht aufs Älpele, die Qualität der Krankenhauskost. „Passabel“, sagt Hagen zweimal, und einmal „ich kann nicht klagen.“ Schließlich überwindet sich der Lehrer als Erster, die Karten auf den Tisch zu legen.

„Als ich aufgewacht bin mit so einem Brummschädel, waren Sie schon weg. Auf dem Fahrrad, wie man mir an der Rezeption mitteilte. Ich wollte es nicht glauben. Und dann dieser Unfall. Irgendwie fühle ich mich ja fast mitschuldig daran.“

„Wie kommen Sie auf so was?“

„Es war schließlich meine Schnapsflasche, die wir geleert haben. Bis ich offensichtlich umgekippt bin, komplett weggetreten. Und Sie waren noch so nett, mich in Ihrem Bett schlafen zu lassen. Gegen halb zwölf wache ich dann in Ihrem Zimmer auf, alleine, in Ihrem Bett. Da war mir schon eigenartig zumute.“

„Drei Stunden früher ging es mir nicht besser. Zumal ich nicht allein war, als ich aufwachte.“

Wieder lächeln sie beide, bereits etwas entspannter. „Ich denke, wir können die Angelegenheit abhaken“, sagt Märker, „– mit Ihrem Einverständnis.“

Hagen nickt, und als hätte sie ein Schiedsrichter dazu aufgefordert, reichen sie einander die Hände. Ein Rest von Misstrauen bleibt, wird sich vielleicht nie ganz tilgen lassen. So offen, wie Märker das Thema von sich aus angesprochen hat, scheint ihre Silvesternacht ja unschuldig genug geendet zu haben. Aber Hagen weiß: Demonstrative Offenheit ist oft nur die hinterhältigste Form von Irreführung.

„Wer kümmert sich jetzt eigentlich um Ihre offenen Fälle?“, fragt der Lehrer. „Soviel ich weiß, gibt es von Clemens Schöch immer noch kein Lebenszeichen.“

„Mein Kollege Gfader unterhält sich gerade mit den restlichen Mitgliedern Ihrer Projektgruppe. Wie es aussieht, hat es da zuletzt ziemlich Krach gegeben.“

„Unerwiderte Liebe und Eifersucht, was sonst“, meint Märker trocken. „Die Vorabendserien sämtlicher Privatsender haben kein anderes Thema. Manchmal frage ich mich, was mehr abfärbt: die Fiktion aufs reale Leben oder umgekehrt. Wenn man bedenkt, wie viele beste Freunde sich deshalb im Verlauf von acht Schuljahren schon bekriegt haben bis aufs Blut …“

„Oder verpetzt.“ Hagen erzählt dem Lehrer, was er über Adrians und Snezanas Beobachtungen weiß.

„Wie ich sagte. Wird der Adrian halt ein Auge auf Else geworfen haben. Und was folgern Sie daraus?“

„Vorläufig noch nichts. Welche Schlüsse würden *Sie* denn daraus ziehen?“

„Sherlock Holmes befragt Watson, um ihn blöd und sich clever ausschauen zu lassen, wie?“

„Mitnichten. Sie kennen die vier doch besser als die meisten. Wissen um ihre Meinungen aus Aufsätzen und Schularbeiten. Wir können nur eins und eins zusammenzählen. Aber Sie als Philologe sind doch sicher ein Meister der Interpretation. Was sagen Sie dazu, dass keine vierundzwanzig Stunden nach dieser intimen Szene im Wald Clemens verschwindet und zur selben Zeit Paul Pröll auf der Heidenburg unter ein paar Lagen Paketklebeband erstickt?“

„Sie glauben, die beiden Sachen hängen zusammen?“

Hagens nach oben gezogene Brauen bleiben sein einziger Kommentar.

„Schön, Sie werden wohl Recht haben. Liegt ja auch auf der Hand. Aber falls tatsächlich Eifersucht das Motiv sein sollte …“. Märker stockt.

„Ja? Was wäre dann?“

„Wieso findet man dann die Leiche eines abgewrackten Obdachlosen und nicht einen toten Jungen?“

„Ich will ja beileibe nichts verschreien, Watson – aber den Jungen haben wir noch gar nicht gefunden!“

*

„Führt ihr eigentlich ein Tagebuch?“ Gfader bleibt der einmal eingeschlagenen Linie treu und verwandelt weiter alle Informationen, die er von Adrian hat, in Munition. „Na, Else? Oder Snezana? Es darf auch ein gemeinsames sein.“

„Vielleicht“, sagt Else. Snezana schweigt. Ihre Wangen sind immer noch leicht gerötet.

„Wieso beantwortest du die Frage nicht gradeheraus mit Ja oder Nein?“

„Weil es Sie nichts angeht.“

Die Frage an sich ist also bereits ungehörig. Ergo ist ihr das Tagebuch ungemein wichtig. Aber wieso macht sie sich noch interessant mit ihrem *vielleicht*, anstatt es zu leugnen oder mindestens herunterzuspielen? *Wiber!*, denkt Gfader. Keine Chance, sie zu verstehen, auch wenn sie erst siebzehn sind …

„Weil es mich nichts angeht, aha. Oder doch eher deshalb, weil in dem Tagebuch etwas steht, das ich nicht lesen sollte? Na, was meinst du dazu, Snezana?“

Snezana sucht wieder den Augenkontakt mit ihrer Freundin. Aber die weicht ihr aus, dreht lieber die zahlreichen Silberringe an ihren Fingern, als müsse sie ein mechanisches Uhrwerk aufziehen. Mit Ersatzhandlungen dieser Art tut Gfader sich schon bei seinem eigenen Buben schwer. Wie soll er da erst mit zwei verstockten *Maiggis* umgehen?

„Wir sollten es ihm sagen, Else!" Snezanas Flüstern: ein klassisches Theatergeflüster. Scheinbar vertraulich, nur für die Mitspielerin gedacht, doch noch in der letzten Publikumsreihe zu verstehen. „Es hat eh keinen Sinn …"

„Dann sag es halt, sag, was du willst!", schreit Else sie an. „Vielleicht glaubt dir der da noch etwas – ich nicht! Mit einer Verräterin will ich nichts mehr zu tun haben!"

„Ich, eine Verräterin?!" Snezana steht Else jetzt an Lautstärke in nichts nach, sodass Gfader froh ist, das Stockwerk gewechselt zu haben. „Wie kommst du dazu, mir das vorzuwerfen? Na schön, ich bin euch gefolgt, Clemens und dir; lustig war das nicht, was ich gesehen habe. Ihr beide mit runtergelassenen Hosen, obwohl er *mich*, *mich* angerufen hat, nachdem ihr angeblich eh seit Wochen fertig wart miteinander! Und dann bringst du ihn dazu, doch wieder mit dir … Wer ist da eine Verräterin, ha? Ich hab sogar den Adrian ruhig gestellt, diesen kurzsichtigen Voyeur, ausschließlich mir hast du das zu verdanken! Was er ihm …" – sie deutet auf Gfader – „alles gesteckt hat, weiß ich nicht; aber was unser gemeinsames Tagebuch angeht …"

„Halt's Maul!", zischt Else. „Du bist nicht nur eine Verräterin, du bist auch noch blöd!"

Weiß soll man nicht steigern, hat Gfader vor Zeiten einmal in der Schule gelernt, das leistet sich nur die Waschmittelwerbung; aber zur Beschreibung von Elses Gesichtsfarbe müsste er jetzt sogar auf den Superlativ zurückgreifen. „Komm, trink einen Schluck Wasser, Else. Und dann erzählst du mir, was du ins Tagebuch geschrieben, okay?"

Erstaunlich, wie sie ihm folgt. Wie sie das Glas zum Mund führt und mit einem Schluck leert, es zurück aufs Tablett stellt und sagt: „In meiner letzten Eintragung habe ich geschrieben, dass ich weiß, dass Snezana uns beobachtet hat im Wald. Und dass ich deshalb das Tagebuch nicht mehr länger mit ihr teilen kann."

„Wann war das?"

„Am zwölften Dezember. Da war Clemens schon vierzehn Tage abgängig."

„Und seither hast du nichts mehr im Tagebuch notiert?"

„Nein."

„Und du?" Seine harte Hand berührt für einen Moment die weiche, zitternde von Snezana.

„Auch nicht. Wir haben es verbrannt."

„Verbrannt?"

„Das war die Abmachung. Wenn wir einmal mit unserem gemeinsamenTagebuch aufhören sollten, würden wir es verbrennen. Ein GTB kann nicht eine für sich behalten."

Else hat zu schluchzen begonnen, zuerst verhalten und unhörbar, doch sobald Snezana zaghaft versucht, ihr die Hand auf die Schulter zu legen, entlädt sich ihr Schmerz in einem lauten Geheule. Verdammt schwer für einen wie Gfader, da nicht den Überblick zu verlieren. Wie lautete schnell Hagens Rezept?: Zuckerbrot und Peitsche. Beziehungsweise Salz, direkt in die offenen Wunden …

Er bemüht sich, einen bedeutungsschwangeren Blick aufzusetzen. „Ich glaube dir nicht, Else, was du mir über deine letzte Eintragung ins Tagebuch erzählt hast. Ich denke, du hast noch mehr hineingeschrieben. Vielleicht war es ja etwas, das Snezana auf keinen Fall lesen sollte?"

Else wischt sich mit dem Handrücken über die nasse Wange, ihr leerer Blick wandert von Gfader zu Snezana, von Snezana zu Gfader.

„Sag es!“, befiehlt ihr Snezana. „Du brauchst niemanden zu schonen.“

„Sag es, dann ist dir leichter“, legt Gfader ein Schäuferl nach.

Else zieht den Rotz in der Nase hoch: „Ja, es ist richtig. Ich habe noch mehr ins GTB geschrieben. Über meine Angst nämlich, dass Clemens womöglich tot ist. Und darüber, dass Snezana schuld sein könnte daran.“

*

Märker setzt eben zu einer Verabschiedung an, als eigenartige Klavier- und Schlagzeugklänge aus der Schublade von Hagens Nachtkästchen ihn davon abhalten. „Autumn Leaves“, sagt der Chefinspektor, als ob das eine Erklärung wäre, „einen Augenblick, bitte.“ Er legt das Handy ans Ohr. „Servus, Lukas. Was, du bist schon fertig! Dann erzähl mal, wie's gelaufen ist. Übrigens: Ich hab gerade den Klassenvorstand der Kids bei mir zu Besuch!“

„Den ausschließlich Tee schlürfenden, Mehlspeisen verachtenden Asketen?“

„Wie bitte?“

„So haben ihn jedenfalls seine Schülerinnen hingestellt.“

„Na ja.“ Hagen lächelt verschmitzt. „Warum sollten sich nicht auch Schüler in ihren Lehrern täuschen können.“ Er genießt es, wie Märker dabei die Ohren spitzt.

Gfader berichtet, was sich im Dörflinger abgespielt hat. „Und was mach ich jetzt mit den beiden?“

„Vorläufig nichts. Zuerst müssen wir die Alibis der Mädchen genauer abklopfen, ihre Eltern einvernehmen etc. Aber wo du eh schon in Bludenz bist, könntest du gleich rüber nach Bürs fahren. Die hocken jetzt wahrscheinlich alle beim Mittagessen, da kannst du dir den Kurtl noch einmal vorknöpfen.“ Er instruiert

Gfader darüber, was Langthaler ihm gesagt hat. „Und noch was, Lukas: Der Hofer muss ja nicht erfahren, dass die kriminaltechnische Untersuchung des Feuerzeugs noch aussteht. Tu so, als sei bereits fix, dass es seines ist. Mal sehen, wie er darauf reagiert."

Seit wann setzt denn der Chef aufs Bluffen? Ist doch normalerweise seine Spezialität. Wie auch immer, Gfader kann es recht sein. Und diesmal kriegt der Sandler von ihm ganz sicher keine Zigarette mehr!

G'scheiter werd ich nicht mehr, bestenfalls müder. Ob's stimmt, Kurtl, dass sich gewisse Blödheiten von selber erledigen, wennst müder wirst? Könnt ich nicht behaupten, wirklich nicht.

Hey, Cheyenne und müde? – Wir werden alle mal müde. – Sweetwater wartet auf dich. – Irgendeiner wartet immer. Meine Lieblingsszene aus *Spiel mir das Lied vom Tod.*

*

Die alten Griechen haben ein Spiel gehabt, Kottabos hat es geheißen, das tät ich irgendwann gern noch einmal spielen. Im Himmel der Säufer vielleicht. Du liegst auf dem Sofa und schwappst den letzten Schluck Wein aus deinem Glasl in ein Häferl hinüber, dass es platsch macht, aber nur im Häferl, weil auf den Boden darf kein Tropfen net fallen. Das nenn ich edel. In der *Gruft* und im *VinziNest* haben wir's ein paar Mal ausprobiert, die Chefitäten waren nicht begeistert davon. Hat halt nicht ein jeder einen Sinn für die Klassik …

Über den Wolferl vom *VinziNest* lass ich trotzdem nichts kommen. *Es gibt die schöne Armut, und es gibt die hässliche Armut.* Ein echter Wolferlsatz. Und er hat dich zu nichts gezwungen, er nicht. Bei anderen musst immer erst versprechen, dass d' eine Therapie machen wirst, dass d' keine Flasche mehr anrührst. Sonst lassen sie dich nicht einmal rein. Beim Wolferl hat's geheißen: *Zum Essen und zum Beten sollst niemand nötigen.* Das hat uns so taugt an unserem Armenpfarrer. Das heißt, wir haben ihn ja für einen verdammt Reichen gehalten. Für den letzten Heiligen. Der Hl. Vinzenz hätt seine Freud gehabt an ihm.

*

Das Schlimme ist, dass man zu spät draufkommt, was man will. Was einem wirklich schmecken tät. Sagen wir, du hast dich zeitlebens mit Bier volllaufen lassen und kneist jetzt, dass d' eigentlich ein Weintyp bist. Aber da ist die Leber schon hin. Oder du hast eine blonde Germanin geheiratet und merkst erst nach dem dritten blonden Gschrapp, dass d' mehr auf die Schwarzhaarigen stehst. Was machst dann? Gar nix machst, außer weiterstrudeln. Weiterstrudeln heißt die Devise, oder gleich absaufen. Das ist die einzige Wahl, die wir im Endeffekt haben. Aber das glauben die jungen Leut natürlich nicht. Wenn du dir im Spiegel zuschaust dabei, wie deine geölten Muskeln zucken und hupfen – ist's ein Wunder, dass du dir da nicht vorstellen kannst, wie das Fleisch am Ende ausschaut? Jedes Fleisch!

Vielleicht, wenn ich die Gundi früher kennen gelernt hätt … Bevor sie an der Spritze gehängt ist, und ich an der Flasche.

*

Das Mädel, die Else, hat ja so was geschwärmt von dem Horváth! Weil er solche Sprüch draufgehabt hat, für jede Lebenslage einen. Mich macht es eher an, wie er gestorben ist: Mitten in Paris erschlagen, von einem Ast! So müsst man abtreten können. Wurscht, ob wegen einem Ast oder einem Blitz oder einem Fernlaster. Hauptsach eine Urgewalt. Aber wenn du über drei Jahrzehnte auf der Straße verbracht hast ohne die kleinste Schramme, musst einsehen: Du hast keine Chance auf so einen starken Abgang. Ironie des Schicksals. Mir geht's wie die Straßenkinder in der dritten Welt, die bei jeder Kreuzung den Dreck von die Autoscheiben waschen: den ganzen Tag lang mitten im Verkehr, aber zusammengefahren werden die Touristen, die wo aufpassen wie net gescheit.

*

Lieber Gott, lass die Sonne wieder scheinen, hab ich als Bub immer gesungen, *für Papá, für Mamá und für mich.* Aber ich brauch keine Sonne mehr, weil ich brauch überhaupt nix mehr! Nix mehr brauchen, nix mehr wollen, von niemand nicht. Habe fertig. Aus die Maus.

Ich verzicht auch auf den g'spickten Fasan. Ist eh vom Aussterben bedroht. Und wahrscheinlich tät er mir gar nicht mehr schmecken.

Das Einzige, was ich dir noch sagen wollt: Bist immer ein feiner Kerl g'wesen. Die bessere Hälfte von unserem Doppelpack. Aber danach, wenn wir's hinter uns haben, musst mich vergessen, ganz schnell!

Versprichst es? Weil das musst du mir versprechen, Kurtl!

Großes Sandlerehrenwort!

Die erfrorenen Geranien hängen noch immer vor den Fenstern. Könnte auch einmal wer wegräumen, findet Gfader, Zeit genug hätten sie wohl dafür. Hinter dem Glas winkt ihm jemand zu, aber er kann nicht erkennen, zu wem die Hand gehört. Er will anklopfen und trifft mit der Faust beinahe Gundi, die die Tür aufreißt. Sie versperrt ihm mit verschränkten Armen den Zutritt. „Schon wieder der Schrunser!", bellt sie über die Schulter ins Innere des Hauses, „diesmal kommt er mir aber nicht über die Schwelle."

Gfader ist drauf und dran, sie rüde beiseite zu schieben, doch Norbert Langthaler erledigt das für ihn. „Lass gut sein, Gundi", raunt er ihr von hinten ins Ohr, und zu Gfader sagt er heiser: „Langsam hat es wirklich den Anschein, als wollten Sie bei uns Kostgänger werden. Sie kommen immer, wenn wir gerade beim Essen sind. Aber bitte, nur herein in die warme Stube. Wenn Sie sich unbedingt anstecken wollen."

Sechs Männer sitzen um den Küchentisch herum. Gfader kennt nur Lois, Schorsch und Bertl, die anderen hat er noch nie gesehen. Kurtl ist nicht da. Sie stopfen eine Art Grießauflauf in sich hinein und mustern Gfader mit scheelen Blicken. „Schmeckt's?", fragt Gfader. Keiner schwingt sich zu einer Antwort auf. Im Radio läuft das Mittagsjournal: *Mittlerweile wurde die Zahl der Toten auf circa zweihunderttausend korrigiert.* Was kommt es da auf einen mehr oder weniger an?, denkt Gfader unwillkürlich. „Wo ist der Hofer?", fragt er in die Runde. Mehrere Löffel deuten nach oben. „Auf seinem Zimmer", hustet Langthaler, „er sagt, er hat keinen Appetit."

„Ich würde gerne ein Wörtchen mit ihm reden."

„Ich schau mal nach, ob er schläft."

„Dann komm ich mit."

Sie steigen die Stiege hinauf. Langthaler klopft fest an die Tür, und gleich noch einmal. Ein dumpfes Grummeln ist zu hören.

„Kurtl, du hast Besuch“, ruft Langthaler.

„Ich will niemand sehen. Fühl mich nicht wohl.“

„Keine Chance“, sagt Gfader und drückt auf die Klinke.

Kurtl steht gebückt im Raum, als müsste er sich ducken unter der niedrigen Decke. Er hat einen grünen Fetzen übergezogen, den man mit viel gutem Willen als Schlafmantel bezeichnen könnte. Seine Füße sind nackt, die Patschen stehen schön parallel neben dem Bett. Eine blecherne Heizkanone, wie man sie sonst nur mehr im Museum zu sehen bekommt, läuft auf vollen Touren. Das Rohr mit der orange glühenden Heizspirale ist auf den Eingang gerichtet, um jedem ungebetenen Gast eine geballte Ladung entgegenzudonnern. Eine Ladung Hitze gegen die Kälte, die vom Gang hereinströmt.

„Mach die Tür zu“, sagt Kurtl, „ich friere.“

„Kommst du alleine zurecht?“, fragt ihn Langthaler.

„Werd ich wohl müssen. Werd ich wohl müssen.“

„Dann warte ich unten“, sagt Langthaler unsicher.

„Danke“, sagt Gfader.

Kurtl hockt sich auf die Bettkante und streckt seine Rechte aus. „Nehmen Sie nur Platz, Herr Inspektor. Auf dem Sessel da. Da ist der Pauli auch immer gesessen, wenn wir noch ein Schwätzle gemacht haben, bevor er ins Bett gegangen ist.“

Gfader dreht den Stuhl verkehrt herum und verschränkt seine Arme auf der hölzernen Rückenlehne, von der der eigelbe Anstrich an mehreren Stellen abblättert ist. Direkt hinter dem Kopf des Alten ist ein Farbfoto an die Wand genagelt, ohne Rahmen und schon ziemlich ausgebleicht. Gfader zeigt darauf. „Der Pauli und du?“

Kurtl dreht sich nicht um. „Ja. Der Wolferl hat's geschossen von uns, im *VinziNest*. Das waren noch Zeiten.“

„Weil ihr da noch jünger wart?"

„Weil wir da noch zusammen waren."

Gfader nickt. „Weißt, warum ich da bin?"

Kurtls wässrige Augen scheinen einen Moment zu funkeln. Aber er schließt sie gleich wieder, wahrscheinlich, weil draußen die Wolken aufreißen und ein Lichtstrahl ihn blendet. Seine weißen Bartstoppeln glänzen, die Hände liegen bewegungslos auf den spitzen Knien. Als würde er einem Maler Porträt sitzen. Für ein Gemälde, das niemand kaufen will. Zu platt naturalistisch, würden die Kritiker sagen.

„Na?", hakt Gfader nach.

„Weil Sie sehen wollen, wie unsereins haust?"

Täuscht es, oder lächelt der Alte jetzt gar? Macht er sich lustig über ihn?

Aber die Grimasse ist schon wieder aus dem Gesicht verschwunden, geradeso wie der Lichtstrahl. Auch die langen Stoppeln geben den Wangen keine silberne Fassung mehr, lassen sie nur noch eingefallener erscheinen, elender, verbrauchter. „Es wird Schnee geben", sagt Kurtl, „ich spür's in den Knochen. Sagen S', was wollen, weil ich möcht mich wieder hinlegen. Besser jetzt wie dann."

„Herr Hofer", sagt Gfader und wundert sich selbst über seine plötzliche Förmlichkeit, „Sie haben in der Nähe der Leiche Ihr Feuerzeug verloren. Die gentechnische Analyse beweist eindeutig, dass es Ihres war. Und wir wissen, dass Sie es seit dem Wochenende nicht mehr besitzen, an dem Paul Pröll umgekommen ist. Sie haben uns gegenüber aber am neunundzwanzigsten Dezember behauptet, zur besagten Zeit nicht auf der Heidenburg gewesen zu sein. Wie passt das Ihrer Meinung nach zusammen?"

Kurtl hat sich den Vorhalt regungslos angehört. Jetzt, wo Gfader fertig ist, steht er vom Bett auf, das leise quietscht.

„Okay“, sagt er, „es passt wirklich nicht zusammen. Ich geständige.“

Ein so ein falsches Geständnis hat Gfader noch nie gehört. Ausdrucksmäßig falsch, jedenfalls. Das Inhaltliche bleibt noch zu überprüfen.

„Sie gestehen also, Paul Pröll ermordet zu haben?“

Auf Kurtls zerfurchter Nase kommen einige zusätzliche Runzeln dazu. „Ermordet! Den Pauli! Ich!“ Er stößt verächtlich die Luft aus, wie um zu bekunden, dass er so etwas Erzblödes selbst in seinem mit Dummheiten gepflasterten Leben noch nicht gehört hat. „Der Pauli war mein einziger Freund, das hab ich Ihnen doch schon auf der Wache gesagt. Der hat alles selbst in die Hand genommen. Nur ein bisserl eine Hilfe hat er halt gebraucht dafür. Damit es endlich hinhaut.“ Er verstummt.

Der Schnurrbart des Amtsinspektors zuckt verdächtig, aber Gfader kann sich beherrschen. Jede beiläufige Bemerkung, die kleinste Geste könnte das eben erst freigeschaufelte Bachbett gleich wieder verstopfen. Und tatsächlich: Kurtl setzt dort fort, wo er aufgehört hat.

„Er hat schon länger solche Andeutungen gemacht. Immer wieder einmal. Ein wahrer Freund, hat er gesagt, ein wahrer Freund ist einer, der auch in der letzten Stund für dich da ist. Gerade dann! Der dir die Stange hält, wenn die Fahne schon auf Halbmast hängt. Verstehst, Kurtl? Na sicher, bist ja der Einzige, der mich versteht. Der Einzige, den ich mir vorstellen könnt dabei. Ich hab nicht gefragt, *bei was*. Ach so, hab ich nur gesagt, aha! Von wegen der Einzige! Wieso redest nicht lieber mit die jungen Hupfer darüber, wo du eh zusammensteckst mit ihnen Tag und Nacht. Darauf hat er mich so ang'schaut, der Pauli … Gar nix mehr sagen hat er müssen, nur mehr so schauen. Auf die Art, wie's früher immer seine Art gewesen ist. Du und ich, hat das geheißen, ich und du, Müllers Kuh, Müllers Esel, der bist du. Da hab ich gewusst, dass ich nicht nein sagen kann, wurscht, was er will von mir. Da war wieder klar, dass er der Müller ist und ich dem Müller sein Esel."

Empathie!, erinnert sich Gfader. Bei der letzten psychologischen Fortbildung im LGK war eine Menge davon die Rede. Von diesen sanften, wohlwollenden Blicken, wenn dir eigentlich zum Kotzen zumute ist. Von endlosem Kopfnicken, wo du einem am liebsten die Birne abreißen würdest. Devise: Alles Erdenkliche tun, um den Redefluss zu fördern, um allfällige Hemmnisse wegzulächeln. Den bösen Bullen in sich kaschieren, ungeachtet langjähriger, völlig andersgearteter Prägungen.

„Dann ist alles ganz schnell gangen. Wir alten Heiden, hat der Pauli gesagt, wir alten Heiden sterben nie nicht aus. Alles klar, Kurtl? Da hab ich gewusst, wo es passieren wird. Und wie er mir das Klebeband gezeigt hat und die Tabletten, hab ich auch geahnt, wie."

„Und Sie haben nicht versucht, ihn davon abzuhalten?" Die Bemerkung kann Gfader sich jetzt doch nicht verkneifen.

„Pah! Herr Inspektor, halten Sie einmal einen davon ab, sich umzubringen, der es schon fünf Mal probiert hat!" Sein Kinn beginnt zu wackeln, er sinkt noch tiefer in die durchgelegene Matratze hinein. „So lang wir zwei ein Doppelpack waren, hat er es eh nicht mehr probiert. Sich umbringen, meine ich. Über fünf Jahre lang ist es gut gegangen! Aber seitdem diese Schüler bei uns aufgetaucht sind, war er nicht mehr derselbe. Die Gundi hat ihn mir nicht wegnehmen können, aber die …" Das Reden scheint die kümmerlichen Reste seine Energie endgültig verbraucht zu haben. Gfader gönnt ihm eine kurze Pause. Dann baut er sich vor Kurtl auf und beugt sich zu ihm hinunter.

„Tut mir leid, aber wir sind noch nicht fertig. Sie haben also, wenn ich das richtig verstehe, an dem betreffenden Wochenende …"

„Am Freitag“.

„... am Freitag also auf der Heidenburg dem Paul Pröll dabei geholfen, Selbstmord zu begehen?“

„Selbstmord! Ha! Na, von mir aus. Wenn Sie's unbedingt so nennen müssen ...“ Sein müder Blick kreuzt sich mit dem des Gendarmen und bringt Gfader seltsamerweise dazu, ihm auszuweichen. Das Müde, das kurzfristig das Wache besiegt, wie das Weiche das Harte? Scheiße, flüstert es in Gfader, jetzt bloß nicht sentimental werden.

Kurtl hustet kurz und wischt sich mit einem karierten Stofftaschentuch über die Lippen. „Aber vor dem Freitag kommt noch der Donnerstag, oder? Vielleicht spielt das für Sie eh keine Rolle nicht, Herr Inspektor, aber ich muss es trotzdem anbringen: Am Donnerstag nach dem Abendessen ist der Pauli auf mein Zimmer gekommen. S'isch Zeit, hat er gesagt, hilfst mir jetzt, oder hilfst mir nicht? Arschloch, depperts, hab ich geschrien, und er hat zurückgeschrien, dass sie links und rechts an die Wand geklopft haben. Und wir haben gerangelt, wie noch nie, seitdem wir zusammen waren, richtiggehend gekämpft haben wir, bis ihm das Blut runtergeronnen ist. Am End sind wir da gehockt“ – er deutet auf das Kopfende des Betts – „und haben geplärrt wie die Kinder. Ich war so fertig, dass ich die ganze Nacht nicht hab schlafen können.“

„Daher also die Kratzspuren an Paulis Schulter! Von eurem Kampf!“

Kurtl geht nicht darauf ein. „Am Freitag in aller Herrgottsfrüh sind wir dann weg. Im Bus hat er mir ganz trocken erzählt, wie und was. Ein Haufen Leut sind in dem Bus gesessen, aber ich wett, niemand hat mit'kriegt, was da gelaufen ist zwischen uns. Der Pauli hat sich sogar überlegt gehabt, was ich tun soll – danach. Wie er mir ein Alibi verschaffen könnt für die Tatzeit. Er hat mir das Kartl geben von dem Schöch-Buben. Die erste

Visitenkarte, hat er gesagt, die ich kriegt hab in meinem Leben. Der Clemens hätte sie ihm gegeben, damit er ihn anrufen kann, wenn er was braucht. Ich hab ihm versprechen müssen, dass ich gut aufpass darauf. Eh klar, Pauli! Super, Kurtl! Und dann hab ich ihm halt geholfen."

„Worin genau bestand Ihre … Hilfe?"

„Ich hab ihm das Bandl, diesen Klebestreifen, um den Mund und den Hals wickeln sollen, sobald er eingeschlafen ist. Damit die Schlaftabletten nicht wieder hochkommen können, wie schon einmal. Damit er endlich hinüberschlafen kann. Ja, und das hab ich dann auch gemacht."

Genau genommen muss ich das Protokoll an die Staatsanwaltschaft nur minimal abändern, sagt sich Gfader. Kleine Änderungen, große Wirkungen.

„Und danach?"

„Wie alles vorbei war, hab ich den Burschen angerufen, diesen Schöch. Genau, wie der Pauli es mir auf'tragen hat. ‚Ich glaub, dem Pauli ist was passiert', hab ich gesagt, ‚er hat so komisch dahergeredet gestern. Dass er unbedingt hinauf muss zur Heidenburg, und dass er niemanden dabeihaben will. Seitdem hab ich ihn nicht mehr gesehen. Zum Essen ist er auch nicht aufgetaucht, obwohl es heute seine Leibspeis gegeben hätt. Wir schauen besser nach.' Er wollt mit seinem Moped kommen, aber ich hab ihn überredet, dass es mit dem Bus besser ist. Beim Schwarzen See haben wir uns getroffen. Von dort ist es nicht mehr weit hinauf zur Ruine. Hinauf zum Pauli seiner letzten Herberge."

Kurtl wischt sich etwas aus dem Augenwinkel.

„Er ist immer noch dagelegen wie ein Baby. Wie der Bursche den Pauli angreifen wollt, hab ich durchgedreht. ‚Untersteh dich, ihn anzurühren!', hab ich geschrien, ‚untersteh dich!' Ich hab so zittert, und der Bursch hat auch zittert, und der Wind ist gangen … Das Einzige, was sich nicht bewegt hat, war der Pauli zwischen unsere Füß. Der Bursch hat eine Schachtel Zigaretten hervorgeholt und gefragt, ob ich auch eine mag. Bei den Felsen drüben sind wir stehen blieben und ich hab unsere Tschicks angezündet. Da muss ich wohl auch mein Feuerzeug verloren haben."

Das *Tua eppas*-Feuerzeug, denkt Gfader, na also! Aber Kurtls Monolog ist noch nicht zu Ende.

„Ich hab hinuntergeschaut und mir gedacht: Jetzt springst, komm, spring dem Pauli nach, auf der Stell, sei nicht feig, er war's auch nicht, spring und es ist endlich überstanden. Und ich wär auch gesprungen, ich schwör's, wenn nicht …"

„Wenn nicht was?"

„Wenn mich der blöde Kerl nicht zurückgehalten hätt! ‚Mach keinen Unsinn!', hat er gerufen, ‚damit machst du den Pauli auch nicht mehr lebendig!' Das hätt er nicht sagen sollen, das nicht! ‚Du! Du hast ihn auf dem Gewissen', hab ich geschrieen, ‚Rotzbub, verfluchter!'"

„Und dann haben Sie …?"

Kurtls wässrige Augen werden auf einmal ganz groß und leuchten. Obwohl doch keine Sonne mehr hereinscheint und es zu schneien begonnen hat.

„Ja, eh. Dann hab ich ihm einen Stoß gegeben. Den Aufprall hab ich nicht einmal gehört, so hoch ist es dort. Nein, so tief."

*

Hagen sitzt aufrecht in seinem Bett. Es braucht eine Weile, bis er die Starre abschüttelt und Gfader fragt: „Und, ist die Leiche schon geborgen?"

„Mhm", sagt Gfader. „Ein glatter Genickbruch, sonst praktisch keine Verletzungen. Über hundert Meter geht's dort runter, das übersteht keiner."

„Du wirst es Clemens' Eltern sagen müssen, Lukas. Leicht wird das nicht."

„Was ist schon leicht in diesem Leben. Na ja ..." Gfader steht auf und drückt Hagen die Hand. „Wenigstens ist der Fall jetzt geklärt. Unser doppelter Fall, genau genommen. Kein Grund mehr für dich, noch länger hier zu bleiben."

„Geklärt?", sinniert Hagen. „Was den Pauli anlangt, einverstanden. Aber bist du dir ganz sicher, dass das auch für den Todessturz von Clemens gilt?"

Der Amtsinspektor schaut ihn verdutzt an. „Entschuldige", sagt er, „spinn ich, oder spinnst du?"

„Vielleicht", sagt Hagen, „vielleicht hast du dem Alten nur was in den Mund gelegt, Lukas. Vielleicht hat er den Jungen gar nicht absichtlich hinuntergestoßen. Wollen, ja, aber wollen tun wir so was ja alle einmal. Wer sagt uns, dass der Clemens nicht einfach ausgerutscht ist, als er den Kurtl vom Springen abhalten wollte?"

„Aber der Hofer hat es doch zugegeben! Wieso sollte er einen Mord zugeben, wenn es ein Unfall war? Würdest du mir das, bitte, erklären?"

Nein, das will Hagen nicht. Er ist ja nur ein derzeit etwas lädierter Chefinspektor, kein Psychologe. Und was spielt es auch für eine Rolle? Ob der Kurtl seine letzten Monate droben in Gaisbühel oder in der Strafvollzugsanstalt verbringt ...

„Gibst du mir mein Handy herüber, Lukas?"

Die Schulter schmerzt noch immer höllisch bei der leichtesten Körperdrehung. Wenn er tiefer einatmet, zwicken die angeknacksten Rippen. Und im Knie hat er einen Schlauch, den sie ihm bald herausreißen werden. Aber sonst geht es ihm nicht so schlecht.

Obwohl er jetzt auf seine alten Tage tatsächlich noch ein SMS verschicken muss. Na ja, zwei lächerliche Buchstaben. Das sollte sogar er schaffen.